Mooses Mentula

Nordlicht – Südlicht Roman

Aus dem Finnischen von Antje Mortzfeldt

Weidle Verlag

Meiner Mutter und meinem Vater

»Der Hausherr hatte eine wohlschmeckende Fischsuppe bereitstehen, wenn er seine ausgehungerte Ehefrau von dem Felsen heimbrachte. Sie aßen die Fischsuppe, und danach schliefen sie gewöhnlich einmal rund um die Uhr und lagen sich in den Armen. Und dann beschlossen sie, daß darüber nicht mehr geredet wurde.« *Andreas Alariesto*

Erläuterungen zu einigen Textstellen
finden sich am Ende des Buches.

1 »Hör mal, du Südlicht, beantworte mir eine Frage! Wenn ein Mann allein im Wald ist, ohne daß Frauen in der Nähe sind, hat er dann trotzdem in allem unrecht?«

Ein bärtiger, noch recht junger Mann lehnte sich über den Tisch. Er versuchte Jyri mit seinen braunen Augen zu fixieren, aber die blieben nicht fokussiert. Jyri lachte über den Scherz und nickte. Der Mann lachte nicht, sondern packte ihn am Kragen. Speichel flog Jyri ins Gesicht.

»Antworte schon! *Ihr* nehmt uns doch die Frauen weg!«

Jyri wich zurück und riß die Hände des Mannes von sich los. Der plumpste bäuchlings auf den aus einem halben Baumstamm bestehenden Bartresen. Jyris Glas fiel um, Bier floß ihm auf die Hose. Er sprang auf und klopfte seine Jeans aus.

»Helikopter-Korhonen, was randalierst du hier! Laß den in Ruhe!« befahl der Barkeeper, der nun aufgetaucht war, und packte den Mann an einem seiner Segelohren.

»Korhonen ist sonst so sanft wie Mutter Teresa. Ich weiß nicht, was plötzlich mit ihm los ist. Also, was hast du denn, Korhonen?«

Der reichlich beleibte Barmann zog ihn am Ohr, Korhonen fletschte die Zähne und folgte ihm.

»Laß mich los, und mach einen Kossu-Pommac!« brachte er mühsam heraus.

Der Barkeeper ließ sich nicht erweichen.

»Du kriegst hier nichts mehr, höchstens einen Tritt mit dem Rentierlederstiefel in den Hintern!«

»Ist nicht für mich«, sagte Korhonen.

Der Barmann stellte einen Kossu-Pommac vor Jyri hin und gab Korhonen eine Tasse abgestandenen Kaffee. Er postierte sich hinter dem Tresen und machte Jyri ein Zeichen, indem er mit Zeige- und Mittelfinger auf sein Auge und dann auf Korhonen zeigte. Jyri winkte ab; keine Sorge, vor ihm saß ein geläuterter Mann.

Korhonen faltete die Hände um seine Kaffeetasse und rieb den Ring an seinem linken Ringfinger.

»Du bist also verheiratet?« fragte Jyri.

Der Mann trug ein dunkles Hemd und Jeans. Die beiden obersten Hemdknöpfe waren beim Raufen aufgesprungen.

»Na ja, mußte sein«, sagte er.

Jyri wedelte mit der Hand: So was kommt vor.

»Ich müßte es inzwischen besser wissen, aber ab und zu muß man sich einfach mal einen antrinken«, sagte Korhonen.

Vom Auftrumpfen zum Geständnis, als nächstes fängt er an zu heulen, dachte Jyri und beschloß, die Stimmung etwas aufzulockern.

»In Sompio habe ich eine Reklame für diese Kneipe gesehen. Populäre Atmosphäre und faszinierende Spiele preisen sie da an. Was sind denn das für Spiele?« fragte Jyri.

Korhonen zeigte auf den Pokerautomaten, der in einer Ecke stand, hell blinkte und eine Endlosmelodie dudelte. Seine grellen Farben und laut scheppernden Töne paßten nicht zu dieser Stimmung des Stillstands. Jyri stellte belustigt fest, daß er irgendwie Mitleid mit dem Spielautomaten hatte, der so viel Wesens von sich machte, aber keine Beachtung fand. Außer Jyri und Korhonen war nur ein Gast in der Kneipe. Ein verknitterter Alter in hellblauer langer Unterwäsche saß an einem Tisch neben dem Spielautomaten, murmelte vor sich hin und schrieb in ein Notizbuch. Sein dünner Bart hing wie ein Teebeutel im Bierglas, und die Lichter des Automaten flimmerten über sein zerfurch-

8

tes Gesicht. An seiner Stuhllehne hing ein ölfleckiger Motorschlittenoverall.

»Nichts ist ihr recht, sie rümpft nur die Nase und sehnt sich nach Süden«, sagte Korhonen.

Der Denker in der Unterwäschegarnitur senkte den Kopf auf den Brustkorb, stellte den Kragen hoch und verschwand darin. Sein dünner Körper bebte, man hörte ihn husten.

»Verdammt, Lauri, hier wird nicht gekotzt, das stinkt bestialisch, verschwinde!« befahl der Barmann. Er gab dem Männchen einen schwungvollen Schubs und warf Overall und Notizbuch hinterher. Kurz darauf heulte ein Motor auf, und Jyri sah durchs Fenster, wie der Alte mit dem Motorschlitten mitten auf der schneelosen Asphaltstraße davonfuhr. Der Anblick wäre auch im Winter eigentümlich gewesen, aber jetzt war August. Das Gerassel war entsetzlich, und es flogen Funken in breiten Strahlen. Der Mann fuhr halb im Stehen, mit einem Knie auf der Sitzbank. Jyri sah den Barkeeper an.

»Der muß nur bis nebenan, zweihundert Meter weit.«

Korhonen zog mit dem Finger die Holzmaserung in der Tischplatte nach und setzte seinen Monolog fort.

»Ihre Fähigkeiten gehen hier vor die Hunde, sagt sie. Na sicher, wenn sie nichts andres macht als meckern.«

Sein Zeigefinger beschrieb einen Kreis und näherte sich dem Mittelpunkt eines Astlochs, blieb dort stehen und klopfte dreimal. Dann hob er den Kopf und sagte zu Jyri:

»Nimm noch ein Bier, ich geb's aus.«

Jyri hatte sein Glas noch nicht ausgetrunken. Er kippte den Kossu-Pommac auf einen Zug hinunter.

»Nein, jetzt muß ich gehen.«

»Ist ja auch langsam Zeit für einen Lehrer«, stichelte

Korhonen. Jyri nickte und überlegte, woher Korhonen bloß wußte, daß er Lehrer war, zumal das Schuljahr noch gar nicht angefangen hatte. Fragen mochte er aber nicht.

Er war schon aufgestanden, als Korhonen ihm mit dem Arm den Weg versperrte.

»Weißt du, warum diese Linien auf dem Tisch sind?«

Auf Jyris Seite hatte der Tisch mehrere mit dem Messer eingeritzte Kerben. Korhonens Miene war so honigsüß, daß Jyri mißtrauisch wurde.

»Nein, aber vielleicht will ich es auch gar nicht wissen.«

»Da haben wir gemessen, wie lang unsere Schwänze sind. Wer die Rekordlatte auf den Tisch bringt, kriegt den Johnnie Walker da«, sagte Korhonen.

Er zeigte auf eine Fünfliterflasche Whisky, die in einem Ständer auf dem Tresen stand. Jyri maß die Markierungen mit der Handspanne ab. Die längste war schätzungsweise fünfzehn Zentimeter von der Tischkante entfernt. Jyris Hand bewegte sich unwillkürlich zum linken Hosenbein und drückte ein wenig zu.

»Na dann man los, Herr Lehrer, Latte auf den Tisch«, befahl Korhonen.

Jyri kam zur Besinnung, schüttelte abwehrend den Kopf.

»Gut, daß du's nicht versucht hast, du stehst auf der falschen Seite vom Tisch«, sagte Korhonen.

Die Sonne stieg nach der kurzen Augustnacht empor. Vom Reponen aus ging Jyri auf seine Reihenhauswohnung in der Paarmantie zu. Lapplands Nachtigall, das Blaukehlchen, gab im Wipfel einer Fichte ihre wunderbarsten Kostproben. Sie trat ganz so auf, als wüßte sie, daß ihr Gesang zur schönsten Vogelstimme Finnlands gekürt worden war.

Zwischendurch schnalzte sie, drask, drask, holte Luft und tirilierte weiter. Es war kein Mensch zu sehen. Aus dem Jeesiöjoki stieg Dunst auf.

Jyri setzte sich auf einen Betonpoller in der Einmündung eines Fuß- und Radwegs, zog das Handy aus der Jeanstasche und wählte die Nummer seiner Mutter. Sie war sicher nicht wach, aber vielleicht ja doch. Das Telefon tutete fünf Mal, bevor sich der Anrufbeantworter einschaltete. »Hallo, hier Else Hartikainen. Ich bin bestimmt gerade beim Turnen, im Kino, oder ich schlafe. Rufen Sie später wieder an, oder hinterlassen Sie nach dem Piepton eine Nachricht.« Jyri bemerkte, daß das Band schon so lange gelaufen war, daß er nicht mehr einfach auflegen konnte, irgend etwas mußte er sagen.

»Hier ist Jyri. Entschuldige, daß ich um diese Zeit anrufe. Hoffentlich geht's dir gut ... Also, gute Nacht.«

Ein paar Meter entfernt bewegte sich etwas. Es war ein kleiner Hase. Er schnupperte konzentriert am Boden. Er hatte die selbstverständliche Sicherheit eines Tieres, wuselte einfach herum, tat das, wozu er bestimmt war, suchte Futter, floh vor Feinden, ruhte sich aus. Jyri drückte auf die Anruftaste und hörte sich noch einmal Mamas muntere Stimme an. Jetzt legte er vor dem Piepton auf.

2 »Hier, das ist ein schöner Pulli für die Schule. Guck mal, das ist diese Marke, da werden die Jungs neidisch, und den Mädchen gefällt er«, lachte Mama.

Sie nahm einen karierten Pullover, der an einem Bügel von Mode-Simonen hing, von der Stange und reichte ihn Lenne. Sie wandte sich ihm nicht zu, sondern suchte mit dem Blick noch mehr Kleidungsstücke zum Anprobieren. Lenne schnappte sich die karierte Kreation und legte sie zu dem Haufen, den er im Arm trug.

»Das reicht aber jetzt«, sagte er. »Ist doch egal, ob's den Mädchen gefällt.«

Mama drehte sich um und lächelte. Auf ihrer rechten Wange entstand ein Grübchen, das aussah wie ein Halbmond, der auf dem Rücken lag. Lenne hatte im Spiegel gesehen, daß er genau so eins auch hatte.

»Jetzt vielleicht, aber nicht mehr lange. Man kann ja nicht ewig im Tarnanzug rumlaufen.«

Ihre Augenbrauen zogen sich zusammen, und das Lachgrübchen verschwand. Sie schleuderte den langen Pferdeschwanz mit der Hand von der Brust auf den Rücken und ging zum nächsten Kleiderständer.

»Papa hat doch auch fast die ganze Zeit einen Jagdoverall an«, sagte Lenne.

Mamas Hand hörte kurz auf, die Pullis zu durchstöbern. »Allerdings ... allerdings.«

Dann schüttelte sie den Kopf und zog ein Shirt heraus, auf dem giftgrüne und rosa Streifen kreuz und quer verliefen.

»Das hier noch, und dann ab in die Umkleidekabine.«

An beiden Wänden der Kabine hingen große Spiegel. Auf einem war ein Aufkleber angebracht, auf dem stand:

»Langfinger sind Verbrecher.« Lenne dachte: Wieso soll jemand mit langen Fingern gleich ein Verbrecher sein? Er hatte das Wort nie zuvor gehört. Hoffentlich war er nicht ein Verbrecher, ohne es zu wissen.

Er zog die Camouflagejacke aus und hängte sie an einen Haken. Die Jacke roch nach Harz und Rauch, vom Sitzen am Lagerfeuer mit Papa. An den Ärmelenden war sie ausgefranst, denn Lenne hatte die Angewohnheit, den Stoff in seinen Fäusten zu kneten. Die Modeklamotten, die verknäult auf dem rosa Hocker in der Kabine lagen, hatten Bonbonfarben und rochen nach Kaufhaus. Lenne nahm sich den am erträglichsten aussehenden Fetzen. Er war himmelblau und hatte keine Schrift drauf. Das Halsbündchen war eng und drückte ihm die Nase platt, als er das Shirt überzog.

»Na?« fragte Mama und riß den Vorhang auf.

Sie packte ihn bei den Schultern und zupfte nach oben und nach hinten, arrangierte die Nähte richtig. Sie ging um ihn herum und legte den Kopf schief, hin und her. Sie erinnerte ihn an einen Lapplandhäher. Lenne drehte sich immer frontal zu ihr hin. Sie versuchte ihn zu täuschen, hinter seinen Rücken zu kommen, aber er war zu flink. Da befahl sie ihm stillzustehen. Lenne blieb stehen, aber er zog sich den engen Kragen des Shirts übers Gesicht. Mama lachte und nahm ihn in den Arm. Sie gab ihm einen Kuß auf die Schädeldecke, die aus dem Kragen herausguckte. Lenne empfand Geborgenheit in dem warmen und dunklen Versteck. Er wollte kein großer Junge sein und Kleider tragen, die die Mädchen interessierten. Er fühlte sich hohl, so wie am Heiligabend vor zwei Jahren, als unter dem Bart des Weihnachtsmannes das schwarzstoppelige Kinn von Topis

Vater sichtbar wurde. Er wollte gar nicht alles verstehen. Was einfach gewesen war, wurde verworren, wenn man anfing zu verstehen. Es wäre gut, wenn es nur Mama, Papa und Hund Vekku gäbe.

»Gut sieht das aus. Damit bist du zum Schulanfang vorzeigbar«, sagte Mama.

Lenne biß herzhaft in einen Krapfen, und rote Marmelade floß ihm übers Kinn. Mama beugte sich vor, um sie ihm abzuwischen, aber Lenne zog den Kopf weg und leckte sie ab. Dabei schleuderte die Zungenspitze einen Teil der Marmelade auf den Tisch.

»Du bist so still, mein Junge?«

Lenne betrachtete die Lochbrote, die in den Fenstern des Café Pipari hingen. Sie hingen dort, so lange er denken konnte. Die waren sicher künstlich, sahen aber echt aus. Er bekam Lust, sie anzufassen, aber dafür hätte er aufstehen und sich recken müssen.

»Ach, ich bin nicht so gerne in solchen Läden.«

»Na, da bist du aber sehr gut weggekommen. Hier gibt's ja nur einen Klamottenladen. In der Stadt wären wir vielleicht in fünf verschiedene gegangen«, sagte Mama.

Eine große Hand nahm Lennes Krapfen vom Teller. Lenne packte Papa mit beiden Händen am Arm und versuchte ihn zu hindern, doch Papa schaffte es, ein kleines Stück abzubeißen. Auch an seinem Kinn lief ein wenig Marmelade herunter. Dann zog er sich vom Nachbartisch einen Stuhl heran und setzte sich.

»Was machst du denn hier?« fragte Mama.

Sie schaute aus dem Fenster, obwohl sie mit Papa sprach.

»Es gibt jetzt so viele Kälber zu markieren, also mußte

ich bei der Bank Bescheid sagen, damit sie noch vor der Rentierscheidung einen neuen Keller für all das Geld anbauen können«, sagte Papa.

Lenne lachte über sein aufschneiderisches Gerede. Papa hatte noch Marmelade am Kinn. Lenne deutete auf sein eigenes Kinn, und Papa verstand und wischte sie mit dem Ärmel ab. Er schnappte sich Lennes Sprite und trank glukkernd aus der Flasche, ächzte absichtlich laut und stellte sie mit einem Knall auf die gläserne Tischplatte zurück. Lenne machte es auch oft so. Irgendwie schmeckte es einfach besser, wenn man ächzte.

»Hast du einen Kredit aufgenommen?« fragte Mama.

Jetzt starrte sie ihre Nägel an und sah fremd aus.

»Es geht doch mehr Geld für das Benzin für deine Fahrzeuge drauf, als du Gewinn machst. Und rechne mal den Stundenlohn aus. Ständig bist du im Wald.«

Papa machte mit den Lippen einen Schnalzton und stand auf.

»Red nicht von so was, wenn der Junge zuhört«, sagte er.

Er zwinkerte Lenne zu und ging.

Lenne steckte sich den rotweißen Limostrohhalm in die Lücke zwischen den Schneidezähnen, die war wie dafür gemacht. Mama saß schweigend auf der anderen Seite des Tisches und schlürfte süßduftenden Tee aus einem hohen Glas. Sie hatte Eiswürfel im Tee. An Lennes Fingern blieb Zucker von dem halbgegessenen Krapfen kleben. Er steckte die Finger in den Mund und lutschte. Die Wirkung war nicht langfristig, denn an den feuchten Fingern blieb der Zucker noch hartnäckiger kleben. Lenne fühlte sich überhaupt irgendwie klebrig. Warum war Mama die ganze Zeit so ekelhaft zu Papa? Wenn Lenne sie das fragte, bekam sie Falten an der Nasenwurzel und antwortete nicht.

Zwei Tische weiter saßen drei Männer und tranken Kaffee. Einer sprach komisch. Lenne begriff, daß er Ausländer war. Lenne lauschte und fand heraus, daß sie Lkw-Fahrer waren.

»Kalle, mit Milch verschandelst du den Kaffee. Der muß doch schwarz sein wie die Hölle, stark wie der Tod und süß wie die Liebe!«

»Na ja, die will ich alle lieber ein bißchen verdünnen.«

»Wo in Estland bist du denn her?« fragte der, der schwarzen Kaffee trank, den dritten.

»Her? Ich versteh nicht.«

»Okay ... okay. Wo wohnst du?«

»In Pärnu.«

»Ach, da, wo man zum Baden hinfährt.«

Der Este nickte.

»Ich bin von hier, aber Kalle, der macht nur ab und zu die Tour. Holt Holz für die Häfen im Süden. Seine Heimatstadt ist Pori.«

Im Mundwinkel des estnischen Lkw-Fahrers zeigte sich ein Lächeln. Er versuchte es im Schnurrbart zu verstecken, aber der Einheimische griff es auf.

»Irgendwas mit Pori findest du lustig. Bedeutet das was auf estnisch?«

Jetzt strahlte das Lächeln auf.

»Ein Pori, das ist so eine Dreckpfütze, und ein Porier ist ein Insekt, das in der Nähe davon lebt.«

Der Einheimische war begeistert.

»Ha, du bist ein verdammter Mistkäfer!«

Lenne mußte so lachen, daß ihm die Limo aus der Nase

kam. Als er den Mund öffnete, steckte der Strohhalm noch in der Zahnlücke fest. Das Strohhalmende zitterte. Auch Mama mußte lachen. Sie versuchte es zu unterdrücken, konnte es aber nicht. Der Mistkäfer stand auf, wandte sich Lenne und Mama zu und verbeugte sich.

Lenne und Mama lachten immer noch laut, als sie die Treppe des Cafés hinuntergegangen waren.

»Heißt Porier wirklich Mistkäfer auf estnisch?« fragte Lenne.

»Der Este wollte sicher nur einen Scherz machen, der war doch ein echter Witzbold«, sagte Mama.

Mit Mama Quatsch zu machen machte Spaß. Ihr Lachen begann immer mit einem tiefen Gurren und wurde dann ein helles Kichern. Lenne hatte Mamas Lachen lange nicht gehört, und jetzt wollte er es um keinen Preis wieder entwischen lassen. Er versuchte sich an einen guten Witz zu erinnern. Aber die Gelegenheit war schon wieder vorbei.

»Wir müssen noch vernünftige Schuhe finden«, sagte Mama.

Lenne sah auf seine Schnürboots herab.

»Und sag nichts. Ein Viertkläßler muß schon extra Schulschuhe haben.«

Der Verkäufer bei Schuh-Tekoniemi trug schneller Schuhe herbei, als Lenne sie anprobieren konnte. Alle waren breit wie Entenfüße. Lenne wußte natürlich, daß es Skaterschuhe waren. Sein Nachbar Topi hatte ein Tony-Hawk-Skaterspiel auf der Xbox. Wenn man die Spielsteuerung bediente, brauchte man aber keine Pantoffeln anzuprobieren, und auf den Schotterstraßen war es schwieriger, Skateboard zu fahren.

»Das spielt keine Rolle. Die sind auf jeden Fall leichter,

und außerdem sind sie modern«, sagte Mama und fuhr, zum Verkäufer gewandt, fort: »Er behält sie gleich an.«

Das Gehen war schwierig; jeder Schritt geriet ihm etwas zu hoch, denn die Schuhe wogen nichts.

»Jetzt siehst du nicht mehr wie ein Waldmensch aus«, sagte Mama.

Lenne dachte, genau das waren sie doch, Waldmenschen. Von ihrem Haus waren es über fünfzig Kilometer ins Zentrum von Sodankylä, und auch zur Schule mußte er fast eine Stunde lang mit dem Taxi fahren. Lenne hatte es immer irgendwie für etwas Besseres gehalten, abgelegen zu wohnen, hatte gedacht, daß die meisten Leute beengt in mehrstöckigen Häusern in Städten leben mußten. Um in die Natur zu kommen, mußten sie weite Strecken mit dem Auto fahren. Lenne brauchte nur aus der Hintertür zu treten und konnte sofort Blaubeeren und später Preiselbeeren pflücken, oder er konnte mit Papa in die Wildmark gehen, einfach so direkt aus der Haustür. Die Touristen aus dem Süden bezahlten viel Geld, um in den Ferien nach Luosto oder Pyhä zu fahren und dort Waldmensch zu spielen. Warum sollte man also nicht zeigen dürfen, daß man ein Waldmensch war?

Mama war ursprünglich kein Waldmensch, aber sie hatte richtig studiert, um einer zu werden. Sie hatte sogar Joiken geübt und einen eigenen Joik für Lenne gemacht. Er konnte ihn auswendig. Er handelte davon, wie der Sohn Lapplands Sturm und Kälte ertrug.

»Wie heißt eigentlich der neue Lehrer?« fragte Mama.

»Jyri, glaub ich. Hartikainen, oder?«

»Ja, stimmt. Kommt der nicht aus dem Süden?«

»Ja, da irgendwoher.«

Der neue Lehrer war schon der dritte für Lenne innerhalb von vier Jahren. In der ersten und zweiten Klasse hatte er eine giftige alte Lehrerin, die »Mütterchen Pulverfaß« genannt wurde, weil sie auch über ganz kleine Dinge wütend wurde: Sie regte sich immer mehr auf, und dann explodierte sie. Die zweite Lehrerin war ganz jung. Einmal hatte sie angefangen zu weinen, als Eero nicht unter dem Pult herauskommen wollte. Da kam der Rektor in die Klasse und sagte: »Ich zähle bis drei, und wenn du bis dahin nicht herausgekommen bist, dann ...« Er sagte nicht, was geschehen würde, aber die Stimme war so, daß Eero es nicht ausprobierte. Schon bei Zwei saß er auf seinem Stuhl und übte das Schreibschrift-A.

»Dann hast du also zum ersten Mal einen Mann als Lehrer«, stellte Mama fest.

Lenne überlegte, ob der neue Lehrer Skaterschuhe trug. Nach Lennes Erfahrung waren Lehrerinnen streng und oft ärgerlich, aber sie halfen einem und trösteten, wenn man zum Beispiel in der Pause hingefallen war. Würde ein männlicher Lehrer einem ein Pflaster aufs Knie kleben? Wie würde ein Mann aus dem Süden sein? Alle Männer, die Lenne kannte, redeten von Rentierwirtschaft und Jagd. Worüber sollte man mit einem Mann aus dem Süden sprechen?

»Au!«

Lenne trat auf seine lang herunterhängenden Schnürsenkel und fiel auf den Asphalt.

»Hast du dir wehgetan? Wie kam denn das, hast du geträumt?«

Lenne war schon wieder aufgesprungen. Er versuchte

vorzutäuschen, daß nichts gewesen war, und ging so rasch weiter, daß Mama zurückblieb. Dann begannen die Handflächen zu brennen. Sie waren ganz zerschrammt, und in den Schrammen steckten Steinchen. Lenne kamen die Tränen, aber er kämpfte dagegen an. Mama nahm seine Hände in ihre und ließ ihn sich auf eine Bank am Straßenrand setzen. Sie kramte aus ihrer Umhängetasche ein Taschentuch heraus und begann, die Wunden vom Sand zu reinigen, zog mit Daumen und Zeigefinger kleine Splitter heraus. Versteckt in Mamas Armen, wagte Lenne, die Tränen fließen zu lassen.

3 Jouni riß an der kupfernen Türklinke der Bank. Die Tür ging leicht auf, aber sie fühlte sich schwer an. Niemand grüßte, als er eintrat. Obwohl keine Kunden da waren, sahen die Angestellten beschäftigt aus. Die hellen Lampen in dem großen, öden Foyer blendeten ihn. Instinktiv suchte Jouni Schutz, aber es gab keine einzige Grünpflanze, hinter der er sich hätte verstecken können.

Er drückte auf den Knopf »Kreditangelegenheiten«, und der Apparat spuckte einen Zettel mit der Nummer zweiundzwanzig aus. Jouni setzte sich auf eine grüne Bank in der hintersten Ecke des Foyers. Er zog aufs Geratewohl ein Heft aus dem Kunststoffkasten neben seinem Sitz. Es war eine zwei Jahre alte Reisezeitschrift. Auf dem Umschlag waren Nordlichter abgebildet, und eine Überschrift verkündete: »Lapplands Zauber reißt Sie mit.« Da schritt Lauri in seinem Motorschlittenoverall durch die Tür, der Dorftrottel, der sommers wie winters Motorschlitten fuhr und an einem Buch schrieb. Es war stets dasselbe Buch, seitdem er im Suff seinen Bruder mit der Axt erschlagen hatte. Als er jünger war, trug er Jeans, die mit einem Spinnennetzmuster verziert waren, und er ging in seinen eigenen Fußstapfen rückwärts, damit der Teufel ihn nicht kriegte. Der hatte ihn offenbar doch erwischt, denn inzwischen ging Lauri vorwärts. Er trug eine Spardose in Form eines Nilpferds im Arm.

»Ich wollte ein bißchen Nokia kaufen. Das Buch sagt, daß die am Steigen sind«, sagte Lauri und rasselte mit dem Nilpferd.

Jouni schmerzte der Kopf, und in seinem Bauch rumorte es. Ihm schoß ein Erinnerungsfetzen des gestrigen Abends in den Kopf. Warum hatte er nur auspacken müssen? Ausgerechnet gegenüber Lennes neuem Lehrer. Er erinnerte sich nur bruchstückhaft, hoffentlich verbarg sich nichts Grauenhaftes in dem Dunkel. Oh, verdammt. Ihm fiel ein, daß er dem Lehrer die Kerben im Tisch gezeigt hatte.

Auf der Anzeigetafel erschien die Nummer dreiundzwanzig, und ein Gong ertönte. Er hatte seinen Aufruf verpaßt. Er brüllte seine Wartenummer, um sich nicht übergehen zu lassen, aber Lauri stand auf und ging direkt zum Schalter.

»Korhonen, komm einfach hierher, du hattest ja einen Termin«, sagte Kirsti.

Sie streckte den Kopf durch die Glastür und winkte Jouni zu sich.

Auf Kirstis Tisch standen künstliche Rosen und ein Bild im Goldrahmen, auf dem ein Paar und drei Kinder in Lappentracht posierten. Kirsti und ihr Mann waren die gesamte Schulzeit mit Jouni in derselben Klasse gewesen.

In der Oberstufe hatte sie in der Bank vor Jouni gesessen, und in ihrem Nacken wuchs dünner Flaum. Schwedische Präpositionen und die chemische Formel für das Speisesalzmolekül rauschten vorbei, während er diesen Nacken anstarrte, der in der Mitte ein wohlgeformtes Grübchen hatte. Jouni beugte sich über seinen Tisch, bis er bäuchlings darauf lag, und pustete vorsichtig, dann etwas stärker, bis der schmale Nacken eine Gänsehaut bekam und zitterte. Sie drehte sich nicht um.

»Na, Korhonen, wie habt ihr den Sommer verbracht?« begann Kirsti.

Jouni schämte sich. Sicher würde sie zu Hause am Kaffeetisch erzählen: »Der Korhonen hat schon wieder um einen Kredit gebettelt.« Denen ging es ja gut, sie hatten die größte Rentierherde in der ganzen Gemeinde und so viel

Grundbesitz, daß sie nie den Fuß auf Staatsland zu setzen brauchten.

»Ach, wie üblich, mit Mücken-Totschlagen.«

»Ja, davon gab es wirklich genug. Immerhin hat die Mückenplage die Herden vernünftig zusammengehalten«, sagte Kirsti.

Jouni hatte den Antrag online gestellt und gehofft, daß er elektronisch durchkäme. »Also, wegen dem Kredit«, begann Kirsti.

Jouni preßte seine Schirmmütze in den Händen zusammen. Er versuchte sich einzureden, daß sie locker über dieses und jenes plauderten.

»Du hast deinen Kreditbedarf nicht begründet«, sagte Kirsti.

Sie nahm eine Plastikhülle mit Papieren aus einer Schublade. Dann leckte sie ihren rechten Zeigefinger an und zog die Papiere aus der Hülle. Zugleich war in ihrer linken Hand ein Tintenstift aufgetaucht. Sie schien etwas mit den Papieren zu machen.

»Du weißt doch, wie der Gewinn beim Rentierfleisch im letzten Winter aussah«, sagte Jouni.

Diese Antwort geriet ihm zu einem heftigen Auffahren. Die Forderung, den Bedarf zu begründen, war dasselbe, als hätte sie gefragt: Auf welcher Seite trägst du normalerweise deinen Schwanz? Naja, nicht ganz dasselbe, denn die letztere Frage wäre sehr leicht zu beantworten.

»Ich weiß ja, daß du das Geld ganz einfach zum Leben brauchst«, sagte sie. Hatte sie ihn nicht allmählich genug gedemütigt, mußte er auch darauf noch antworten? Sie dachte bestimmt: »Wie gut, daß ich damals nach der Party auf Villes Motorschlitten gestiegen bin, obwohl Jouni ebenfalls angeboten hatte, mich zu fahren.«

»Ihr habt doch voriges Jahr die Wildschweinfarm einge‑
richtet. Frißt die das Geld auf?« fuhr Kirsti fort.

Machte ihr das Spaß? Jouni wurde verhört, wie damals
zu Schulzeiten, als er heimlich drei Delphinbilder aus dem
Aufkleberheft der Lehrerin genommen hatte. Doch diesmal
war es nicht Nazi‑Natunen, die ihn ausfragte, sondern eine
Klassenkameradin.

»Die hat natürlich noch nicht viel Gewinn abwerfen kön‑
nen, aber das ist nur eine Frage der Zeit«, sagte Jouni.

Die Schirmmütze hatte er in seinen Fäusten völlig zer‑
quetscht. Er begann sie in Form zu ziehen. Bald würde er
sie wieder aufsetzen und gehen.

»Ja, zum Leben brauche ich es, und aus dem Wald kann
ich gerade keinen Profit holen, weil im Moment weder
Durchforstung noch Langholz dran sind. Also, kriege ich
den Kredit oder nicht?«

Kirsti schob ein Formular umgekehrt vor Jouni hin. Er
drehte den Bogen zu sich und stellte fest, daß es ein Kredit‑
bescheid war. Er atmete innerlich auf, sah dann aber, daß
da mit großen Buchstaben geschrieben stand: ABGELEHNT.

Er setzte die verknitterte Schirmmütze auf und drehte
sich abrupt zur Tür. Das war verdammt noch mal der Dank
dafür, daß er immer pünktlich seine Abzahlungen geleistet
hatte. Schon als kleiner Junge, als er einmal mit der Mes‑
serklinge eine Finnmark aus der Spardose gepult hatte,
hatte er so ein schlechtes Gewissen bekommen, daß er sie
zurückstecken mußte.

»Hör mal, eins noch. Im Januar findet für Mitglieder der
Pohjola‑Genossenschaftsbank eine Reise nach Teneriffa
statt, falls du daran Interesse hast?«

24

Im R-Kiosk nahm Jouni eine Fußballtotozeitung aus dem Ständer und zapfte sich Kaffee aus einem Thermos-Pump-kanister. Bei jedem Hebeldruck kam nur ein kleines Rinnsal heraus, so daß er im Akkord pumpen mußte, um den kleinen Plastikbecher zu füllen. Der Verkäuferin sagte er, er werde nachher alles auf einmal bezahlen. Er setzte sich an den Lotto-Toto-Tisch und begann die Zeitung zu studieren. Darin wurde er belehrt, daß die sambischen Spieler von der RoPS heute hoch gegen den Fußballverein Vaasa gewinnen würden. Daneben war ein Sambier mit Rastafrisur abgebildet. Vorne auf seinem blauweißen Trikot stand: »Mit der Kraft des Rentiers«. Jouni war ziemlich sicher, daß Godfrey Chibanga noch nie Rentier gegessen hatte.

Zu Anfang des Sommers, als sein Quad zur Inspektion nach Rovaniemi mußte, hatte Jouni sich mit Lenne ein Spiel der RoPS angesehen. Nach einer kräftigen Rempelei brach zwischen zwei Spielern ein Wortgefecht aus. Da sprang ein alter Mann auf der Tribüne auf und rief: »Hey, unser Neger, laß dich da nicht drauf ein!« Der besorgte Ausruf des Alten wurde für Jouni und Lenne zu einer eigenen Redensart, die sie bei passender Gelegenheit wiederholten.

Jouni schlürfte den Kaffee, er war lauwarm und dünn. Daß Kirsti sich unterstanden hatte, nach den Wildschweinen zu fragen! In gutem Finnisch hieß das, daß er lieber keine Frau aus dem Süden hätte heiraten sollen. Bloßes Gras reichte den Schweinen nicht aus, statt dessen verschlangen sie massenhaft Getreide und Kartoffeln. Das Futter mußte gekauft werden, und das brachte Verluste, aber die Wildschweine waren für Marianne da. Sie war begeistert von den Steckdosenschnauzen, las Dutzende von Büchern und zeigte Jouni Bilder im Internet, wo kleine

Ferkel mit der Nuckelflasche gefüttert wurden. Nach Jounis Kalkulation lohnte es sich, etwas dafür zu zahlen, daß es mit der Ehefrau gut lief. Die Streitereien hörten auch eine Zeitlang auf, und es ging ihm gut. Die Wirkung war allerdings nur vorübergehend, doch er wollte die Schweine nicht gleich wieder aufgeben, obwohl ihre Aufzucht sicher teurer kam, als wenn man das fertige Fleisch per Post aus dem Ausland bestellte.

Jouni kreuzte auf dem Tippzettel einen hohen Sieg für die Rovaniemier Mannschaft an, kippte den lauwarmen Kaffee herunter und ging an die Kasse. Vor ihm wollten zwei alte Frauen Lose kaufen. Die eine erklärte, man müsse ein Los aus der rechten unteren Ecke nehmen, wo sich nämlich wegen der Schwerkraft die Gewinne sammeln würden. Die andere dagegen war der Ansicht, Geld schwimme oben, weshalb die Gewinne in der obersten Reihe zu finden seien. Die Verkäuferin bestärkte die beiden Mütterchen darin, sorgfältig zu überlegen, damit ihnen der Gewinn nicht entgehe, und wandte sich zu Jouni.

»Sie haben keinen Einsatz angekreuzt«, sagte sie und gab Jouni den Coupon zurück.

Der machte herausfordernd eine Markierung bei 500 Euro und gab den Schein erneut ab. Die Verkäuferin sah ihn fragend an, Jouni nickte. Es war ja anscheinend egal, wie man seine Geldangelegenheiten verwaltete. Normalerweise setzte er zwei Euro.

Er wollte zum Auto gehen, sah aber von der Straße aus Lenne und Marianne im Café Pipari am Fenster sitzen. Lenne wedelte mit der Hand, erzählte etwas, und Marianne führte ein hohes Glas an den Mund. Ihre Gesichter waren ernst. Jouni setzte sich auf eine Bank und betrachtete seinen Sohn und seine Frau. Dort war das Leben – er saß hier und schaute durch die Glasscheibe. Lenne wollte immer alles mit ihm zusammen machen und war ein kleiner Rentierzüchter, aber Marianne ... Wann hatte sie angefangen, sich zu entfernen? War Jouni etwa kein guter Ehemann gewesen? Er versuchte so viel zu arbeiten, wie er nur konnte, damit Marianne es gut hatte. Sie wußte gar nicht, wieviel es kostete, Wildschweine zu halten, aber das brauchte sie auch nicht zu wissen. Gestern hatte sie geschrien, Jouni habe sie unter falschen Versprechungen hergelockt.

»In meinem Buch steht alles. Dieses Buch ist das Leben«, sagte Lauri.

Jouni hatte nicht bemerkt, daß Lauri sich zu ihm auf die Bank gesetzt hatte. Da saßen sie nebeneinander, die Arme auf die gleiche Weise vor der Brust gekreuzt, und starrten in das Fenster. Lauri hielt ein schwarz eingebundenes Buch in den Händen. War da Jounis Zukunft drin?

»Nein, Lauri, du hast unrecht. Das Leben ist nicht in Büchern«, widersprach Jouni.

Er war nicht gewillt, auf der anderen Seite der Glasscheibe oder zwischen den Buchdeckeln zu bleiben. Er stand auf und ging zur Eingangstür des Cafés.

»In meinem Buch steht auch drin, was dir als nächstes passieren wird!« rief Lauri ihm nach.

4 Jyri saß auf dem Fußboden seiner Reihenhauswohnung zwischen Bananenkartons, Regalteilen und kleidergefüllten Müllsäcken und trank Mineralwasser. Vor ein paar Tagen war er mit einem Anhänger von Tuusula nach Sodankylä gefahren. Der Kilometerzähler des Renaults hatte sich gut tausend Kilometer weitergedreht, ein ganzer Tag war auf der Straße vergangen.

In dem Karton, der neben ihm stand, lag zuoberst ein abgegriffenes Kinderbuch. Auf dem Umschlag waren Rentiere in einer Fjällandschaft abgebildet. Jyri nahm das Buch in die Hand und suchte die Seite mit dem Bild des Lappenjungen, der Fellkleidung trug und so eine Mütze auf dem Kopf hatte wie der Joker im Kartenspiel. Jyri glaubte seit jeher, daß Lappland seine richtige Heimat war. In Mamas Armen war es schön, aber Mama hatte ihn aus seiner Heimat weggeholt. Als Kind fragte Jyri nach seinem Vater, merkte dann aber, daß es Mama peinlich war. Mehr, als daß sein Vater aus Lappland kam, sagte sie ihm nicht. Jyri wäre schon damit zufrieden gewesen, beispielsweise zu wissen, daß er eine große Nase hatte oder einen Kinnbart. Er brauchte Anhaltspunkte, um sich ein Bild von seinem Vater machen zu können. Der Vater von Pekka im Nachbarhaus war der stärkste, und Jarkkos Vater, der eine Weinhandlung führte, der reichste. Jyri fand, sein Vater brauchte keines von beidem zu sein. Seinen Freunden erzählte er trotzdem, sein Vater besitze alle Rentiere in Lappland und könne ein Auto in die Luft stemmen, als wäre es eine Mülltüte.

Jyri blätterte um, hob das Buch ans Gesicht und roch daran. Er spürte den Zitronenduft von Hautcreme und erinnerte sich: Der kleine Jyri hatte durchscheinende Was-

serbläschen am ganzen Körper, er saß in der Schlafanzughose am Küchentisch, und Mama strich ihm Salbe auf den
Rücken. Ihre Berührung ließ den Juckreiz aufhören. Mama
zeichnete ihm Bilder auf den Rücken, und er mußte sie erraten. Die Sonne erriet er sofort, aber die Blume und die
Katze erkannte er nicht, statt dessen schlug er einen Roboter und einen Elefanten vor.

Auf dem Herd blubberte ein brauner Wasserkessel mit
schwarzen Blumen darauf. Darin war Wasser für Kakao.
Jyri wollte abends immer Kakao haben, aber Mama gab
ihm nur samstags welchen und wenn er krank war. Als er
Windpocken hatte, durfte er so viele Tassen trinken, wie er
wollte. Rosinen bekam er aber nicht, denn einmal hatte er
sich übergeben, als er zum Kakao Rosinen gegessen hatte.

Mama hatte lange schwarze Haare. Sie sah aus wie
eine Indianerin, wie Pocahontas. Jyri stellte sich vor, sie
trüge ein Stirnband mit einer weiß-schwarzen Adlerfeder
und Mokassins. Er selbst würde mit einem kleinen Bogen
das Jagen üben, auf Eichhörnchen zielen. Aber wie konnte
Mama eine Indianerprinzessin sein ohne Prinz?

»Mama, wo ist mein Papa?«

Mamas Hand hielt mitten im Eincremen inne. Sie drückte
mit dem Finger genau auf ein Bläschen und bewegte sich
dann schneller und unsanfter weiter als zuvor. Bevor sie
antwortete, nahm sie noch mehr Salbe aus der Tube.

»Wie oft muß ich das sagen? Ich weiß es nicht. Nicht alle
Kinder haben einen Vater, aber du kannst vielleicht einmal
einen neuen Vater bekommen.«

Mama fuhr sich mit der Hand durchs Haar und bemerkte, daß noch Salbe daran war. Sie schüttelte den Kopf
so, daß die Strähnen flogen.

»Aber die Babysamen sind doch aus Papas Pimmel gekommen. Irgendwo muß er doch sein.«

In Mamas Augen stiegen Tränen. Jyri überlegte, ob es falsch gewesen war zu fragen, aber dann flüsterte Mama:

»Dein Vater war in Lappland.«

»Bin ich so wie der Junge in dem Buch?« fragte Jyri.

»In welchem Buch?«

»In dem mit den Rentieren drauf.«

Mama blinzelte und schaute weg. Jetzt sah sie nicht mehr wie eine Indianerprinzessin aus.

»Ja, ja, das bist du. Genau so einer bist du, so ein Lapplandjunge.«

Jyri steckte sich Mamas rotlackierten Fingernagel in den Mund und lutschte daran. Die glatte Oberfläche fühlte sich gut an. Jyri schloß die Augen und strich mit der Zunge über den Nagel, nahm noch einen zweiten Finger in den Mund. An dem Nagel war ein kleiner Riß, die Kante war nicht glatt, piekte unangenehm in die Zunge.

»Kommt Papa irgendwann mal her?«

Mama trocknete sich die Fingernägel am Kleid ab. Dabei öffnete sie aus Versehen einen Knopf und schloß ihn sofort wieder. Jyris Rücken fing wieder an zu jucken.

Mama nahm Jyri auf den Schoß. Sie machte sich nichts daraus, daß sein von der Salbe fettiger Rücken an den dünnen Stoff ihres Kleides kam. Sie drückte ihn fest an sich und sagte: »Deine Mama sorgt so gut für ihren kleinen Lapplandjungen, daß sie ihn nicht weglassen wird, nicht einmal wenn er groß ist. Sie steckt ihn in eine Riesenflasche und kitzelt ihn durch den Flaschenhals mit einem Stöckchen.«

»Kommt auch Papa manchmal kitzeln?« fragte Jyri.

Jyri umfaßte die Federkernmatratze mit gestreckten Armen und versuchte mit aller Kraft, sie anzuheben. Er bekam sie ein Stückchen hoch, aber dann rutschte sie ihm aus den Händen und fiel mit einem dumpfen Knall zurück auf die Plane, die über den Anhänger gebreitet war. Voller Hoffnung hatte Jyri damals für seine Studentenbude eine Doppelmatratze angeschafft, aber mit der Zeit mußte er feststellen, daß eine schmalere ausgereicht hätte.

»Ich helfe dir«, sagte ein Mann, der aus dem Nachbarhaus getreten war.

Er wartete die Antwort nicht ab, sondern kletterte auf den Anhänger und hob die Matratze an einem Ende an. Er trug einen grauen Filzhut, an dem ein golden schimmernder Löffelblinker steckte.

»Warte, ich muß kurz absetzen, meine Hose rutscht«, sagte er.

Er zog seine grüne Wildmarkhose hoch und legte sich die Hosenträger, die ihm von den Hüften herunterhingen, über die Schultern. Die Männer hoben die Matratze und danach auch die anderen Dinge vom Anhänger herunter.

»Ich habe nichts anzubieten außer Mineralwasser«, sagte Jyri und hielt die Flasche hoch.

Der Mann schüttelte den Kopf und erwiderte, laut der Fernsehsendung »Der Kunde ist König« sei das finnische Leitungswasser gesünder als abgefülltes Mineralwasser. Er bückte sich unter den Wasserhahn in der Küche und trank.

»Also, dafür war ja noch gar keine Zeit: Ich bin Jyri Hartikainen.«

Der Handschlag der beiden Männer war kräftig, aber kurz.

»Mich kennen alle als Fisch-Erkki. Das brauche ich wohl

kaum zu erklären«, sagte der Mann und zeigte auf den Blinker an seinem Hut. »Ich habe da unten am Ufer eine Räuchertonne am Dampfen. Muß jetzt gehen, um darauf aufzupassen. Komm nachher runter zum Probieren!«

Jyri setzte sich auf die Matratze. In der Mitte war der hellblaue Stoff verblaßt. Er mußte an einen alten amerikanischen Bluessänger denken, der in einer Kneipe in Jyväskylä aufgetreten war. Der hatte gesagt, er habe kein ständiges Zuhause. Der Mann mit grauem Haar und grauem Bart war ein halbes Jahrhundert lang mit seiner Gitarre um die Welt gereist. Für Jyri war der Gedanke, die Heimat sei dort, wo man seinen Hut hinlegt, völliger Quatsch. Man hatte seine Heimat an einer bestimmten Stelle und konnte sie nicht einfach verlegen.

Jyri nahm seine silberne Halskette ab und betrachtete den Anhänger daran. Es war ein ovales Plättchen mit mehreren Kerben in den Kanten – das Ohr eines markierten Rentiers. Jyri hatte das Schmuckstück von seiner Mutter zum zwölften Geburtstag bekommen. Es hatte einmal seinem Vater gehört. Die Ohrmarkierung war ein Hinweis darauf, daß der Vater Rentierzüchter war oder zumindest gewesen war. Jyri hatte auf Lehramt studiert. Im Wald war er nur jeden Herbst einmal gewesen, um mit Mama Pilze zu suchen. Aus ihm würde kein Rentierzüchter mehr werden. Das wollte er auch gar nicht, aber er wollte doch wissen, wer er war und wie sein Leben hätte sein können. Jyri wollte seinen Hut dauerhaft an einen Haken hängen.

Jyri öffnete die Hintertür und trat barfuß auf den Hof. Fisch-Erkki hockte am Fluß neben einem Faß, aus dem Rauch hervorquoll, und winkte, als er Jyri bemerkte.

»Ansehnlicher Fang«, meinte Jyri.

Fisch-Erkki richtete sich von seiner Räuchertonne auf. Er zog den Hut und sagte:

»Schon, aber Hechte bräuchten keine zu kommen. Die reißen das Netz kaputt.«

Er zeigte auf vier Hechte, die er aufs Gras geworfen hatte. Der Schwanz des einen zuckte noch.

»Was sollte denn lieber kommen?«

Fisch-Erkki öffnete den Faßdeckel mit einem Holzstock und kippte die goldgelb geräucherten Fische in eine mit Butterbrotpapier ausgeschlagene alte Brotstiege.

»Probier mal diese Renke. Warm ist sie am besten. Du bist wohl kein Fischer?«

Fisch-Erkki begann neue, bereits gesalzene Fische auf den Rost seines Räucherofens zu legen. Jyri schob sich mit den Fingern etwas weichen und fettigen Fisch in den Mund. Es wurmte ihn, daß er seine Unwissenheit verraten hatte.

»Nein, nur Fischesser.«

»Darf man fragen, was dich hierhergeführt hat?« fragte Fisch-Erkki.

Jyri antwortete, er sei als Lehrer eingestellt worden.

»Aha, Lehrer. Ich bin Arzt. Ich bin mal für ein Jahr gekommen, aber inzwischen sind es schon fast zehn.«

»Im Radio habe ich gehört, daß hier großer Mangel an Ärzten herrscht«, sagte Jyri.

»O ja. Die Stelle für den anderen Arzt ist schon wieder seit Monaten unbesetzt. Dabei würde der ein Häuschen, einen Motorschlitten und so viel Gehalt bekommen, wie er sich zu verlangen traut. Auch ich könnte natürlich aufhören, wenn keine Schmiergelder kommen, aber weiß der Teufel, mich werden sie hier so schnell nicht los.«

Er nahm sein Messer und begann die noch nicht ausgenommenen Renken aufzuschlitzen, die in einem Eimer lagen. Die Arbeit ging schnell: Eine Hand schnitt den Fischbauch auf, die andere warf die Innereien und die Kiemen ins Wasser. Die Seeschwalben stürzten sich darauf.

»Tja, ich muß mich wohl mal in die Horizontale begeben, morgen geht die Arbeit los«, sagte Jyri.

Fisch-Erkki nahm weiter Fische aus.

»Na, dann sorge für Zucht und Ordnung bei den künftigen Steuerzahlern!« grinste er.

»Das war das Zeitzeichen für ein Uhr«, verkündete das Radio. Jyri drückte die Off-Taste. Die tiefe Stimme des Moderators war noch einen Augenblick zu hören, bevor sie verstummte. Jyri nahm sein Handy von der Arbeitsfläche in der Küche und überprüfte, daß der Weckruf richtig eingestellt war. Auf dem Display stand, der Wecker werde in fünf Stunden und achtundfünfzig Minuten klingeln.

Jyri fühlte sich nicht müde. Er stellte sich ans Fenster: Die untergehende Sonne spiegelte sich im langsam strömenden Jeesiöjoki wie auf einem kitschigen Gemälde. Ein hölzernes Ruderboot, in dem zwei Männer mit Angelruten saßen, bewegte sich gegen den Strom, mit jedem Ruderzug ein Stück. Jyri beschlich ein Gefühl der Unwirklichkeit. Es wollte ihm nicht in den Kopf, daß er nun tatsächlich in Sodankylä war. Würde auch er eines Tages einen Beinamen bekommen? Das würde bedeuten, daß er in die Gemeinschaft aufgenommen wäre.

5 In Papas und Mamas Schlafzimmer war in der Nacht wieder Streit zu hören gewesen. Sie hatten die Tür zugezogen, obwohl das nichts nützte; die Worte waren nicht zu verstehen, aber der Tonfall ließ keinen Zweifel. Wenn Lenne abends ins Bett ging, wurden Mama und Papa ganz andere Menschen: Mama fauchte mit angespannter Stimme, und Papa brummelte. Oft hatte Lenne einen Alptraum, in dem er nachts aus einem bösen Traum aufwachte und schnell zu Mama und Papa ins Zimmer lief; sie schliefen mit abgewandten Gesichtern, aber wenn sie sich zu ihm umdrehten, waren ihre Gesichter völlig fremd.

Lenne hatte sich lange im Bett herumgewälzt, den Kopf unter das Kopfkissen gesteckt und war schließlich eingeschlafen, als er sich darauf konzentriert hatte, an nichts zu denken. Wenn das Gehirn abgeschaltet war, sah Lenne im Dunkeln einen roten Ball. Der setzte sich in Bewegung, hüpfte von einer Seite zur anderen und wuchs mit jedem Aufprall, so daß er schließlich den ganzen Kopf ausfüllte, und dann kam der Schlaf.

In der Nacht schreckte Lenne auf, als Mama seinen Kopf hochhob und das Kissen richtig hinlegte. Sie schluchzte und strich mit dem Handrücken über seine Wange, sagte: »Kleiner Rentierjunge.« Sie beugte sich so nah zu ihm, daß ihr Atem Lennes Augenlid zucken ließ. Lenne öffnete die Augen und sah Mama aus der Tür gehen. Hörte, wie sie eine Decke und ein Kissen auf das Wohnzimmersofa schleppte.

Es schien Lenne, als weckte Papa ihn mitten im tiefsten Schlaf. Papa machte Kaffee und schnitt Roggenbrot. Die Kaffeemaschine stieß ab und zu komische Blubberlaute aus, als wollte sie etwas sagen. Lenne zog die Jalousien am Küchenfenster halb hoch und sah hinaus. In der Luft schwebte nach dem Regen Dunst, aber der Himmel war klar.

»Nettes Wetter, um eine Grundleine auszulegen. Es geht auch kein Wind mehr, die Fische rühren sich«, sagte Papa.

Er hatte seine Wildmarkklamotten angezogen. Am Gürtel hing das Messer, und sein Hemd roch nach Baumharz. Auf dem Kopf trug er eine fleckige Schirmmütze mit der Aufschrift LYNX. Lenne hatte auch so eine. Die hatten sie bei Maschinen-Koivuharju bekommen, als sie letztes Frühjahr einen neuen Motorschlitten kauften.

»Mach dir ein paar Brote, und nimm die Kuksa mit, ich hab Preiselbeersaft in der Flasche«, sagte Papa.

Im alten Küchenradio lief der Sender Lapin Radio, gerade begannen die Frühnachrichten. Der Name des Nachrichtensprechers bestand nur aus R. »Perrrttu Rrrrruokangas«, sagte er. Es klang so kernig, daß die Nachrichten sicherlich wahr waren.

»Kommt Mama nicht zum Frühstück?« fragte Lenne.

Papas Kaffeetasse, die er gerade zum Mund führen wollte, geriet auf die falsche Bahn. Er mußte die Bewegung stoppen und korrigieren. Dann nahm er einen Schluck und behielt den Kaffee lange im Mund, der Adamsapfel hüpfte, und es erklang ein Glucksen.

»Stör mich jetzt nicht, wenn die Nachrichten kommen«, sagte Papa.

Mama hatte schon in vielen Nächten geschrien, daß sie es nicht aushielt, mitten im Wald zu leben. Wie meinte sie das? Das hier war zu Hause, der beste Platz auf der Welt. Das hatte Lenne in der Schule auf eine Karte zum Muttertag geschrieben und eine selbstgebastelte Seidenpapierblume dazugeklebt. Dafür hatte er etwas zuviel Klebstoff verwendet. Vor ein paar Wochen hatte Mama Papa zum ersten Mal gedroht auszuziehen. Damals mußte Lenne plötzlich dringend pinkeln. Nicht so wie sonst, sondern so, daß er den Pimmel zusammendrücken und sich krümmen mußte. Aufs Klo konnte er nicht gehen, denn dann hätten sie gemerkt, daß er zugehört hatte. Der Druck war stärker und stärker geworden, der Bauch tat weh. Lenne hatte das Lüftungsfenster geöffnet und sich aufs Bett gestellt. Ein bißchen war an den Fensterrahmen gespritzt, das hatte er mit seiner Schlafanzughose weggewischt. Auf der Hose waren blaue Raumschiffe. Lenne wollte nicht zu fremden Planeten, sondern zu Mama und Papa wie früher einmal.

»Hallo, Erde, hört ihr mich? Hol du den Zapfen und die Leine aus der Garage, dann nehme ich die Köderfische mit«, sagte Papa.

Im Auto betrachtete Lenne Papas Hände auf dem Lenkrad. Die Haut war voller kleiner Punkte, wie Löcher, und auf dem Handrücken wuchsen gekräuselte dunkle Haare. Der linke Daumen klopfte den Takt des Schlagers im Radio auf das Steuer. »Ich bin die Kräfte leid, die mein Leben lenken«, sang eine Frauenstimme. Die Hände lenkten das Auto sicher, hielten es gut auf der Straße. Lenne hatte nie Angst, wenn Papa fuhr, nicht einmal damals im Winter, als ein entgegenkommender Lkw Schnee aufwirbelte und viele Sekunden lang die Sicht vernebelte. Papa wußte, was man tun mußte. Einmal war das Auto aus der Spur geraten und hatte sich quergestellt, aber Papa hatte nur »Verdammte Scheiße!« gesagt und den Wagen wieder geradegestellt. Dann hatte er gelacht und gesagt: »Wir Finnen sind eben Rallyefahrer.« Lenne wußte, daß Papa auch die Sache mit Mama in die richtige Bahn steuern würde. Ganz sicher konnte er das.

Lenne und Papa trugen den Kasten mit der Grundleine und die Köderstücke ins Boot. Papa bugsierte das Boot mit einem Fußtritt ins Wasser. Seitlich stand in dicken schwarzen Pinselstrichen »Marianne« darauf. Die Farbe war ein wenig verblichen. Papa füllte Sprit ein, stemmte ein Knie auf die Achterducht und riß an der Startleine. Es surrte, aber der Motor erstarb wieder. Papa zog noch zweimal mit demselben Ergebnis, obwohl er jetzt beide Hände benutzte. Vor dem vierten Versuch machte er kurz Pause, federte dann in den Knien und riß an der Leine. Als der Motor anfing zu tuckern, spielte ein kleines Lächeln in seinen Mundwinkeln. Papa drehte die Schirmmütze nach hinten und fuhr los, auf die tiefe Stelle zu, wo die großen Fische sein würden. Die harten Wellen des Sees knallten gegen den Boden des Bootes. Das Wackeln störte Lenne nicht, während er routiniert Stückchen von Weißfisch und Plötze an den Haken befestigte. Die Plötzen hatten rote Augen, und Papa sagte, die hätten wohl die Nacht durchgemacht. Die Leine war mit achtundvierzig Haken versehen, so daß es genug zu tun gab.

Papa schaltete den Motor ab, als sie am Rand der tiefen Stelle waren. Er klappte den Motor hoch, schwenkte die Ruder über den Bootsrand und begann zu rudern. Ohne das Motorgeknatter war es irgendwie zu still, als wäre etwas steckengeblieben. Die Ruder glitten in gleichmäßigem Takt durchs Wasser. Irgendwo in der Ferne bellte ein Hund.

»Papa, warum haben Fische keine Augenlider?«

Papa lächelte, und die Zigarette in seinem Mund richtete sich dabei nach oben. Das sah komisch aus.

»Bei den Fischen brauchen die Augen nicht extra befeuchtet zu werden.«

»Dann könnte doch ein Mensch unendlich lange im Wasser bleiben, ohne zu blinzeln, oder? Also, mit Sauerstoffgerät?«

»Du bist ja ein richtiger Wildmarkphilosoph!« sagte Papa. Wenn er sprach, bewegte er die Zigarette mit den Lippen in einen Mundwinkel. Sein Auge wurde gleichzeitig zu einem schmalen Strich.

»Und weißt du was? Fische brauchen nie zu duschen.«

Papa wollte lachen, aber er mußte den Mund geschlossen halten. In den Händen hielt er die Ruder, im Mund die Zigarette. Etwas Asche fiel herab.

»So, jetzt Schluß mit dem Gerede, und die Leine raus!«

Lenne ließ einen Saftkanister, der auf einem Stock steckte, in den See fallen und begann die Leine Stück für Stück hinterherzuwerfen. Papa und er hatten das schon so oft gemacht, daß sie leicht den richtigen Rhythmus fanden. Lenne wiederholte in Gedanken die Anzahl der in die Wellen versenkten Vorfächer. Trriiii, trriiii, trriiii, trriii! riefen die Seeschwalben ums Boot herum. Sie tummelten sich ganz in der Nähe, wenn die Grundleine ausgelegt oder eingeholt wurde. Die Köderstücke lockten sie an. Lenne nahm ein Stückchen Fisch, das in einem Eimer liegengeblieben war, und warf es, so weit er konnte. Mehrere Seeschwalben stürzten hinter dem Leckerbissen her, die schnellste schnappte ihn sich schon in der Luft. Gleichzeitig flog eine Seeschwalbe einen Angriff auf den Köder am Haken, stieg aber wieder hoch, bevor sie das Wasser erreicht hatte. Offenbar war die sandgefüllte Jaffaflasche, die zur Beschwerung der Leine diente, von ihrem Vorfach abgegangen, denn die Leine mit den Ködern stieg an die Oberfläche.

»Zur Hölle nochmal! Häng nicht rum, gib Leine, gleich kommt wieder ein Gewicht!« schrie Papa.

Lenne warf die Leine aus dem Kasten heraus ins Wasser, so schnell er nur konnte, aber sie nahm und nahm kein Ende. Alle paar Meter war ein Vorfach daran befestigt, und daran hingen spitze Haken. In der Eile mußte man auch noch aufpassen, daß kein Widerhaken zwischen Daumen und Zeigefinger steckenblieb. Die Seeschwalben schwebten forschend über den Fischstückchen, die auf den Wellen schaukelten.

»Weg, weg mit euch, verdammt!« tobte Papa halb im Stehen und fuchtelte mit den Armen.

Die Flugbahnen der Seeschwalben kamen näher. Bald flog eine im Sturzflug an und blieb an der Leine hängen, gleich darauf noch eine und dann alle. Papa fiel auf der Sitzbank in sich zusammen, Lenne hörte auf, Leine auszuwerfen. Das Schreien der Vögel drang ihm direkt ins Innerste, sein Magen fühlte sich an wie Watte. Etwa ein Dutzend Seeschwalben hingen mit den Schnäbeln fest an den Haken. Sie kämpften in einigen Metern Höhe, um sich zu befreien, und schrien, schrien wie Menschen. Lenne und Papa saßen im Boot und starrten einander an.

Sonst wußte Papa in jeder Lage, was zu tun war, aber diesmal saß er nur da. Er nahm die Schirmmütze ab und preßte das Gesicht hinein. Er schien sich lange dorthin zu flüchten. Die Vögel versuchten aufzufliegen und fielen kreischend ins Wasser, wenn die Leine sie bremste, machten dann einen neuen Versuch. Lenne steckte sich die Finger in die Ohren. Papa nahm die Mütze vom Gesicht, zog das eine Ruder aus der Dolle, gab es Lenne und befahl ihm, näher an die Vögel heranzustaken. Er stand auf und hob sein Ruder hoch in die Luft. Lenne stakte das Boot zu den Vögeln hin, Papa schlug mit dem Ruder auf sie ein. Die Tonhöhe des

Gekreischs stieg an, tat in den Ohren weh. Papa bekam mit dem Ruder die Leine zu fassen. Er drückte einen kreischenden Vogel unter Wasser und hielt ihn dort fest, hob das Ruder hoch – zu früh, die Seeschwalbe schnellte wieder an die Oberfläche und schrie, bis das Ruder sie auf dem Kopf traf.

»Noch neun übrig«, sagte Papa.

Jetzt war er wieder er selbst. Irgendwie hatte er es geschafft, sich eine neue North zwischen die Lippen zu klemmen. Er selbst fand, er rauche nicht viel, aber auf dem Wasser und im Wald hatte er immer eine Zigarette im Mund. Diesmal hatte sie keine glühende Spitze, er hatte sie nicht angezündet.

Das Geschrei der Vögel ließ Lenne an die vergangene Nacht und den Streit zwischen Mama und Papa denken. Jetzt hatte er kein Kissen, um den Kopf darin zu vergraben. Auch das Gehirn auszuschalten gelang ihm nicht, obwohl er versuchte, sich auf den roten Ball zu konzentrieren. Papa sah verzweifelt aus, er kämpfte und kämpfte, aber die Vögel schrien. Je mehr er schlug, desto lauter schrien sie. Die Leine wickelte sich um das Ruder, zwei Seeschwalben hingen zwischen Leine und Ruder eingeschnürt. Ihre Schnäbel waren offen. Papa drückte das Ruder unter Wasser, stemmte es hinein, so weit er konnte. Die Vögel im Schlepptau verschwanden unter Wasser. Ein Kopf ploppte kurz an die Oberfläche wie der Schwimmer an einer Angel, verschwand dann aber wieder im Wasser.

Es wurde still. Kein Wind säuselte, keine Welle plätscherte. Papa stützte den Kopf in die Hände. Er sah hilflos aus. Er sah nicht aus wie Papa, sondern wie irgendein beliebiger Mann.

»Und darüber wird nicht mehr geredet«, sagte er.

6 Marianne schnitt den Futtersack mit dem Jagdmesser auf und hielt den Atem an. Stinkender Staub wirbelte ihr in die Augen. Sie ging in die Hocke, legte die Arme um die glatte Plastikfolie und hob an. Ein grinsendes Schwein mit Steckdosenrüssel war auf dem Sack aufgedruckt, und unter dem Bild war das Gewicht angegeben: vierzig Kilo. Marianne tat der Rücken weh, obwohl sie versuchte, die Wirbelsäule gerade zu halten. Unter Einsatz ihrer ganzen Kraft wälzte sie die Last über die Kante des Quad-Anhängers. Sie spürte einen schneidenden Schmerz im Rücken und bekam Atemnot. Sie stützte sich mit der Hand auf die Kante des Anhängers und streckte den Rücken. In der Wirbelsäule krachte es zweimal nacheinander, und der Druck auf dem Brustkorb verschwand. Ein Schweißrinnsal lief ihr die Wange entlang und ließ eine rote Locke an der Haut festkleben. Marianne schüttelte den Arbeitshandschuh von der Hand und strich die Strähne los. Zugleich rann ihr schon ein neuer Tropfen die Wange hinunter. Marianne versuchte, sich nichts zu Herzen zu nehmen und nicht zu klagen, doch das schaffte sie nicht immer. Sie hatte sich eingeredet, daß sie dieses Leben gewählt hatte, aber in den letzten beiden Jahren hatte sie begonnen, sich zu fragen, ob es nicht genau andersherum war.

Marianne kippte das Futter auf die gekeimten Kartoffeln, die im Anhänger lagen. Dann setzte sie sich auf den Quadsattel, legte den rechten Daumen auf den Gasknopf und drückte mit der linken Hand auf Start. Sie fuhr durch das Tor ins Gehege hinein, stoppte, schloß das Gatter hinter sich und fuhr weiter bis zum Futtertrog, einer alten Badewanne. Die Schweine warteten schon, sie stießen schnaubend Luft aus und liefen ungeduldig im Kreis. Marianne ekelte sich vor den schlammstarrenden Borsten und den feuchten Rüsseln, die das Futter direkt aus dem Anhänger rissen und nach ihren Hosenbeinen schnappten. Sie ertrug die bettelnden Blicke aus den langbewimperten Augen nicht. Die Frischlinge waren gestreifte, niedliche Schnaufer, aber wenn sie älter wurden, waren sie lästige Geiferer. Marianne schaufelte das Futter und die Kartoffeln in den Trog und schlug die Schweine mit der flachen Seite der Schaufel von ihren Hosenbeinen weg. Sie quiekten und zogen sich zurück, drängten aber sofort wieder heran.

Marianne wählte einen Orange Jaipur aus dem Teesortiment, ließ den Teebeutel in die Tasse fallen und goß kochendes Wasser darauf. Sie war allein im Haus; Jouni und Lenne waren schon im Morgengrauen zum Fischen gefahren. Marianne schlug *Lapin Kansa* auf und studierte die SMS-Spalte. Unter der Signatur »Entnervt« fragte da jemand, warum der Entwicklungsgestörte im Obergeschoß auch noch eine Gitarre bekommen hatte – hätte das Gestampfe nicht gereicht? Marianne hätte sich solche Lebenszeichen von Leuten, die nicht zur Familie gehörten, gewünscht, doch in ihrem Haus hörte man nichts als das Ticken der Wanduhr, deren Gehäuse der Schwiegervater einmal aus Knotenholz geschnitzt hatte.

Marianne nahm ihr Handy vom Spültisch und suchte die Nummer ihres Vaters heraus. Er hatte heute Geburtstag. Es wäre einfacher gewesen, ihm eine Karte zu schicken, aber die lag noch unbeschrieben auf dem Tisch im Flur. Darauf war ein Mädchen mit Kopftuch abgebildet, das im Moor Moltebeeren pflückte. Marianne atmete tief ein und drückte die Ruftaste. Sie sehnte sich nach einem Gesprächspartner, aber ihren Vater anzurufen war bloß eine Pflicht. Das Telefon läutete zwei Mal. Marianne hoffte schon, er würde nicht drangehen. Dann konnte sie ihre Glückwünsche per SMS schicken. Ohne einen vorhergehenden Versuch, anzurufen, wäre das zuwenig, aber nach einem unbeantworteten Anruf okay.

»Reijo Markkula.«

Vater meldete sich mit Vor- und Nachnamen wie am Festnetztelefon. Ein kaltes, hohles Gefühl ging von seinem Telefon aus und über den Satelliten bis in Mariannes Handy, von dort in ihre Seele und tief in ihren Bauch hinein.

»Hier ist Marianne«, sagte sie und wartete auf eine Reaktion, doch es kam keine. »Ich wollte dir zum Geburtstag gratulieren.«

»Aha. Ja, danke. Merja und Santeri sind hier.« Marianne dachte daran, daß ihre Eltern sie nicht eingeladen hatten. Ihnen war klar, daß sie zu weit entfernt wohnte, um nach Kirkkonummi zu kommen. Würde sie sie fragen, so würden sie sagen, daß sie nur ihr Bestes wollten.

»Sind die Kinder dabei?« fragte Marianne.

»Ja, ja, und das sind ziemliche Lausebälger. Gerade mußten wir die Lesebrille deiner Mutter aus dem Klo fischen.«

Marianne beschloß abzuwarten, ob der Vater Fragen über ihr Leben stellen würde. Aus dem Hörer drangen schweres Atmen und Kindergekreisch. Beide sagten nichts, und das Schweigen wurde quälend. Marianne war schon kurz davor, von ihrem Entschluß abzugehen und zu fragen, ob alle gesund waren, aber ihr Vater gab zuerst nach.

»Hast du übrigens gehört, daß Merja ein Stipendium bekommen hat, um ihre Dissertation über die sozialen Beziehungen von Langzeithäftlingen weiterzuschreiben?«

»Aha, das ist ja toll.«

Nun hörte sie hinter den Atemzügen, wie ein Kind weinte und Erwachsene es trösteten.

»Und Santeri ist bei Finnavia zum Kommunikationschef befördert worden. Darauf haben wir vorhin angestoßen, und auf mein hohes Alter.«

»Klasse. Richte ihm meine Glückwünsche aus.«

Auch das zweite Kind begann zu weinen. In das Weinen mischten sich Ermahnungen der Erwachsenen.

»Jetzt geht es hier so hoch her, daß wir wohl besser aufhören. Die Blagen prügeln sich.«

»Gut, machen wir. Bis dann.«

Marianne legte das Handy auf den Tisch. Keine einzige Frage. Nicht nach ihr und nicht nach Lenne. Jahrelang hatte ihr Vater sie immer wieder angerufen und ihr befohlen, ihr geraten und sie schließlich angefleht, zur Vernunft zu kommen. Er hatte ihr Prospekte von Studienorten geschickt und ihr erklärt, grundlegende Entscheidungen seien schwer, aber manchmal einfach notwendig. Marianne hatte gesagt, daß sie ihre Entscheidung bereits getroffen hatte, die sei nun zwei Jahre alt und einen knappen Meter groß und wachse immer weiter, und damit mußten sich Mariannes Eltern abfinden. Schließlich hörten sie auf, sie umstimmen zu wollen, aber damit hörte auch der Kontakt auf. Mariannes Entscheidung paßte nicht in eine Familie, in der man in allgemein anerkannten Berufen Karriere machte und erfolgreicher war als die Nachbarn, offen war gegenüber anderen, aber innerhalb der eigenen Familie nicht aus der Reihe tanzte. Wenn Lenne Geburtstag hatte, kam mit der Post ein Umschlag mit einem Zwanzig-Euro-Schein.

Marianne schloß die Augen und legte die Stirn auf den

Tisch. Sie dachte daran, wie sie als kleines Mädchen Geigensaiten gezupft hatte, bis sie kein Gefühl mehr in den Fingerspitzen hatte, und immer, immer weitermachte. Sie hoffte darauf, daß sich ein kleines einseitiges Lächeln im Gesicht des Vaters zeigte. Genauer gesagt, hatte sie Angst, daß es sich nicht zeigte. Mit diesem kleinen Mienenspiel steuerte Vater das Leben seiner Familie: wählte Studienfächer, Hobbys, Freunde, Arbeitsstellen. Die linke Hälfte seiner von einem sorgfältig getrimmten Schnurrbart bedeckten Oberlippe bewegte sich einen halben Zentimeter nach oben und legte acht zusammengebissene Zähne frei. Gleichzeitig zog sich die linke Wange zum Auge hin zusammen und verengte es zu einem Schlitz. Das Zucken der Wange bewies, daß dieser Gesichtsausdruck Anstrengung erforderte.

In der elften Klasse begriff Marianne, daß Vaters Gesichtsausdruck nicht Freude ausdrückte, sondern Erleichterung darüber, daß seine Familie ihm keine Schande machte. Nach dieser Einsicht hörte sie mit Geigenspiel und Gymnastik auf. In Prüfungen gab sie absichtlich falsche Antworten, um nur ja nicht Vaters Gefallen zu finden. Sie wollte nicht Mittel zum Zweck für jemand anderen sein, sondern für sich selbst leben. Als der Vater ihr dann deutlich machen wollte, daß sie auf diese Weise nicht zum Medizinstudium kommen würde, traf Marianne ihre Entscheidung. Sie fragte den Studienberater, wo die am weitesten entfernte Lehranstalt in Finnland lag, bei der sie sich bewerben konnte, und schickte ihre Unterlagen dorthin.

Marianne schlürfte ihren Tee. Er war auf Körpertemperatur abgekühlt und floß ihr unbemerkt aus dem Mund. Das

Getränk rann ihr das Kinn entlang auf die Brust, aber Marianne wischte nichts weg, sie befand sich im Augenblick in einer Sitzgruppe im Speisewagen eines nach Norden fahrenden Zuges. Sie redete mit einem völlig Fremden und lachte laut. Neben ihr saß ein Mann, der ein rosa angestrichenes Schifferklavier auf dem Schoß hielt. Er konnte nicht spielen, machte das Instrument nur auf und zu und klimperte auf den Tasten herum. Dazu sagte er, die Geisteshaltung sei wichtiger als das Können; jeder könne werden, was er wollte.

Als es am Abend dunkel war, starrte Marianne in das zum Spiegel gewordene Zugfenster. Zurück starrte ein Mädchen, das sich die Haare zu Rastasträhnen geflochten und große goldene Ringe durch die Ohren gesteckt hatte. Sie zog versuchsweise die linke Hälfte der Oberlippe hoch. Ihr Mund war dem des Vaters erschreckend ähnlich, aber das Auge verengte sich nicht zu einem Schlitz. Ein Mann am Nachbartisch sah Marianne im spiegelnden Fenster an und zog genau so ein Gesicht. Marianne kicherte. Sie wußte nicht, was sie mehr zum Lachen brachte, der Gesichtsausdruck des Mannes oder der Kinnbart des Ziehharmonikaklimperers, der kitzelte, als er sie in den Nacken küssen wollte.

Marianne goß den kalten Tee in die Spüle. Sie blickte kurz zu der alten Waage, die an der Küchenwand hing. Damit hatte die Kinderschwester damals Lenne gewogen, als er eine Woche alt war. Das Baby lag in einem Komsio, der traditionellen Wiege, die Marianne während der Schwangerschaft selbst gemacht hatte, und wimmerte. Die Schwester stellte die rostige Waage so ein, daß der Komsio im Gleichgewicht hing. Aus dem Komsio strahlten drei Kilo und zweihundertzweiundvierzig Gramm Glück. Das Strahlen war hell, das Blitzlicht einer Kamera war nicht nötig, obwohl Polarnacht herrschte.

Die Tür ging auf, und jemand rief:

»Marianne!«

Es war Tuula, Jounis Mutter. Marianne schreckte auf und räumte das Frühstücksgeschirr in die Spüle.

»Bist du noch beim Frühstück, mitten am Tag?« fragte Tuula. »Und dazu noch in deinen Stallsachen? Hier stinkt es.«

»Ja, dir auch einen guten Morgen und herzlich willkommen«, sagte Marianne.

Ihre Schwiegermutter sah sie von unten herauf an und lächelte spöttisch. Dann drehte sie den Hahn auf und ließ Wasser auf das schmutzige Geschirr laufen.

»Ihr tut mir leid, in so einem Saustall ...«

Marianne äffte das Nörgeln der Schwiegermutter lautlos hinter deren Rücken nach, verzog den Mund und legte den Kopf schief. Tuula drehte sich zu ihr um.

»Ja, was?« fragte Marianne.

»Hast du nicht zugehört?«

»Ich dachte, es ist dieselbe Platte wie immer.«

Tuula schnaubte überheblich. Während sie meckerte, hatte sie Spülmittel in die Spüle gespritzt und angefangen, das Geschirr abzubürsten. Nun tropften Wasser und Schaum von ihrer Hand auf den Boden.

»Muß ich immer zum Spülen kommen? Als ob ich nichts anderes zu tun hätte.«

Sie schnaufte und bürstete so, daß der Schaum flog.

Marianne sagte: »Spül du nur, ich geh dann jetzt.«

An einem Nagel im Flur hing ein Paar Schuhe aus weißem Rentierfell. Vor gut zehn Jahren fuhr Jouni bei jedem Wetter zweihundert Kilometer zu Marianne nach Inari ins Ausbildungszentrum des Samengebietes. Er nötigte ihr die Schuhe auf und fragte, ob sie, die Tochter des Südens, seine Frau im Hause werden wollte. Rentiere hatte er angeblich ausreichend. Jouni zog seine Hände an seinen Hüften hoch und sagte, bis hier gingen ihm die Geweihträger.

Er ließ sich nicht entmutigen, obwohl er Gelächter zur Antwort bekam und nachts wieder zurück nach Sodankylä fahren mußte, ohne andere Gesellschaft als das Radio. Nach einem solchen Besuch sah Marianne, wie Pihla, mit grünen Haaren und Piercings in Nase und beiden Augenbrauen, auf dem Balkon einen Joint rauchte und dabei Jounis Fellschuhe anhatte. Sie saß zurückgelehnt in einem Plastikstuhl und ließ die Füße über das Balkongeländer hängen. An den schneeweißen Schuhen klebten Ruß und Asche. Da kippte Marianne die hysterisch kichernde Pihla um, daß sie auf dem Rücken landete, und riß ihr die Schuhe von den Füßen.

Jouni ließ sich in der nächsten Woche nicht blicken und auch nicht in der folgenden. Marianne benutzte die Schuhe als Kissen, ließ das weiche Fell ihre Wange streicheln. Sie dufteten nach Jouni: nach Wald, Lagerfeuer, Regen, nach allem anderen als dem verkaterten und drogengeschwängerten Wohnheimleben. Marianne bekam Angst, daß Jouni aufgegeben haben könnte. Mehrere Wochen später saß er schließlich doch auf dem Sofa im Wohnzimmer, sah sich im Fernsehen *Salatut Elämät* an und aß eine kalte Fleischpirogge. Marianne blieb in einer Zimmerecke stehen und schaute ihn heimlich an. Seine fast schwarzen Haare hatten sich unter der Kappe zu Locken gekringelt. Mit seinen abstehenden Ohren und buschigen Augenbrauen erinnerte er an ein Waldtier. Marianne wollte mit Jouni in denselben Bau kriechen, ihn an den Ohren festhalten und ihm den Ketchup von der Oberlippe lecken. Jouni drehte sich zu ihr um und sagte, er habe gehört, daß sie seine Schuhe hätte. Marianne antwortete nicht, und Jouni fragte nicht noch einmal. Sie sahen sich nur an, und es war klar, daß Jouni Marianne in ihr Zimmer folgen würde. In dieser Nacht fuhr Jouni nicht nach Hause.

»Du gehst wohl wenigstens zur Arbeit«, rief die Schwiegermutter.

Marianne bemerkte einen häßlichen Fettfleck an einem der Schuhe. Sie drehte den Schuh herum, der Fleck zeigte zur Wand und war nicht mehr zu sehen.

7 Die drei Personen, die im Lehrerzimmer saßen, standen auf und gaben Jyri die Hand. Die beiden Frauen sahen wie Lehrerinnen aus, dezent und kompetent. Die eine trug eine lange Hose und eine Hemdbluse und hatte eine lockige Mähne, die jüngere hatte Jeans und ein gestreiftes T-Shirt an. Jyri kombinierte, daß sie Finnischlehrerin sein mußte. Ihr Stil war weniger formell, vielleicht sogar künstlerisch. Das sagten ihm die Ohrringe in Form von Buntstiften.

Der Mann erinnerte an einen verlebten Handelsvertreter: Er hatte die Haare nach hinten gekämmt und wog so viel, daß ihn wohl kaum etwas aus der Ruhe brachte. Als ihm sein Kugelschreiber herunterfiel, versuchte er sich danach zu bücken, aber dazu reichte seine Gelenkigkeit nicht aus. Also benutzte er sein linkes Bein als Stütze und brachte seinen Körper zum Schwingen. Beim vierten Schwung bekam er den Stift in die Hand. Die wiederholten Verbeugungen hatten seine Hose auf die Hälfte des Hinterns herunterrutschen lassen: Den Frauen bot sich ein Bauarbeiter-Dekolleté. Er wippte von einer Seite zur anderen und zerrte dabei mühsam den Hosenbund nach oben. Während dieser akrobatischen Vorstellung schwiegen alle. Als die Hose wieder an Ort und Stelle war, schien ein Applaus am Platze.

»Ganz schön warm da draußen für August«, sagte Jyri.

Die Frauen nickten und lächelten.

Der dicke Mann murmelte etwas vom Klimawandel und ging aus dem Zimmer. Die Frauen standen auf und folgten ihm.

Im Speisesaal standen mit Paprika und Schinken belegte Butterbrote und eine Thermosflasche Kaffee auf einem grauen Bakelittisch bereit. Als Tassen dienten die

Blechbecher der Schule. Der Rektor wartete bereits dort. Er hatte einen Stapel Folien und Papiere in der Hand.

»Also, Sirpa hat den Tisch für uns hübsch gedeckt. Nehmt euch was, dann kann es losgehen«, sagte der Rektor.

Er hatte Jyri beim Einstellungsgespräch erzählt, daß er seinerzeit wegen der guten Jagdgebiete nach Lappland gekommen war. Jyri dachte daran, daß Künstler oft sagten, sie seien in den Norden gegangen, um sich selbst zu finden. Manche hatten in der Wildnis sich selbst verloren. Ihm gefielen beide Alternativen.

»Wir anderen kennen uns ja schon, aber Jyri ist neu dazugekommen. Laßt uns eine kleine Vorstellungsrunde machen, Jyri, würdest du anfangen?« Jyri räusperte sich und begann:

»Ich heiße Jyri Hartikainen und komme aus Tuusula. Also, nicht direkt, ich habe dazwischen sechs Jahre in Jyväskylä studiert. Was noch ...«

»Erzähl doch was von deinen Hobbys«, ermunterte ihn der Rektor.

»Ja, ich schreibe für die Schublade und fotografiere. Und ich schaue Filme.«

»Außerdem ist Jyri ein Jäger und Sammler, und sein Vater kommt aus Lappland. Habt ihr noch Fragen an Jyri?«

Der Mann, der eben seinen Hintern entblößt hatte, knipste mit seinem Stift. Er schien in Gedanken versunken.

»Woher aus Lappland?« fragte er plötzlich scharf.

»Äh, also ... aus dem Norden«, sagte Jyri.

Sein Gesicht war heiß, das Blut rauschte in den Ohren. Warum hatte er dem Rektor von seinem Vater erzählen müssen? Und Jäger und Sammler! Als Kind war er Pilze sammeln gegangen und einmal mit seinem Onkel angeln gewesen. Die Angeltour fand ein Ende, als die häßlichste Kreatur der Welt anbiß und keiner der beiden sich traute, sie vom Haken abzunehmen. Laut Fischbestimmungsbuch war dieser Alien eine Groppe.

»Jyri unterrichtet also die Klasse vier bis sechs und ist dazu für den Kunstunterricht zuständig. Weiter im Text. Jetzt ist Maija dran, und dann geht es der Reihe nach weiter.«

Die lockige Maija befingerte die Holzperlen, die ihr um den Hals hingen.

»Mein Nachname ist Aikio, und ... und mein Hobby ist Handarbeiten, und ich habe einen Hund. Das war's, und ich gebe Englisch, Schwedisch und Deutsch.«

Der Rektor nickte und fügte hinzu, daß Maija auch als Vertrauenslehrerin fungierte. Dann zeigte er auf die andere Frau.

»Ich bin Aino Yliriesto, Finnischlehrerin. Ich male Naturmotive, und ich habe einen Hund, einen Labrador. Mit dem gehe ich spazieren.«

Der Rektor nickte und wandte sich an den Mann, der immer noch mit seinem Kugelschreiber knipste. Der Rektor räusperte sich, und der Lehrer begann:

»Ich bin Markku und unterrichte Geschichte, Gemeinschaftskunde, Land- und Forstwirtschaft, Religion, Biologie und Erdkunde, Gesundheitslehre, Wirtschaftslehre und Hauswirtschaft. Habe ich jetzt alles? Und ich habe einen Stöberhund.«

Der Rektor sagte, Markku sei der Allrounder der Schule. Markku nickte stolz über diesen Titel. Der Rektor stellte sich selbst vor, auch er hatte einen Hund, und fügte hinzu, daß heute zwei fehlten, die zum Inventar gehörten: Der

Mathematiklehrer und der Hausmeister, der technisches Arbeiten unterrichtete. Jetzt wollte der Rektor den Overheadprojektor in Gang setzen, aber die Glühlampe war durchgebrannt, und er ging eine neue holen.

Jyri kontrollierte sein Handy. Mama hatte versucht anzurufen und ihm dann eine SMS geschickt. Krankenhausgeruch drang ihm in die Nase, eine kalte Faust packte ihn von innen. Sie schrieb, sie habe keine Schmerzen, die neue Operationsnarbe habe begonnen zu heilen, aber von den Zytostatika müsse sie sich übergeben. In der kurzen SMS waren viele Schreibfehler. Jyri wurde kalt. Er hatte das Gefühl, als hätte Mama ihn aus der Badewanne gehoben. Er wollte sich in ein Frotteehandtuch mit Kapuze einkuscheln, er stellte sich vor, wie es wäre, Milch aus Mamas Brüsten zu trinken. Mit jedem Zug wurde ihm wärmer. Jetzt hatte Mama keine Brust mehr.

»Wir haben gedacht, du könntest dich um die Technik hier kümmern.«

Jyri schrak zusammen. Der Rektor stand neben ihm und hielt ihm die Projektorglühlampe hin.

8 Die Sonne brannte durch die großen Fensterscheiben, es war heiß, obwohl der Tag erst anfing. An den Fenstern klebten noch Osterdekorationen, Osterhexen flogen auf ihren Besen. Jyri saß am Lehrerpult und ließ ein Gummiband um seinen Zeigefinger kreisen. Nach einigen Umdrehungen rutschte es ab und sprang ihm ins Auge. Jyri schaute auf die Wanduhr. Es war zwei Minuten vor. Er legte sich auf den Fußboden und machte fünf Liegestütze.

Dreiundzwanzig Schüler, alle um 10 Jahre alt, drängten in die Klasse. Die Jungen waren anders angezogen als in der Stadt, mit Camouflagehosen und Jagdhemden. Bei der Kleidung der Mädchen bemerkte er diesen Unterschied nicht. Viele Jungen hatten rasierte Köpfe. Die Augen starrten den neuen Lehrer an, und die Köpfe überlegten, ob er die Lage im Griff haben würde oder ob man es wagen konnte, zu schwatzen oder Zettel mit Botschaften herumzuschicken, Papierflieger zu werfen und schließlich Stecknadelpfeile zu schleudern.

»Ich bin Jyri, fast neunzig Kilo achtundzwanzig Jahre lang abgehangenes Fleisch«, sagte Jyri.

Er drehte sich vor der Klasse herum, mit ausgestreckten Armen wie in Leonardo da Vincis Zeichnung vom Menschen. Die Schüler blickten einander verstohlen an. Manche rutschten auf den orangefarbenen Stühlen herum, es knarrte und raschelte. Niemand lachte. Soviel zu der schwungvollen Eröffnung, mit der er die Klasse im Sturm erobern wollte.

»Ich komme aus Tuusula und bin vor einer Woche in die Ortsmitte von Sodankylä gezogen. Hier in Syväjärvi gefällt's mir gut.«

Die Luft im Klassenraum war erfüllt von taxierenden Gedanken. Dieser Moment war entscheidend für das beginnende Schuljahr.

»Habt ihr Fragen an mich?«

Jyri versuchte die Schüler mit einem Lächeln zu ermutigen, aber keine Hand hob sich.

»Na, irgendwas wollt ihr doch bestimmt wissen? Nur zu!«

Ein Junge mit schwarzen Haaren und abstehenden Ohren, der in der zweiten Reihe saß, schaute ihn an. Er war anders gekleidet als die anderen, mit Turnschuhen, Jeans und einem leuchtendblauen Shirt. Er lächelte ein wenig, als bäte er um Entschuldigung dafür, daß er und die anderen stumm waren.

»Du da, hast du vielleicht eine Frage?«

Der Mund des Jungen öffnete sich zu einem Grinsen. Die Schneidezähne standen in verschiedene Richtungen, und dazwischen war eine A-förmige Lücke. Er lispelte hörbar.

»Ich hab gehört, Sie haben am Samstag im Reponen gepichelt. Hatten Sie einen sitzen?«

Die Klasse brach in Gelächter und Geschrei aus. Der Fragesteller drehte den Kopf hin und her und nahm die Ovationen entgegen. Dann wandte er sich an Jyri und wollte etwas sagen. Aber Jyri war schneller.

»Aufstehen!« fuhr er den Jungen an. »Du Scherzkeks bleibst jetzt hier stehen und ... und ich werde nach dem Unterricht noch mit dir reden!«

Der Junge schrak zusammen und stand auf, fand etwas Interessantes an den Spitzen seiner Turnschuhe. Das Gelächter der anderen erstarb, zu Jyris großer Freude. Einige schauten ihn lächelnd an, aber das Lächeln war ein anderes als nach dem Kommentar des Jungen. Der Ausdruck vermittelte Zufriedenheit, Erleichterung darüber, daß ein Kapitän in der Klasse war. Ein blondes Mädchen hob die Hand.

»Wo ist denn dieses Tuusula, oder wie hieß das, wo Sie herkommen?«

Jyris Atem normalisierte sich.

»Warum sind Sie so groß? Haben Sie einen Hund? Jagen Sie? Haben Sie eine Frau? Wollen Sie ganz hierbleiben? Wo wohnen Sie? Können Sie uns mal mit dem Auto mitnehmen?«

Jyri gab sachliche Antworten: Jeder hat sein eigenes Format, nein, nein, nein, weiß ich noch nicht, in einem Reihenhaus in der Paarmantie am Ufer des Jeesiöjoki, ja, wenn die Eltern es erlauben.

Nach dem anfänglichen Trubel verlief der erste Schultag locker. Bücher wurden aus der Bibliothek geholt, Stifte, Radiergummis und Lineale ausgeteilt, Klassenregeln aufgestellt und Kennenlernspiele gespielt. In der Pause verscheuchten Lehrer und Schüler eine Rentierherde, die sich auf den Schulhof verirrt hatte. Im Speisesaal lobte der Rektor das gute Essen, das Sirpa in der schuleigenen Küche zubereitete. Das sei doch etwas ganz anderes als das Essen aus einer Großküche. Jyri aß den schleimigen Rindereintopf und fragte sich, wie schlecht das Essen in den anderen Schulen wohl war.

Die Schulglocke schrillte, und er blieb allein mit dem Scherzkeks vom Vormittag in der Klasse. Im Laufe des Tages hatte der auch einen Namen bekommen, Lenne.

»Kommen wir sofort zur Sache. Wegen des Schultaxis haben wir ja keine Zeit zu verlieren. Weshalb hast du solche Fragen gestellt?«

Der Junge sah ihn an, sagte aber nichts.

»Die Sache wird schlimmer, wenn du nicht sprichst. Dann muß ich dich richtig nachsitzen lassen.«

Lenne starrte ihn an. Jyri bemerkte, daß er die Hände zu Fäusten ballte und versuchte, die Tränen zurückzuhalten.

»Ich habe das gefragt und wußte das, weil mein Papa da im Reponen war. Der hat mit Ihnen geredet.«

Jyri blickte in die Namensliste im Klassenbuch. Ungefähr in der Mitte stand: Korhonen, Lenne. Jyri erinnerte sich, daß der Mann, der ihn am Kragen gepackt hatte, Korhonen geheißen hatte. Er ging zu dem Jungen hin und legte ihm die Hand auf die Schulter. Lenne schlug die Hand weg, machte einen Schritt rückwärts und sah ihn trotzig mit tränenfeuchten Augen an.

»Das Taxi ist schon weg«, sagte er.

9 »Wir machen das Radio an, du darfst den Sender wählen«, sagte Jyri.

Er schaltete das Gerät ein und drehte am Regler. Anfangs rauschte es nur, dann meldete sich ein Sender: »... und das Finnland-Mädel setzt die Stöcke ein. Gute Gleiteigenschaften, Wachsen ist nicht nötig. Dildo-King Dot Com. Spielzeug für Erwachs...«

Jyri drückte erneut auf den Knopf am Radio.

»Das war nicht so gut, nehmen wir was anderes.«

Lenne beäugte das Auto.

»Was für 'n Wagen ist das?«

»Das ist eine französische Schönheit, Rrrenault«, sagte Jyri und ließ das R surren.

Jyri hatte seinen Renault vor einigen Jahren billig bei 1A-Gebrauchtwagen in Tuusula gekauft. Er funktionierte gut, nur die Lüftung machte Krach. Man mußte dagegen anschreien und die Lautstärke des Radios bis zum Anschlag aufdrehen. Der Luftstrom traf einen ins Gesicht wie in einem Windkanal, die Augen wurden trocken. Der Händler gab ihm kostenlos eine Sonnenbrille dazu und meinte, wenn er die trüge, würde ihn der starke Luftzug nicht stören und er bekäme eine geheimnisvolle Aura. Er sagte auch, französische Wagen hätten einen eigenen Charakter, genau wie Frauen. Kleine Jungs kommen nicht klar damit, aber richtige Männer ernten Schmeicheleien und Zärtlichkeiten.

»Dort hinter Salmes Laden müssen Sie abbiegen«, sagte Lenne.

Jyri setzte den Blinker und bremste. Vor ihm stand ein Gebäude, das einmal ein Kaufladen gewesen war. Die Reklameschilder waren abgerissen, und in den Schaufenstern standen vertrocknete Geranien.

»Ist der schon lange geschlossen?« fragte Jyri.

»Wieso? Der ist offen. Immer gewesen.«

Im Radio fingen die Nachrichten an. In den Wäldern Lapplands befanden sich zur Zeit mehr thailändische Beerenpflücker als je zuvor, und für die Weihnachtszeit war ein rekordverdächtiger Touristenstrom zu erwarten.

Nach den Nachrichten drehte Jyri das Radio leiser. Sie fuhren schweigend weiter. Jyri überlegte, wie weit ein Lehrer sich mit seinen Schülern anfreunden sollte. Würde er seine Autorität verlieren, wenn sie sich zu gut kannten? Der Asphalt hörte auf, und die Straße wurde zu einem holperigen Schotterweg. In den Kurven rüttelten die Schlaglöcher sie ordentlich durch.

Lenne räusperte sich und fragte: »Wollen Sie wissen, was passiert ist, als einmal ein Tourist in Salmes Laden kam? Der wollte Brot kaufen, aber ein gewöhnlicher Brotlaib reichte ihm nicht, es mußte ein Lochbrot sein.«

»Moment. Müssen wir hier einbiegen?«

»Nein, geradeaus weiter. Ist noch ein ganzes Stück.«

»Ja, sorry, erzähl weiter.«

»Da hat Salme ein großes Messer genommen und den Laib in zwei Teile gehackt. Dann hat sie ein Loch reingeschnitten und gesagt: Bitte schön, soll ich das Loch mit einpacken?«

Jyri lachte. Am Straßenrand standen verkümmerte Kiefern. Die Straße ging immer weiter. Er fand, schon die Schule lag mitten in der Wildnis, aber das hier war noch etwas ganz anderes.

»Nach der nächsten Kurve«, sagte Lenne.

Da öffnete sich ein Blick auf eine große, sauber gerodete Einfriedung mit einem zweistöckigen gelben Holzhaus daneben. Am Ende des Hofes stand ein Lagergebäude. Lenne ging vor und bat ihn, draußen zu warten. An einer Lauf-leine, die zwischen Wohnhaus und Nebengebäude ge-spannt war, kläffte ein Lappenspitz. Verschiedene Fahr-zeuge und Fahrzeugteile standen auf dem Hof herum: zwei Motorschlitten und zwei Quads mit dazugehörigen Anhän-gern, ein verbeulter Pickup und ein Geländewagen.

Eine etwa dreißigjährige Frau trat aus dem Haus. Sie hatte Gummistiefel, Jeans und eine peruanische Kapuzen-jacke an. Ihre langen roten Haare waren zu einem Pfer-deschwanz gebunden, der vorne über die linke Schulter hing. Sie kniff die Augen zusammen, weil ihr die Sonne ins Gesicht schien, und hob die linke Hand als Schirm an die Stirn.

»Lenne hat mir schon gesagt, daß Sie der neue Lehrer sind«, sagte die Frau und streckte die Hand aus.

»Ja, das stimmt. Jyri Hartikainen.«

»Marianne Korhonen.«

Die Hand war klein und angenehm warm. Die Frau paßte nicht mit Jyris Vorstellung von einer Rentierbäuerin zu-sammen. Sie gehörte eher in eine Studentenkneipe, wo sie einer Band zuhörte.

»Spart die Gemeinde jetzt schon so kräftig, daß der Leh-rer persönlich fahren muß?«

»Nicht ganz, aber ich mußte etwas mit Lenne bespre-chen, und da war das Taxi schon abgefahren.«

Die Frau warf den Kopf zurück und zog das Haarband um ihren Pferdeschwanz fester.

»Fängt das gleich am ersten Tag wieder an? Im Frühjahr hat er fast jeden Tag nachgesessen. Ich hatte gehofft, daß es mit einem Mann als Lehrer besser läuft.«

»Ach, das war nur so ein Gespräch, nichts weiter.«

Die Schönheit der Frau machte Jyri nervös. Ihm fiel nichts ein, was er sagen konnte, und er versuchte, in der Umgebung ein Gesprächsthema zu finden.

»Sie haben ein großes Gehege. Was für Tiere sind da drin?«

»Wildschweine.«

»Wildschweine?«

»Ja, zwanzig Stück. Leben tun wir natürlich von den Rentieren, aber die Wildschweine haben wir, damit ich was zu tun habe, wenn mein Mann im Wald unterwegs ist. Kommen Sie, ich zeige sie Ihnen.«

»Ich muß jetzt eigentlich ...«

Sie ließ ihm keine Wahl, sondern ging zu einem überdachten Unterstand neben dem Gehege. Jyri blieb ein paar Schritte hinter ihr. Ihr Hintern schaukelte.

»Gucken Sie sich die hier an!« sagte sie und zeigte auf die gestreiften Frischlinge. Sie hielten sich an den Zitzen der auf der Seite liegenden Mutterbache ganz fest. Die Frau nahm das kleinste der Kuscheltiere hoch und reichte es Jyri. Aus dem schwarzen, feuchten Rüssel des Frischlings drang leises Schnaufen, und er hatte lange Wimpern über den Knopfaugen. Er quiekte und schien in der Luft zu rennen, schnappte nach Jyris Finger und saugte daran. Jyri zog den Finger zurück, aber der Frischling wollte nicht loslassen. Jyri genierte sich und reichte Marianne das Tier zurück. Sie gab dem Frischling einen Kuß auf den Rüssel und setzte ihn zurück neben das Muttertier. Der Frischling stürzte sich auf die Zitzen, aber die anderen gaben ihre Plätze nicht her. Der Kleine nahm Anlauf, schubste die anderen viele Male und winselte untröstlich. Marianne schob zwei Frischlinge weg, und der Kleinste stürzte sich direkt auf eine Zitze. Er ließ sich auf die Seite fallen und begann so heftig zu saugen, daß sein ganzer Körper zitterte. Jyri war neidisch auf diesen Frischling. Einen so glücklichen Seinszustand konnte nur ein Tier oder ein ganz kleines Kind erreichen.

Jyri bemerkte, daß ein großer Keiler von den anderen isoliert war. Der Keiler prustete Luft aus dem Rüssel und scharrte mit den Hufen im matschigen Boden.

»Warum ist der allein?«

»Ach, Yrjänä? Der hat eine wichtige Aufgabe. Er muß riechen, wann die Bachen rauschig sind, und dann holen wir den Besamer.«

»Okay – aber warum muß er allein sein?«

»Er ist ein maßlos stürmischer Typ. Hat schon zwei Bachen umgebracht, die ihn nicht rauflassen wollten.«

Jyri schaute Yrjänä an. In dessen menschenartigen Augen lag ein unterwürfiger Ausdruck, auch wenn er schnaubte wie ein richtiger Keiler. Kein Lebewesen konnte ein grausameres Schicksal haben: Er wurde dazu angestachelt, brünstige Weibchen zu erschnuppern, aber das Tor des Geheges wurde sorgfältig verriegelt gehalten.

»Kommen Sie rein, ich mache einen Kaffee«, sagte Marianne.

Ihr Gesicht wurde so rot wie ihre Haare, und ein Mundwinkel zuckte. Jyri fiel es schwer, ihre grünen Augen loszulassen. Ein schwacher Duft überlagerte den Geruch der Schweine. Jyri wollte, aber wagte es nicht.

»Nein, jetzt muß ich wirklich fahren, aber ich wünsche Ihnen noch einen schönen Tag.«

»Danke gleichfalls, Herr Lehrer«, sagte Marianne. Sie

nahm einen Frischling auf den Arm und ließ ihn mit dem Bein Jyri nachwinken. Yrjänä nahm Anlauf und rannte kra- chend gegen das Gitter.

10 Marianne schüttete Frühstücksflocken auf Lennes Teller und bekam ein schlechtes Gewissen. Diese Reisflocken waren reines Junkfood, viel Salz und wenig Nährstoffe. Getreidebrei wäre viel gesünder; den kochten alle guten Mütter. Auf dem Schlafanzug des Jungen waren Raketen abgebildet, die in einem violetten Weltall um Kometen herumkurvten. Der Pyjama war zu klein. Lenne hatte auch neuere, aber er wollte nur diesen tragen. Marianne erinnerte sich, wie sie beim Kauf gedacht hatte, sie wollte in eine Rakete steigen und davonfliegen. Das war Jahre her, aber sie war immer noch hier, und der Grund dafür saß ihr gegenüber und streute gerade Zucker auf seine Flocken.

Lenne würde sich weigern, mit in die Rakete zu steigen, und sie konnte ihn nicht zurücklassen.

»Iß jetzt tüchtig, das Taxi fährt gleich ab«, sagte sie zu ihm.

Jouni ging in Boxershorts und ohne Hemd an die Kaffeemaschine. Er nahm die Kanne heraus und knallte sie dann mit Kraft wieder in die Halterung. Warum warf er diese fadenscheinigen Unterhosen nicht endlich in den Müll?

»Koch ihn dir selbst«, sagte Marianne.

Jouni wandte nicht einmal den Kopf, sondern tat eine Filtertüte in den Filter und schaufelte aus einer verbeulten Blechdose Kaffee hinein.

»Wieso soll ich Kaffee kochen, wenn ich selbst Tee trinke?« fuhr Marianne fort.

»Ich hab doch gar nichts gesagt«, brummte Jouni.

Nein, hatte er nicht, aber Marianne hatte den Vorwurf im Knallen der Kaffeekanne und Jounis eckigen Bewegungen schon verstanden. Auf der Arbeitsfläche der mit reichlich Holz eingerichteten Küche setzte sich die Kaffeemaschine mit einem Blubbern in Gang. Jouni stand daneben und wartete.

Lenne schob das Flockenpaket vor seinem Gesicht weg.

»Übrigens, was meint ihr, was ist das lästigste Tier auf der Welt?« fragte er.

Jouni hielt eine Hand unter den Kaffeefilter, damit nichts auf den Boden tropfte, und kippte den Kaffeesatz in den Mülleimer.

»Hast du die *Lapin Kansa* geholt?« fragte er.

»Gehört das etwa auch zu meinen Aufgaben?« erwiderte Marianne.

»Ich finde, die Heuschrecke. Was hat das für einen Sinn, ständig ziellos hin- und herzuhüpfen?« sagte Lenne.

Er blickte erst Marianne, dann Jouni an und erwartete eine Antwort, aber es kam keine.

»Ich kann die Zeitung holen, wenn ich zum Taxi gehe«, bot Lenne an.

Marianne ging zurück ins Schlafzimmer, machte die Tür zu und ließ sich aufs Bett fallen. Sie winkelte die Beine an und zog die Tagesdecke darüber, die mit einem Kiefern-stamm-Muster bedruckt war. Sie blieb in diesem dunklen Zelt liegen und spürte, wie die Realität sich entfernte; in dem warmen Nest war es angenehm. Anfangs drang Len-nes und Jounis Gespräch noch an ihre Ohren, aber bald wurde es zu einem bloßen Rauschen, so wie es in einem großen Schneckenhaus zu hören ist.

»Huhu? Ist hier jemand?«

Marianne begriff erst nicht, wer da rief und worum es ging. Aber sie brauchte nicht lange zu überlegen, denn der Besuch übernahm selbst die Initiative. Die Schlafzimmertür flog krachend auf. Durch die dünne Tagesdecke sah Marianne Tuula in der Türöffnung stehen und den Kopf schütteln.

»Hier ist noch nicht mal das Bett gemacht«, murmelte sie und trat ins Zimmer.

Sie machte die Kleiderschränke auf und durchstöberte Mariannes Blusen, die dort auf Bügeln hingen. Den Slip, der auf der Kante des Frisiertischchens lag, beförderte sie mit spitzen Fingern auf den Fußboden.

Marianne wartete ab, bis die Schwiegermutter nur noch einen Meter entfernt war, und richtete sich dann mit Schwung auf.

»Das Bett ist nicht gemacht, weil ich noch schlafe«, sagte sie.

Tuula schrak zusammen und griff sich mit der linken Hand an die Brust.

»Was bin ich erschrocken, als ...«

Sie sprach nicht weiter und sah Marianne flehend an, ihr den peinlichen Auftritt zu verzeihen. Aber es gab keine Gnade.

»Stell dir vor, ich auch, als ich jemanden eigenmächtig reinkommen hörte. Ich hätte mir natürlich denken können, daß du es bist.«

Tuula starrte sie mit offenem Mund an. Sie trug einen beerengrützenfarbenen Jogginganzug, den sie selbst genäht hatte. Matti hatte genauso einen.

»Ich bin nur gekommen, um zu fragen, ob du vielleicht einen Spaziergang mit mir machen willst?«

Marianne schaute die Schwiegermutter erstaunt an. Zusammen spazierenzugehen gehörte wirklich nicht zu ihren Gewohnheiten. Ihre Beziehung bestand eher darin, daß die

Schwiegermutter ihr Ratschläge zu allem und jedem aufnötigte, obwohl Marianne ihr möglichst aus dem Weg ging. Diese Einladung war so merkwürdig, daß Marianne sehen wollte, was dahintersteckte.

»Ich habe dir auch Stöcke mitgebracht«, sagte Tuula.

Sie reichte Marianne ein Paar Stöcke mit dem Löwenlogo eines Eishockeyclubs und Gummifüßen. Ihre eigenen Stöcke hatten ein Mohnblumenmuster.

»Die habe ich zum Vatertag für Matti gekauft, aber ich habe ihn nur einmal dazu gebracht, sie zu testen«, sagte sie.

Marianne und Tuula gingen los, am graugebleichten Straßenrand entlang. Einen Randstreifen gab es nicht, so daß man in den Straßengraben ausweichen mußte, wenn Autos entgegenkamen.

»Beweg auch die Arme, so, zieh dich vorwärts, so, ein bißchen vorgebeugt. Das fühlt sich in den Schultern nachher gut an«, dozierte die Schwiegermutter.

Marianne bewegte ihre Stöcke mechanisch vor und zurück. Einst war sie vor der Spießigkeit nach Lappland geflüchtet, aber wohin war sie gekommen! Demenzskilaufen am Rand der Schotterstraße. Die Situation war so trostlos, daß sie lachen mußte.

»Du warst wohl kaum so besorgt um meine Schultern, daß du mich aus dem Bett holen mußtest, um zu walken«, sagte Marianne.

Tuula keuchte gleichmäßig voran, als ob Marianne nichts gesagt hätte.

»Und Brust raus, Bauch rein«, mahnte sie nur.

Die Frauen gingen im Gänsemarsch die gerade Straße entlang, Tuula stapfte mit kräftigen Bewegungen voran, und Marianne schleifte ihre Stöcke hinter sich her. Sie dachte, Nordic Walking war ein gutes Symbol für ihr Leben: eine lange ebene Gerade, und am Horizont zeichnete sich nichts ab als die Umkehr nach Hause.

»Ich wollte mal fragen, wie es zwischen dir und Jouni so läuft«, begann Tuula.

Marianne wußte nicht, was sie darauf antworten sollte. Jetzt war sie an der Reihe damit, eine unangenehme Frage zu ignorieren. Sie tat, als hätte sie nichts gehört, und begann vor sich hin zu summen.

»Matti und ich haben uns seit Jahrzehnten nicht gestritten«, fuhr Tuula fort.

»Jetzt lüg aber nicht!« entfuhr es Marianne.

Die Schwiegermutter blieb stehen und lehnte sich auf ihre Stöcke. Marianne hielt einige Meter weiter an und stocherte mit der Stockspitze auf einem kleinen Stein herum.

»Wenn sich bei uns was zusammenbraut, dann geht Matti in den Wald. Wenn er zurückkommt, hat sich die Sache erledigt.«

»Auf die Art und Weise legt man also hier die Probleme auf Eis«, ätzte Marianne.

Tuula zog ein Taschentuch aus dem Ärmel ihrer Joggingjacke, trompetete hinein und steckte es wieder zurück.

»Es ist besser, wenn man nicht in allem rumwühlt«, sagte sie.

Sie schnaubte lautstark und legte einen Spurt von ein paar Metern hin. Dann blickte sie über die Schulter und rief:

»In letzter Zeit ist Jouni oft spät abends und sogar nachts bei uns aufgetaucht.«

Marianne blieb abrupt stehen und ließ die Schwiegermutter weiterlaufen. Die glaubte offenbar, daß Marianne ihr folgte. Ihr Mundwerk ging, aber Marianne hörte nicht, was sie sagte. Marianne hustete kräftig. Da erkannte Tuula die Situation und stoppte. Sie fuhr mit lauterer Stimme fort:

»Er hatte immer einen Vorwand fürs Kommen, aber den wirklichen Grund, den hat er nicht gesagt.«

Marianne schleuderte die Walkingstöcke in den Straßengraben und rannte im Laufschritt zurück. Wie konnte Tuula es wagen, sich in ihre Angelegenheiten zu mischen?

»Du kennst doch das Gemälde von Alariesto, mit dem großen Felsbrocken im See?« rief die Schwiegermutter ihr nach. »In Lappland war es früher üblich, daß ein Mann seine kratzbürstige Alte auf den Felsen setzte und nach einigen Tagen wieder abholte.«

Tuula wußte offenbar mehr über Mariannes und Jounis Streitigkeiten, als gut war. Und diese Wanderung hatte den Zweck, der wertlosen Schwiegertochter deutlich zu machen, daß sie aufhören mußte, den Sohn zu ärgern.

»Auch für dich wird sich noch ein Kratzbürstenfelsen finden!« rief die Schwiegermutter und fischte die Walkingstöcke, die Marianne weggeworfen hatte, aus dem Graben.

Marianne blieb stehen und drehte sich um. Sie war so wütend, daß es ihr schwerfiel zu sprechen.

»Geh verdammt noch mal ins Museum!« rief sie.

Die Schwiegermutter ließ den Stock, den sie gerade aus dem Graben geholt hatte, in den Schlamm zurückfallen und richtete sich auf.

»Dann ist es wohl besser so, wie man das heute macht. Man ›lebt sich auseinander‹ und trennt sich«, sagte sie.

11 Lenne saß am Küchentisch und knabberte ein Knäkkebrot. Er hielt es mit der Unterseite nach oben, damit die Butter aus den Löchern auf der Zunge schmolz. Wenn er Kakao dazu trank, den er in der Mikrowelle warmgemacht hatte, wurde das Brot weich und bildete einen süßen Brei. Es fühlte sich angenehm an, ihn durch die Lücke zwischen den Vorderzähnen zu drücken. Lenne war allein zu Hause, so daß niemand es ihm verbieten konnte; er durfte so viele Tassen Kakao trinken, wie er wollte.

Wenn Mama und Papa nachts ihre Streitereien anfingen, preßte Lenne sein Kissen fest über beide Ohren. Manchmal dauerte der Streit so lange, daß seine Hände müde wurden und das Weinen und die Flüche durch die Abschirmung hindurchsickerten. Dann begann Lenne halblaut vor sich hin zu plappern, damit er es nicht hörte. Einiges aber drang stets durch seinen Schutzschirm: Mama hatte Papa angeschrien, es ging um ein Studium und das Bedürfnis nach einer Arbeit, die Intelligenz forderte, und daß sie bei den Schweinen nicht viel nachzudenken brauchte. Papa gab zurück, daß niemand sie gezwungen hatte hierzusein. Sie selbst hatte die Beine breitgemacht und war schwanger geworden.

Letzte Nacht hatte Mama Papa geschlagen. Lenne hörte ihre Fäuste klatschen, als Papa sie abwehrte. Die Haustür knallte, und Papa verschwand. Lenne schlich ans Ende der Treppe, legte sich vorsichtig auf den Bauch und schaute nach unten. Mama saß auf dem Fußboden, lehnte die Stirn ans Sofa und weinte. Sie sah nicht wie Mama aus; Mama schlug Papa nicht und weinte nicht, sondern hänselte Lenne mit den Mädchen in der Klasse, gab ihm einen Gutenachtkuß und nannte ihn ihren Rentierjungen. Die da war ganz anders. Mama konnte doch nicht weg wollen. Mama war immer zu Hause, pustete und klebte ihm ein Pflaster auf, wenn er sich das Knie aufschlug.

Am Morgen schlief Papa lange auf dem Sofa und roch nach leeren Bierflaschen. Mama machte sich ein bißchen zu munter mit dem Frühstück zu schaffen.

Wenn Lenne hörte, daß ein Streit anfing, sagte er sich immer wieder vor: Es ist nur ein Traum, es ist nur ein Traum. Wenn der Streit lange genug anhielt, schlief er ein, und was passiert war, wurde wirklich zu einem Traum. Diesmal funktionierte der Trick nicht. Er war wie ein Extra in einem Xbox-Spiel, das man nur so und so oft benutzen kann.

Die Türklingel läutete zweimal schnell hintereinander und nach einer kurzen Pause noch einmal. So klingelte nur Topi. Lenne ging nicht hin, denn Topi machte sich immer selbst die Tür auf. Lennes Mama hatte ihm sicher hundertmal gesagt, er solle warten, aber Topi war das egal.

»Hi!« rief Topi.

Er zog im Flur die Gummistiefel aus und kam auf Wollsocken in die Küche getappt. Die Mütze behielt er auf.

»Hi!« antwortete Lenne. »Dein Papa hat dich also doch hergefahren.«

»Hat er, und ich mußte ihm dafür nur versprechen, daß ich nächstes Mal den Abwasch mache«, sagte Topi.

»Den mußt du doch sonst auch immer machen?«

»Genau.«

Topi zog seinen Wollpulli aus der Hose und hinderte mit einer Hand etwas am Herausfallen.

»Bist du allein zu Hause?«

Lenne nickte. Topis Mundwinkel verzogen sich zu einem breiten Grinsen.

»Guck mal, was ich bei den Elchjägern auf dem Hochsitz gefunden habe! Ziemliche Brummer!«

Er schüttelte seinen Pulli aus, und drei zerfledderte Zeitschriften fielen aufs Parkett. Die zuoberst aufgeschlagene Seite zeigte eine dunkelhaarige Frau, die in die Kamera blickte. Ihre Augen waren halb geschlossen, als würde sie gerade einschlafen. Sie saß breitbeinig auf einem Stuhl, der verkehrtherum stand. Zwischen den Stäben der Stuhllehne war eine glänzend rote Spalte zu sehen. Darum herum wuchs gekräuseltes Haar. Lenne drehte schnell den Kopf weg, er traute sich nicht, lange hinzuschauen. Topi legte Daumen und Zeigefinger seiner rechten Hand zu einem Ring zusammen und bewegte den linken Zeigefinger darin vor und zurück.

»Das ist das Zeichen für Bumsen«, sagte er.

»Weiß ich doch.«

Lenne schluckte den letzten Bissen Knäckebrot runter, kippte den Kakao hinterher und wischte sich mit dem Ärmel den Kakaobart ab. Dann nahm er die Zeitschriften und ging ins Obergeschoß. Topi folgte ihm. Lenne schob die Zeitschriften, die ihm in den Händen brannten, unter seinen Pulli, genau wie Topi es gemacht hatte. Sie setzten sich nebeneinander auf Lennes Bettkante. Auf dem Bett lag eine Tagesdecke mit dem Stärksten Teddy der Welt. Die hatte Lenne mit fünf Jahren zu Weihnachten bekommen. Jetzt nahm er sich ein Heft, auf dessen erster Seite eine magere Frau an einem Sandstrand stand. Nur an einer Stelle war sie nicht dünn: Ihre runden Brüste ragten auf den Betrachter zu, und die Hände bedeckten den Schritt. Die Brustwarzen hatten eine merkwürdige Farbe, nicht rot, nicht braun, sondern irgendwie dazwischen.

»Was würdest du machen, wenn dir so eine begegnet?«
fragte Lenne.

Topi machte das Bumszeichen. Der Finger bewegte sich
jetzt schneller als zuvor.

»Weglaufen würdest du!«

»Gar nicht, ich würde zur Sache gehen!«

»Und womit?« lachte Lenne.

Topi stand auf und zog seine Thermohose und die lange
Unterhose mit Micky-Maus-Muster herunter. Sein Pimmel
zeigte schräg nach oben.

»Hiermit.«

»Vergleich mal damit«, sagte Lenne und zeigte auf einen schnurrbärtigen Mann in dem Magazin. Zwischen dessen Beinen erhob sich ein von dicken Adern durchzogenes
Glied wie ein Baumstamm.

»Eero hat in der Schule gesagt, wenn der Schwanz zehn
Zentimeter lang ist, kann man damit Kinder machen«,
sagte Topi.

»So lang ist deiner bestimmt nicht«, sagte Lenne.

Er nahm ein Lineal aus der Schreibtischschublade und
legte es an Topis Pimmel an, die Null genau am Hoden-
ansatz. Länger als sechs Zentimeter wurde er nicht, auch
wenn Topi daran zog. Lennes war ungefähr einen Zentimeter länger, aber zehn blieben eine Wunschvorstellung.

Lenne blätterte weiter. Da war eine Frau, die wie Mama
aussah. Sie saß in einem Kuhstall im Heu auf dem Boden,
in einem Arbeitsoverall, dessen Reißverschluß ganz offen-
stand. Ihre Haare waren rot, und die Mundwinkel zeigten
nach oben. Die Augen waren nicht wie Mamas. Sie waren
kalt, und es war eigentlich nichts in ihnen zu sehen, ähnlich
wie bei dem Glasauge von Topis Opa.

»Guck mal, die Möse«, sagte Topi.

In der Öffnung zwischen den Beinen der Frau war ein Hühnerei zu sehen. Rote, feuchte Haut spannte sich um die Schale. In einem Korb, der davorstand, lagen schon einige Eier. Unter dem Bild stand: »Hat deine Mama dir auch erzählt, daß dich der Storch gebracht hat?«

Lenne bekam ein klammes Gefühl. Die Frau auf dem Bild sah seiner Mama zu ähnlich. Er warf Topi die Zeitschrift ins Gesicht. Der reagierte blitzschnell; eine kleine knochige Faust traf Lenne im Zwerchfell. Lenne krümmte sich zusammen und schnappte nach Luft. Wenn ihm die Luft wegblieb, bekam er immer Todesangst, obwohl er wußte, daß er gleich wieder atmen konnte. Topi betrachtete seine Faust, erstaunt über deren Schlagkraft.

»Ich wollte nicht so doll zuschlagen. Habe bestimmt den Solarplexus getroffen. Da soll man hinschlagen, das weiß ich vom ›Phantom‹.«

Topi sammelte die Zeitschriften ein und steckte sie in seine Hose.

Die Jungen saßen schweigend nebeneinander auf Lennes Bett und wußten nicht, was sie machen sollten. Die Wanduhr tickte, in dem Gesicht auf dem Zifferblatt bewegten sich die Augen im Sekundenintervall.

»Haben deine Eltern sich viel gestritten, bevor deine Mama wegzog?« fragte Lenne.

Topi lehnte sich auf dem Bett zurück, legte den Hinterkopf an die Wand. Seine Haltung war zu lässig, um natürlich auszusehen.

»Zu lange. Mama hätte eher gehen sollen.«

Lenne trommelte mit den Fingern auf die Bettkante. Das Bett hatte Papa gehört, als er klein war. Papa hatte Aufkle-

ber von Banken und Jenkki-Kaugummi an Kopf- und Fuß-
ende geklebt, Lenne hatte mit Pokemons und Fußballstik-
kern weitergemacht.

»Worüber haben sie sich gestritten?«

»Ach verdammt, über alles mögliche.«

Topi ging zu Lennes Xbox. Er nahm einen Stapel Spiele
und blätterte ihn durch.

»Ist es jetzt besser?« fragte Lenne.

»Viel besser. Ich kann immer mal mit dem Flugzeug zu
Mama fliegen. Kostet weniger als einen Hunderter und
dauert noch nicht mal zwei Stunden.«

»Wolltest du nicht mit deiner Mama mitgehen?«

»Niemals! Das ist kein Ort für Menschen, dieses Helsinki.« Topi steckte ein Spiel in das Gerät. Es war Lego
Indiana Jones. Er drehte den Ton voll auf. Dann stand er
rasch auf und ging zur Tür.

»Wo gehst du hin?« schrie Lenne über das Gedröhn des
Fernsehers.

Topi wandte nicht den Kopf, rief nur: »Pinkeln!« und
verschwand. Auf dem Bildschirm ließ Indiana Jones seine
Peitsche sausen. Mit der müßte er Mama einfangen und so
lange festhalten, daß sie vergessen würde wegzuziehen.

12 Jouni beugte sich auf dem Quad vor und federte in den Knien. Er drückte ordentlich aufs Gas. Das Quad kroch einen felsigen Hügel hinauf. Jouni hielt an und sah sich um: Lenne kam hinterher, daß die losen Steine nur so flogen. Heute war er das erste Mal als richtige Arbeitskraft dabei, nicht nur zum Lernen. Er war zwei Tage von der Schule befreit.

»Du fährst gut! Wer hat dir das nur beigebracht?« rief Jouni über das Motorengeknatter hinweg.

»Was?«

Jouni winkte mit einem Kopfschütteln ab und lächelte. Er versetzte dem Jungen ein paar ordentliche Knuffe an die Schulter. Lenne lächelte zurück. Vekku rannte hechelnd mit wedelndem Schwanz auf Jounis Quad zu. Jouni scheuchte ihn mit einem Griff in den Nacken zurück zum Rentierhüten. Der Hund mußte dafür sorgen, daß kein Tier von der Herde abkam. Er arbeitete eifrig, bettelte aber zwischendurch um Lob. Die Rentiere sollten näher an der Umzäunung gesammelt werden, damit man sie für die kommenden Rentierscheidungen nicht im Schnee von weither holen mußte. Jetzt waren die Tiere verstreut, weil die Brunft noch nicht begonnen hatte. Aber bald würden die Männchen anfangen, Weibchen in Harems um sich zu scharen. Diese Arbeit erleichterte man ihnen jetzt.

Immerzu liefen Rentiere vorüber. Die Bullen hatten sich an Pilzen rundgefressen und protzten mit ihren prächtigen Geweihen. Bald würden sie keine Zeit mehr zum Fressen haben, wenn sie die Kühe decken und gegen die anderen Männchen kämpfen mußten. Wie leicht ein solches Leben doch war, dachte Jouni. Als Rentier brauchte man sich nur einen Monat im Jahr um die Weibchen zu kümmern, den Rest der Zeit konnte man in Frieden leben.

Vattulainen knatterte auf seiner alten Bombardier heran. »Wir treiben sie direkt über die Straße, ist ja wenig Verkehr. Fahrt ihr rüber zum Stoppen!«

Jouni nickte und fuhr los. Um Lenne brauchte er sich keine Sorgen zu machen. Der kam schon hinterher.

Jouni und Lenne saßen am Straßenrand und tranken Kaffee. Jouni schenkte auch Lenne etwas ein. Der goß reichlich Milch aus seiner Feldflasche dazu. Jouni rauchte eine Zigarette. Beim Rauchen schmeckte der Kaffee schwächer. Es war ein kurzer Augenblick der Ruhe, bevor die Rentiere kamen.

»Papa, wie sieht wohl ein Knoblauchfuß aus?« fragte Lenne.

»Was redest du da wieder?«

»Na ja, ich dachte, weil das ja Zehen sind.«

Jouni blickte seinen Sohn schmunzelnd an, der zufrieden über seinen Witz grinste. Dann kippte er den Rest Kaffee auf die Erde. Die Glocke des Leittiers war schon zu hören.

»So, weg mit dem Kaffee und rauf aufs Quad! Laß uns sehen, wo sie rauskommen, und dann sperren wir auf beiden Seiten ab«, sagte Jouni.

»Wie mach' ich das, absperren?«

Jouni machte ihm vor, wie er sich breitbeinig hinstellen und signalisieren mußte. Er streckte die Arme über den Kopf und bewegte sie herunter an die Seiten und zurück. Lenne nickte. Nun galoppierten etwa zwanzig Meter von ihnen entfernt die ersten Rentiere auf die Straße. Jouni beschleunigte sein Quad vor ihnen auf die andere Seite. Lenne blieb auf seiner Seite, stellte sein Quad aber in die Mitte der Fahrbahn. Vater und Sohn wandten den Rentieren jeweils den Rücken zu und standen als Verkehrspolizisten neben ihren Fahrzeugen. Zwischen ihnen eilten die Rentiere in einer langen, schmalen Kolonne hindurch. Die Hunde hielten sie gut zusammen. Vattulainen knatterte auf seinem Quad über die Straße und bedeutete Jouni, daß er schon vorfuhr.

Jouni drehte sich einen Moment um und blickte über die Rentiere, die die Straße überquerten, hinweg auf seinen Sohn. Der stand mit ausgebreiteten Armen da und machte einen robusten Eindruck, auch wenn der dünne Hals seine Schwäche verriet. Jouni konnte es nicht sehen, aber er wußte, daß Lennes Lippen zu einem Strich zusammengepreßt waren und seine Zungenspitze aus dem linken Mundwinkel herausschaute. Sein Sohn, ein kleiner Rentierzüchter. Jouni sah, daß Lenne die Arbeit mit den Rentieren genauso genoß wie er selbst. Im Wald fühlten sie sich beide wohl. Aber dann war da das andere. Man braucht Geld, um Essen auf dem Tisch und Sprit für die Maschinen zu haben. Es müssen nur ein paar Vielfraße oder Bären am falschen Ort auftauchen, und schon blieben bei der Rentierscheidung keine Tiere zum Schlachten übrig. Wenn die von den Raubtieren gerissenen Kadaver irgendwo im Dunkel der Tundra liegenbleiben, kann man keine Entschädigung dafür beantragen. Dann muß man vom Holzverkauf leben, aber Bäume fällen kann man nicht jederzeit. Ein weiterer Punkt sind die Frauen. Wenn man es überhaupt schafft, eine herzulocken, dann muß man eigentlich gleichzeitig im Wald arbeiten und auf dem Sofa mit ihr schmusen. Scheiße, hatte es überhaupt einen Sinn, den Jungen in dieses einsame Männerhandwerk einzuführen?

»Papa!« schrie Lenne.

Er versuchte mitten in die Herde hineinzugehen.

»Verdammt, laß das sein!« schrie Jouni.

Ein Krankenwagen kam mit hoher Geschwindigkeit direkt auf sie zu. Das Blaulicht blinkte, und jetzt heulte auch die Sirene. Jouni drängte sich vor die Rentiere, schrie und scheuchte sie. Er wandte ihnen die Schulter zu und schubste die schnaubenden Tiere an den Straßenrand. Vekku, der Hütehund, kläffte laut und hing den Rentieren an den Hinterläufen.

»Scheuch die, die schon auf der Straße sind, ganz rüber, ich versuche, diese hier aufzuhalten«, stieß Jouni hervor.

Der Krankenwagen war schon nah herangekommen. Er wurde kein bißchen langsamer. Die Rentiere rannten hin und her. Die Rene, die von hinten kamen, drängten die vor ihnen laufenden auf die Straße. Jouni sprang von Rentier zu Rentier, schrie, schubste und schlug.

»Faß, Vekku!« rief er.

Der Krankenwagen raste vorüber, zwischen den Quads hindurch. Das nächste Rentier war mit dem Maul weniger als einen Meter davon entfernt, aber es schrak nicht zurück, sondern zottelte einfältig weiter. Lenne hielt Vekku am Halsband fest. Der Hund bellte aus vollem Hals. Jouni und Lenne kehrten auf ihre Positionen zurück, und Vekku trieb die Tiere, die in der Aufregung seitlich ausgebrochen waren, wieder in die Kolonne hinein. Ein paar Minuten lang kamen noch Rentiere, aber dann hatten alle die Straße überquert. Als letzter erschien Peuraniemi auf seinem Quad. Er wiegte den Kopf und hielt einen Daumen hoch. Jouni ging zu Lenne. Der saß seitlich auf dem Sattel und blickte in die Tundra. Seine Schultern zitterten.

»Unangenehme Sache«, sagte Jouni.

Lenne nickte. Jouni bemerkte, daß der Junge einen Kratzer an der Schläfe hatte. Ein blutiges Rinnsal lief ihm auf die Wange. Jouni zog seine Flanellhemdmanschette unter dem Jackenärmel heraus, feuchtete sie mit Spucke an und wischte ihm damit die Wange und die Schramme sauber.

»So eine kleine Stelle heilt von selbst«, sagte er.

Die Männer und Lenne saßen in der Hütte am Tisch und spielten Tuppi. Jouni und Lenne bildeten ein Paar. Die Rentiersuppe, die Peuraniemi aufgesetzt hatte, brodelte. Ein kräftiger Duft stieg daraus auf.

»Aha, Null!« sagte Peuraniemi.

Jouni hatte zu Hause mit Lenne Tuppi gespielt, und sicher hatte der Junge auch in der Schule mit seinen Kumpels Karten gedroschen, aber in so einer Männerrunde hatte er es offensichtlich noch nie getan. Jouni bemerkte, daß Lennes Hände zitterten.

»Japp, ein Nullspiel«, bestätigte Jouni.

»Der Junge spielt aus«, sagte Vattulainen.

Lenne bewegte die Karten zwischen den Fingern und schien zwischen zweien abzuwägen.

»Ihr braucht es gar nicht zu versuchen. Wir haben schon zu Hause alle Zeichen vereinbart, was, Lenne?« sagte Jouni und zog übertrieben die Augenbrauen hoch.

Lenne spielte eine Kreuz Sieben. Er knallte sie auf den Tisch, als ob sie ihm in den Fingern brannte.

»Kreuz also, hmmmh, Kreuz gefordert, das paßt gut«, sagte Peuraniemi. Er bediente mit einer Kreuz Sechs und massierte seine schwarzen Bartstoppeln so, daß ein kratzendes Geräusch entstand.

»Bist du dünner geworden, Peuraniemi, oder hast du dich bloß nicht rasiert?« fragte Jouni.

Er stieß Peuraniemi mit dem Ellbogen an und legte eine Kreuz Vier auf den Tisch. Vattulainen schnaubte und strich den Stich mit dem Kreuz König ein.

»Blöder Mist, mußte der Junge Kreuz anspielen! Ich hab kein Rami-Spiel angefangen, weil ich dachte, ich schaff' es nicht.«

»Der spielt, wie er es von seinem Vater gelernt hat«, sagte Jouni.

Jouni und Lenne blieben bei jedem Stich drunter. Vattulainen drehte jedes Mal, wenn er einen Stich nehmen mußte, seinen Zeigefinger in den fettigen Haaren herum. Das Haar war schon richtig verknotet.

»Der Junge ist beim Tuppi genauso tough wie bei der Arbeit«, lobte Peuraniemi.

Er reichte Lenne die Hand und sagte, darauf könne man sich schon mal die Hände schütteln.

»Eine verdammt unangenehme Lage da draußen auf der Straße. Allein wär ich nicht klargekommen«, stimmte Jouni zu.

Lenne kratzte sich im Nacken und schaute nach unten. Er warf Jouni einen raschen Blick zu und grinste so, daß die Lücke zwischen den Vorderzähnen zu sehen war. Dann drückte er geniert das Kinn auf die Brust.

»Gut, so einen Sohn zu haben«, sagte Peuraniemi.

Er legte die Daumen aneinander und preßte die Lippen zusammen, als wollte er nach seiner Feststellung einen Punkt setzen. Vattulainen schnaubte und raufte sich die Haare.

Peuraniemi sah Lenne an und lächelte. Er sagte, wenn man sich diese Ohren anschaue, gebe es ja keinen Zweifel, wessen Sohn er sei.

»Die sind nicht das einzige, was groß ist bei den Männern in unserer Familie.«

Er zwinkerte Lenne zu. Der Junge setzte sich gerade hin
und strich sich das Haar aus dem Gesicht.

»Na, jetzt reicht's. Spielen wir weiter, damit wir euch He-
likopterohren plattmachen«, sagte Vattulainen.

»Na, dann gib, und lern zu spielen!« erwiderte Lenne
und schob ihm die Karten hin.

Jouni und Peuraniemi prusteten vor Lachen. Vattulai-
nens Gesicht lief dunkelrot an, und er verzog den Mund.
Er stand auf und setzte sich wieder hin, als wüßte er nicht,
was er tun sollte.

»Setz ... setz dich einfach ruhig wieder hin«, brachte
Jouni unter Gelächter heraus, holte Luft und fuhr fort: »Das
sagen Lenne und ich so, wenn wir zu Hause Karten spielen.«

Vattulainen murmelte, er gehe pinkeln und nachschauen,
ob die Sauna warm genug war.

Die Männer und Lenne saßen in der Hütte und aßen Rentiersuppe. Jouni löste mit dem Lappenmesser Fleisch aus
einem Lendenstück und legte es auf Lennes Teller. Lenne
nahm den Teller, protestierte aber, daß er das selber konnte.
Natürlich. Jouni vergaß manchmal, wie groß Lenne schon
war. Gerade hatte er noch an Mariannes Brüsten geschnuf-
felt, und nun spielte er in der Jagdhütte Tuppi.

Auch Peuraniemi schien darüber nachzudenken, wie die
Zeit verging.

»Kommt mir vor, als ob es erst gestern war, daß wir in Inari mit den Mädels geschäkert haben«, sagte Peuraniemi.

Jouni tunkte etwas Brot in die Suppe und steckte es in

den Mund. Er war ein Frühjahr lang mit Peuraniemi und einem, der Kainulainen hieß, unterwegs gewesen. Im Ausbildungszentrum des Samengebietes in Inari hatte sich jeder von ihnen ein Mädchen aus dem Süden ausgeguckt. Die Mädchen waren nicht allzu wählerisch, denn sie waren weit weg von zu Hause.

»Jaana, das war deine, nicht wahr?« fragte Jouni.

Peuraniemi holte sich mehr Suppe und antwortete:

»Genau, und irgendwie ist sie es immer noch. Die hätte ich mir gerne hergeholt«, sagte er.

Lenne stellte seinen Teller weg und sagte, er gehe schon vor in die Sauna. Jouni bemerkte, daß noch Fleisch auf dem Teller lag, aber er wollte nichts sagen.

»Kainulainens Frau ist auch wieder zurück in den Süden«, sagte Vattulainen.

Jouni nickte, schluckte sein letztes Stück Brot hinunter und füllte seinen Teller auf.

»Er hat sie wenigstens lange genug halten können, um einen Sohn zu kriegen«, fuhr Vattulainen fort.

Jouni löste mit dem Messer Fleisch vom Knochen und fand, Vattulainen könnte langsam den Mund halten. Marianne und Kainulainens Frau waren befreundet gewesen. Nach dem Wegzug ihrer Freundin hatte Marianne sich irgendwie verändert.

»So sind sie, die Dohlen aus dem Süden«, sagte Vattulainen.

Jouni dachte: Das macht der Scheißkerl mit Absicht. Als Vattulainen merkte, daß Jouni schwieg, wurde er nur noch eifriger.

»Weißt du noch, Peuraniemi, die Touristenmädels, als wir letztens im Hotel einen trinken waren? Man brauchte

ihnen nur ein bißchen ins Ohr zu joiken, und schon schleppten sie einen auf ihr Zimmer ab. Und sie wollten uns Telefonnummern geben, damit wir Ostern ...«

»Jetzt halt verdammt noch mal endlich den Mund!«
schrie Jouni. »Gleich kommt der Junge aus der Sauna, da
mußt du wohl keine Bumsgeschichten erzählen!«

Vattulainen wühlte sich wieder in den Haaren. Für Jouni
sah es aus, als verkniffe er sich ein Lächeln.

»Ich meine ja nicht, daß die alle so sind«, spottete er.

»Am besten, du hältst einfach die Schnauze«, sagte
Jouni.

Peuraniemi ging zu seinem Rucksack, holte eine Flasche
Koskenkorva heraus und sagte: »Na, laßt uns in die Sauna
gehen, damit die Stimmung noch ein bißchen angeheizt
wird!« Er schlug mit dem Ellbogen auf den Flaschenboden,
daß es knirschte, öffnete die Flasche, nahm einen großen
Schluck und verzog das Gesicht.

»Noch nie hatte ich so einen Durst – und jetzt schon wieder«, sagte er.

Jouni blieb noch einen Moment in der Hütte sitzen, als
die anderen zur Sauna gingen. Er überlegte, was Marianne
wohl gerade machte. Sie hatte gesagt, sie wolle ins Mökki
fahren, einen ruhigen Abend verbringen, lesen und nachdenken. In der letzten Zeit hatte es viel Streit gegeben, doch
unter der ernsten Maske schaute immer wieder das Mädchen mit den lebhaften Augen hervor, das zugelassen hatte,
daß Jouni sich in ihr Wohnheimzimmer einschlich. Jouni
hatte Sehnsucht nach dem Lachgrübchen in ihrer Wange.
Er wollte sie umarmen und seinen Mund auf das Grübchen
pressen. Marianne würde versuchen, sich loszumachen,
und behaupten, daß seine Bartstoppeln kratzten. Er würde

sie nicht gehen lassen, nirgendwohin, er würde alles tun, damit sie es hier gut hatte. Er wählte ihre Nummer auf seinem Handy. Es läutete viele Male, bevor sie dranging.

»Ich bin's nur ...«

»Ja ...«

»Was machst du denn gerade?«

»Ich bin hier im Mökki, wie ich gesagt habe.«

»Ich wollte nichts weiter, also dann, gute Nacht!« sagte Jouni.

Seine Hände fühlten sich nach dem harten Arbeitstag kraftlos an. Wie sollte er sie festhalten, wenn er keine Kraft zum Zupacken hatte?

13 Jyri atmete zweimal kräftig aus und drückte die Ruftaste des gemeinsamen Lehrerhandys.

»Jyri Hartikainen von der Schule. Ich rufe wegen Lenne an.«

»Wegen Lenne ... Was hat er jetzt wieder angestellt? Läuft es doch nicht mehr so gut?« fragte Lennes Mutter.

»Schlechter. Vor der Sportstunde hat er einen Mitschüler in einem Netz gefesselt und mit Volleybällen beworfen.«

»Aha. Ich glaube, ich weiß auch, wer der Mitschüler war.«

»Ja, die beiden haben die Sache schließlich geklärt. Sie hatten sich gegenseitig geärgert. Aber ich habe Lenne nachsitzen lassen, schließlich ist er handgreiflich geworden.«

»Das ist gut ... so etwas muß auf jeden Fall Konsequenzen haben, aber ...«

Jyri wartete, daß sie weitersprach. Er hörte sie seufzen, dann nahm sie ihren ganzen Mut zusammen.

»Es wäre sicher gut, einmal persönlich darüber zu sprechen. Ich könnte Ihnen die Hintergründe erklären. Jetzt hat es ja schon mehrere Zwischenfälle gegeben.«

Markku, der Allrounder, goß sich seine zwölfte Tasse Kaffee für heute ein. Er hatte den Kopf nach vorne geschoben. Aus dem Versteck in seinen dicken Nackenfalten war ein Hals aufgetaucht. Markku bemerkte, daß Jyri es gesehen hatte, und zog den Kopf wieder ein wie in ein Schneckenhaus. Dann stellte er die Kaffeekanne zurück in die Maschine und goß Milch in den seit einer Schulstunde abgestandenen Kaffee.

»Ich konnte es nicht vermeiden, dein Gespräch mit anzuhören. Du kannst doch den Rat eines Elder Statesman ertragen?«

Jyri verspürte kein Bedürfnis nach Ratschlägen, aber diese Frage konnte er schlecht verneinen.

»Wenn man die Eltern zu nahe ranläßt, gibt es schnell ein heilloses Durcheinander. Besser, du machst dir von Anfang an klar, daß du auf dieser Seite stehst und die auf der anderen«, sagte Markku.

Er steckte sich einen Zuckerwürfel unter die Oberlippe, wie es alte Leute machten, und schlürfte seinen Kaffee.

»Danke für den Hinweis. Aber ich glaube, je reibungsloser die Zusammenarbeit läuft, desto besser«, antwortete Jyri.

Lennes Mutter hatte sich bei ihm eingeladen, und nun konnte er nicht mehr zurückrufen und absagen. Das wollte er auch gar nicht. Die Frau trieb sich ja schon seit der allerersten Begegnung in seinen Träumen herum. Sie saß nackt auf einem Baumstamm und säugte einen Frischling. Ihre langen roten Haare hingen auf die prallen Brüste herab, und eine Milchspur lief über die glatte Haut ihres Bauchs. Jyri wurde zu einem quiekenden Ferkel, lag da und nukkelte. Die Frau lächelte und streichelte ihm mit einer weichen Hand die Wange.

»Professionelle Distanz, weißt du? Die ist in diesem Job genauso wichtig wie bei einem Seuchenarzt«, sagte Markku.

Jyri breitete die Decke über sein Bett, so daß sie wenigstens annähernd wie eine Tagesdecke aussah. Der Eßtisch, den er bei Keula-Kaluste gekauft hatte, wartete noch auf den Zusammenbau. Bisher hatte Jyri an der Arbeitsplatte in der Kochnische gegessen, aber der Mutter eines Schülers wollte er seine Wohnung nicht in diesem Zustand vorführen. Mindestens einen Tisch und Stühle mußte er haben. Er konnte Lennes Mutter ja schlecht bitten, auf der Bettkante Platz zu nehmen.

Jyri schlitzte die Kartonverpackung des Tisches mit dem Brotmesser auf, breitete die Teile auf dem Fußboden aus und überprüfte, ob der kleine Beutel die passende Anzahl Schrauben und Muttern enthielt. Er fragte sich, warum Lennes Mutter zu ihm nach Hause kommen wollte. Man hätte ja auch in der Schule alles besprechen können. Hatte sie etwa damals im Wildschweingehege dieselbe elektrisierende Spannung verspürt? Jyri wußte die Antwort, er hatte es ihr angesehen.

Die Tischbeine mußten mit vier Sechskantschrauben befestigt werden. In der Packung lag ein kleiner Sechskantschlüssel, aber als er die Schrauben damit festzog, rieb er sich die Hand an der Kante des Tischbeins auf. Die Arbeit ging langsam voran und war erst beendet, als zwei Fingerknöchel blutig waren. Jyri stellte einen roten Kunststoffkorb auf den Tisch, den er bei Säästokuoppa gekauft hatte, und legte Orangen und Äpfel hinein.

Er zog sich ein frisches Hemd an, schnallte den Gürtel seiner Jeans zwei Löcher enger und setzte sich an den neuen Tisch. Dann nahm er eine Orange aus dem Obstkorb und riß die Schale auf. Der Saft lief ihm über die aufgeschrammten Finger und brannte.

Die Türklingel schrillte. Jyris Wangen wurden heiß, und sein Herz hämmerte.

»Hallo ...« – »Kommen ...« Jyri und Lennes Mutter fingen gleichzeitig an zu reden und lachten.

»Ja, kommen Sie doch rein!« sagte Jyri.

Lennes Mutter stand in der Tür, mit einer Flasche Wein

in der rechten Hand und einem Briefumschlag in der linken. Sie trug eine kurze gefütterte Wildlederjacke und an den Händen dicke Wollfäustlinge.

»Ich weiß nicht, ob dieses Mitbringsel so passend ist, aber ich habe es trotzdem genommen, weil es zu Hause gerade bereitstand«, sagte sie.

Ihre Stimme klang atemlos, und sie sprach schneller als bei ihrer letzten Begegnung.

»Ach, warum soll man immer darüber nachdenken, ob etwas paßt oder nicht?« entgegnete Jyri und lud sie mit einer Geste ein hereinzukommen.

Sie zog die Jacke aus und reichte sie ihm. In ihrem Gesicht lag derselbe Ausdruck wie damals, als sie ihm mit der Pfote des Frischlings gewinkt hatte. Ihre Augen wurden schmal, und die Lider zitterten ein wenig. Auf einer Wange hatte sie ein Grübchen.

Jyri winkte sie an den Küchentisch und suchte in der Besteckschublade – vergeblich. Er holte den Werkzeugkasten vom Schrank herunter und nahm eine Siebzigmillimeterschraube, einen Kreuzschlitzschraubenzieher sowie eine Zange heraus.

»Ah, Sie sind gerade beim Renovieren ...« begann Lennes Mutter.

»Nein, das ist ein Korkenzieher.«

Jyri drehte die Schraube in den Weinkorken, klemmte sich die Flasche zwischen die Knie und zog mit der großen Zange an der Schraube. Nichts bewegte sich. Jyri riß noch einmal mit einem Ruck an der Schraube. Der Korken brach.

»Wie praktisch, das ist wohl so ein richtiges Kellnerbesteck«, spottete Lennes Mutter.

Jyri holte einen Hammer und schlug mit Hilfe eines großen Nagels den restlichen Korken in die Flasche hinein.

»Etwas unorthodox aufgemacht, aber hier wäre er jetzt«, sagte er.

Er hielt ein Teesieb über das Glas von Lennes Mutter und goß den Wein hindurch, damit keine Korkenstückchen ins Glas fielen. Mit seinem eigenen Glas machte er es genauso und setzte sich dann ihr gegenüber hin.

»Die Wohnung ist etwas spärlich eingerichtet, ich hatte noch keine Zeit dazu«, sagte Jyri.

»Wollen Sie sie möblieren, oder wollen Sie im Frühjahr wieder wegziehen?« fragte Lennes Mutter.

»Na, mein Vertrag läuft vorläufig ein Schuljahr lang, aber man weiß ja nie.«

Lennes Mutter blinzelte ein paarmal. Ihre Lippen waren zusammengepreßt. Auf ihrer linken Wange lag ein Glanz wie Schneeflocken.

»Sie hätten nicht herkommen sollen. Das hier ist das letzte Loch, hier gibt es nichts Gutes. Niemanden, mit dem man reden könnte.«

»Wer bin ich denn dann, ein Nobody?«

Jyri begriff sofort, daß das kein guter Witz war, aber nun konnte er ihn nicht mehr zurücknehmen. Die Lippen von Lennes Mutter entspannten sich erst zu einem Lächeln, aber dann wurde sie wieder ernst.

»Auf jeden Fall der Lehrer meines Sohnes. Lenne spricht immer gut von Ihnen. Er stört zwar in der Schule ... wir haben gerade Schwierigkeiten in der Familie.«

Genau davor hatte Allrounder Markku in der Schule gewarnt. Seiner Meinung nach durfte man nicht als Psychologe oder Eheberater auftreten. Nun, dieser Besuch wirkte ohnehin in keiner Weise professionell.

»Zwischen mir und Lennes Vater läuft es schon seit längerer Zeit schlecht. Der Junge nimmt die Spannung zwischen uns bestimmt wahr. Er benimmt sich schon seit dem Winter schlecht in der Schule.«

Jyri nickte und nahm einen großen Schluck Wein.

»Ich halte es nicht aus, daß ich keine Herausforderung habe. Schweinefüttern und Handarbeiten und abends den Schwachsinn im Fernsehen«, sagte sie.

In ihrer Handtasche klingelte es. Sie zog das Handy heraus, blickte aufs Display, stand auf und ging zum Telefonieren in den Flur. Jyri hörte sie ins Telefon murmeln, sie sei im Mökki. Sie war heimlich hergekommen! Die Lage beängstigte und lockte ihn. Noch war es möglich, einen Rückzieher zu machen, ein paar kühle professionelle Kommentare abzugeben und zu sagen: »Was Lenne betrifft, halten wir Kontakt, wann immer es nötig ist.«

Lennes Mutter setzte sich wieder an den Tisch und erzählte weiter, als ob es keine Unterbrechung gegeben hätte.

»Nach dem Abi bin ich nach Inari ins Ausbildungszentrum des Samengebietes gegangen. Dort habe ich traditionelle samische Handarbeiten gelernt, weil das so verdammt exotisch und schick war.«

Sie machte eine Pause und sah Jyri an, als ob er etwas dazu sagen müßte.

»War es das denn nicht?«

»O doch, und wie! Die Rentierjungs gaben sich die Klinke in die Hand und jaulten, schenkten uns Fellstiefel und wollten uns zur Braut nehmen. Den Rest können Sie sicher erraten, wenn Sie sich klarmachen, wie alt Lenne ist und wie lang mein Gap Year geworden ist.«

Jyri fiel keine passende Erwiderung ein. Dieser offene

Bericht hatte ihn überrascht. Er nahm Teesieb und Weinflasche und füllte beide Gläser.

»Ich wäre bestimmt schon vor Jahren weggegangen, wenn Lenne nicht wäre.«

Sie starrte auf den Tisch. Jyri traute sich nicht, sie wachzurütteln.

»Tut mir leid, daß ich so ... wo wir uns ja noch gar nicht kennen. Aber ich hatte niemanden, mit dem ich reden konnte«, sprach sie schließlich weiter und warf nervös den Kopf zurück.

Jyri dachte an Markkus Vergleich mit der Haltung eines Seuchenarztes. Der Ratschlag funktionierte nicht. Jyri hatte sich nicht die Hände gewaschen, keinen Atemschutz und keine Handdesinfektion benutzt. Er wollte sich infizieren. Er streckte ihr die Hand hin und sagte, es tue ihm leid, aber er erinnere sich nicht an ihren Namen.

»Gesichter behalte ich immer, aber Namen fallen mir schwer«, sagte er.

Die Hand der Frau war jetzt wärmer als damals, als Jyri Lenne nach Hause gefahren hatte. Natürlich wußte er Mariannes Namen noch, aber so konnte er sie berühren. Sie ließ ihre Hand ein wenig zu lange in seiner liegen. Jyri hatte das Gefühl, die Hand könnte kaputtgehen, wenn er zu stark zudrückte. Die Haut fühlte sich gleichwohl hart an, sie hatte gearbeitet.

»Na, wie gut, daß Sie wenigstens etwas behalten haben«, sagte Marianne.

Sie hatte ein komisches einseitiges Lächeln. Der rechte Mundwinkel ging nach oben, der linke nach unten. Sie trank ihr Weinglas leer. Er sah, daß ein Stück Korken an ihrer Oberlippe hängenblieb. Sie leckte es ab, streckte dann die Zungenspitze zwischen den Zähnen hervor und nahm den Krümel weg.

»Ihr Sieb ist zu grob«, sagte sie.

Jyri goß Wein nach. Marianne erschien ihm zugleich vertraut und fremd. Das reizte ihn, ihr näher zu kommen, und bewirkte, daß er sich locker fühlte.

»Was hat Sie denn eigentlich hierhergebracht?« fragte Marianne.

Jyri überlegte, was er sagen könnte. Diesmal würde er nicht von der Suche nach seinem Vater schwafeln, schon gar nicht von seiner krebskranken Mutter. Das würde sie abschrecken.

»Ich wollte weit weg«, sagte er.

Das reichte Marianne aber nicht. Sie fragte nach.

»Weit weg wovon? Von einer Frau?«

Jyri hatte noch nie eine feste Freundin gehabt. In Jyväskylä hatte er eine Kommilitonin etwas näher kennengelernt, doch sofort einen Rückzieher gemacht, als das Zusammensein sich zu einer Beziehung zu entwickeln begann. Aber Mama war ja auch eine Frau.

»Kann man so sagen, ja. Von einer Beziehung, die problematisch wurde.«

Marianne nahm ein Buch vom Tisch, schlug es auf und las: »Berühre mich, von deinem Verlangen überwältigt, ich bin das Goldene Ei der Liebe. Berühre mich, nackt, glühend, ich bin das Goldene Ei der Liebe ...«

Sie holte Luft und las weiter: »Es entkleiden sich die Flüsse und Winde, es entblößt sich der Boden, ich liebe die zehn Öffnungen deines Körpers, berühre mich, von deinem Verlangen überwältigt, ich bin das Goldene Ei der Liebe ...«

Jyri versuchte Marianne zu stoppen. Er streckte die

Hand aus, um ihr das Buch wegzunehmen. Marianne stand auf, entzog das Buch seiner Reichweite, drehte sich um und lief weg. Sie las noch lauter: »Männer und Frauen und Kinder, Knaben und Maiden, in jedem Wort fließt das Goldene Ei in euch hinein. Berühre mich ...«

Jyri jagte nach dem Buch und nach Marianne und bekam sie zu fassen. Sie kippten auf das Bett und balgten sich einen Moment, bevor sie sich küßten. Sie küßten sich so, daß sie das Luftholen vergaßen. Jyri atmete einen süßen Duft ein. Es war kein Parfüm, sondern etwas Milderes und Besseres. Er legte die Hand auf Mariannes Pulli, schob ihn hoch und berührte ihren nackten Bauch. Bewegte die Hand langsam weiter nach oben. Spürte eine weiche Brust.

Marianne rollte sich vom Bett auf den Boden, stand auf und zog den Pulli herunter.

»Was machen Sie da, Herr Lehrer?«

Sie lächelte, sah aber zugleich erschrocken aus.

»Ich bespreche doch nur etwas mit der Mutter eines Schülers.«

Marianne machte einen Schritt auf ihn zu, drehte sich dann um und ging in den Flur. Sie band ihre Schuhe zu.

»Ich muß gehen«, sagte sie.

Dann war sie verschwunden. Jyri setzte sich an den Tisch und goß Wein in das Glas, das Marianne eben benutzt hatte. Das Teesieb war ihm jetzt egal, ein paar Korkenstückchen störten ihn nicht. Jyri hob das Glas vors Gesicht und betrachtete die Lippenstiftspuren. Sie waren der Beweis, daß das Geschehene real war. Jyri legte seine Lippen auf Mariannes Lippenabdrücke.

14 »Ist euer Elch schon abgeschossen?« fragte die Schul-
sozialarbeiterin.

Sie trank Kaffee aus einem Becher, auf dem ein Bild von
einem Kind mit breiverschmiertem Gesicht aufgedruckt
war. Dasselbe Bild klebte auch mit Selbstklebefolie auf dem
Umschlag des Kalenders, der vor ihr auf dem Tisch lag.

»Ja, einer ist abgeschossen, aber der andere läuft noch
rum«, antwortete die Psychologin.

»Und eurer?«

»Die Gefriertruhe ist voll mit Fleisch.«

Jyri saß schweigend daneben und trank Kaffee. Er hatte
über einen Vorwand nachgedacht, um nicht zur Arbeit gehen zu müssen, aber sein Naturell ließ es nicht zu. Wenn er
das einmal tat, konnte es einreißen, und er würde auch ein
anderes Mal wieder im Bett bleiben.

»Wie ist es, Jyri, weißt du etwas über die familiären Umstände von Lenne?« fragte die Psychologin.

Jyri spürte, wie ihn der Schweiß auf der Kopfhaut zu juk-
ken begann. Er öffnete den Mund, konzentrierte sich, und
es gelang ihm, seine Stimme fest klingen zu lassen.

»Da gibt es wohl eine tiefgehende Krise, aber mehr weiß
ich nicht.«

Die Sozialarbeiterin beugte sich über den Tisch und blinzelte den beiden verschwörerisch zu. Jyri und die Psychologin streckten die Köpfe vor.

»Die ist ja ein bißchen so ein Flittchen, die Mutter von
Lenne. Hält sich wohl für was Besseres. Ein normales Leben reicht der nicht.«

Die Psychologin nickte und schrieb etwas in ihr Heft.
Jyri wollte Marianne verteidigen, aber hier war es besser
zu schweigen.

»Das bleibt ganz unter uns. Angeblich ist sie oft über Nacht im Mökki«, sagte die Sozialarbeiterin, machte eine Pause und fuhr flüsternd fort – »allein!«

»Und was soll das bitte aussagen?« entfuhr es Jyri.

Die Sozialarbeiterin und die Psychologin sahen ihn lange an, als wäre er geistig zurückgeblieben.

Exakt zur festgesetzten Zeit klopfte es an der Bürotür. Als erster kam Lenne herein. Sein Blick huschte der Reihe nach über die Sozialarbeiterin, die Psychologin und Jyri und blieb dann an einem alten Schulwandbild kleben, auf dem eine Orang-Utan-Mutter ihr Junges auf dem gekrümmten Arm trug. Lennes Vater hielt den Jungen an der Schulter fest und steuerte ihn auf den Tisch zu.

»Na los, Lenne, gib ihnen die Hand!« sagte er.

Die beiden schüttelten allen die Hände. Jyri sah dem Vater des Jungen fest in die Augen, aber der Handschlag war hektisch. Der kleine dunkle Mann war sofort als Lennes Vater erkennbar, nicht nur am Äußeren, sondern auch an seiner Körpersprache. Er spielte den Kernigen, machte aber nervöse Bewegungen.

»Der Rektor ist in einer Sitzung im Gemeindeamt, aber wir kommen bestimmt auch ohne ihn zurecht. Wollen Sie Kaffee?« fragte die Sozialarbeiterin und knipste mit ihrem Kugelschreiber.

Sie sprach jetzt stärker Dialekt als zuvor, vielleicht versuchte sie zu erreichen, daß sich die Gäste mehr zu Hause fühlten. Sie goß Lennes Vater Kaffee ein und fragte:

»Was ist mit Lennes Mutter, konnte sie nicht mitkommen?«

Lennes Vater verlagerte seine Hand vom Tisch auf die

Knie. Es sah aus, als ob die Hände überzählige Körperteile waren, für die es keinen passenden Ort gab.

»Nein. Sie hat etwas im Ort zu erledigen«, sagte er.

Die Antwort kam langsam. Korhonen hob die Kaffeetasse erst mit einer Hand hoch, nahm aber dann die andere zur Hilfe, als die Tasse zitterte.

»Jyri, würdest du bitte erklären, warum wir hier sind?« fuhr die Sozialarbeiterin fort.

Jyri räusperte sich, aber der Kloß in seiner Kehle löste sich nicht. Jyri befand sich genau dort, wo er am allerwenigsten sein wollte. Der Schweiß war ihm schon in den Nakken gelaufen.

»Ja. Also, Lenne verhält sich in der Schule schon seit Anfang des Schuljahres störend. Das Schlimmste ist, daß es in den Pausen immer wieder Keilereien gibt. Nachsitzen nützt offenbar nichts.«

Lennes Kopf zuckte unruhig, aber sein Blick untersuchte immer noch das Orang-Utan-Bild. Die große Affenmutter hing an Lianen und hielt ihr Baby mit dem anderen Arm am Körper. Das Junge lag auf dem Rücken im angewinkelten Arm der Mutter und saugte an ihrer Zitze. Der Rektor zeigte immer zu Beginn seiner Besprechungen auf das Bild und sagte: »Schauen wir in den Spiegel!« An dem Leben des Orang-Babys war nichts auszusetzen.

»Lenne, hast du etwas dazu zu sagen?« fragte die Sozialarbeiterin.

Lennes Vater machte mit dem Daumen eine massierende Bewegung auf der Schulter seines Sohnes. Lenne schüttelte den Kopf.

»Ganz klar, daß er mit diesen Kabbeleien aufhören muß. Aber in unserer Familie sind ein paar Sachen ...«

Die Psychologin bewegte ihren Stift im Heft, sie zeichnete eine langstielige Blume. Dann fiel ihr auf, daß die anderen schwiegen, und sie glaubte, sie wäre etwas gefragt
worden.

»Also, wie bitte?« sagte sie.

»In letzter Zeit hat Lenne bestimmt mit anhören müssen, wie seine Mutter davon geredet hat, daß sie wegziehen
will«, sagte Korhonen.

Lenne riß sich die Hände seines Vaters von der Schulter.

»Ich hab gar nichts gehört, und ich höre auch nichts!«
rief er.

Er rannte auf den Ausgang zu. Sein Vater rief hinterher, er müsse sofort zurückkommen oder er könne bis nach
Hause rennen.

»Ach, lassen Sie ihn laufen, wenn er laufen will«, beschwichtigte die Sozialarbeiterin. »Lassen Sie uns ohne
Lenne weitermachen, das ist sicher besser so.«

Korhonen stützte das Kinn auf die zur Faust geballte
Hand und preßte Daumen und Zeigefinger der anderen
Hand auf die Augen. Er blieb lange in dieser Haltung sit-
zen. Jyri dachte: Ich habe die Frau dieses Mannes geküßt.
Er mußte sich zwingen, nicht auszurufen: Ich war es, ich
bin schuld.

»Sie sagten, Lennes Mutter habe davon gesprochen auszuziehen?« fragte die Psychologin.

Lennes Vater brachte seine Hände, die groß für einen so
kleinen Mann waren, auf dem Tisch zur Ruhe und atmete
tief aus.

»Ja, das ist mir rausgerutscht.«

Die Psychologin wartete darauf, daß er weitersprach,
aber er saß nur da und starrte auf seine Hände. Jyri konnte

es nicht ertragen, ihn leiden zu sehen, er betrachtete statt dessen die Fensterscheibe, die von Feuchtigkeit und Frost mit Eisblumen geschmückt war.

»Denkt sie schon lange über das Wegziehen nach?« fragte die Sozialarbeiterin.

Jyri begriff, daß es merkwürdig wirkte, wenn er starr wegschaute. Er wandte sich wieder um. Der Mann, der vor ihm saß, war nicht der speichelspritzende Rabauke aus dem Reponen oder der urtümliche Kerl aus Mariannes Erzählung. Da hätte sehr gut er selbst sitzen können.

»Ewiges Wiederkäuen, das ist das Schlimmste, was man einem Kind in solchen Fällen antun kann«, fuhr die Sozialarbeiterin fort.

Korhonen stand mit Wucht auf, seine Knie ließen die Tischplatte erbeben. Er fletschte die Zähne, setzte sich die Schirmmütze auf den Kopf und ging auf die Tür zu, drehte sich dann um und stützte sich auf die Tischkante.

»Als ob eine Scheidung nicht schlimmer wäre!« schrie er.

Korhonen schien vor der Kraft seiner Stimme zu erschrecken und setzte sich wieder seitlich auf die Stuhlkante. Seine Kieferknochen arbeiteten unter den Bartstoppeln. Die Sozialarbeiterin knipste in gleichmäßigem Takt mit ihrem Stift. Sie versuchte, die Stimmung zu lockern und fragte:

»Also, wie kommt Lenne denn mit dem Unterrichtsstoff zurecht?«

»Wie das vorher war, weiß ich nicht genau, weil ich ja erst im Herbst in der Klasse angefangen habe, aber in den ersten Tests lag er bei der Note Ausreichend«, sagte Jyri.

Korhonen hatte sich inzwischen wieder gesammelt und stand von neuem auf.

»Darüber wird jetzt nicht mehr geredet. Der Junge hat recht, es ist sinnlos, das mit euch durchzulabern«, sagte er.

Im Kugelschreiber der Sozialarbeiterin schnappte die Feder auf. Der Druckknopf zum Bewegen der Mine flog davon und landete in der Zimmerecke.

»Wenn wir doch vielleicht ...« versuchte sie noch.

Korhonen marschierte aus dem Büro und machte die Tür hinter sich zu.

Die Sozialarbeiterin hob einen Finger an den Mund zum Zeichen, daß sie noch nicht, aber gleich, darüber sprechen würden. Ein kleines Lächeln spielte ihr in den Mundwinkeln. Als die Schultür zuschlug, flüsterte sie, sie habe es ja gesagt, daß die Mutter schuld sei.

»Sie sollte endlich begreifen, daß sie ausziehen muß und aufhören, die Familie zu quälen«, stimmte die Psychologin zu.

Die Sozialarbeiterin preßte die Lippen zusammen und nickte. Jyri rückte von den beiden ab und sagte:

»So eindeutig liegen solche Fälle doch wohl nicht, oder?«

Psychologin und Sozialarbeiterin sahen sich mit gegenseitigem Einverständnis an. Jyri war ein Grünschnabel in solchen Wildnisdingen.

»Doch, das weiß man aus Erfahrung, daß alles andere besser ist als so ein Schwebezustand«, antwortete die Sozialarbeiterin.

»Die Lösung könnte doch auch sein, daß die beiden sich aussöhnen?« beharrte Jyri.

»Ja, aber selten. Diese Süd-Dohlen fliegen zurück, wenn die Anfangsfaszination sich gelegt hat, und die Söhne bleiben beim Vater«, sagte die Sozialarbeiterin.

Jyri war ohnehin schon als begriffsstutzig abgestempelt, also konnte er jetzt fragen, was er wollte.

»Aber ein Kind kann doch mit wegziehen?«
Sozialarbeiterin und Psychologin fingen gleichzeitig an zu reden. Die Sozialarbeiterin verstummte und nickte der Psychologin zu, sie solle es ihm sagen.

»Ein Mädchen vielleicht, aber daß ein Junge aus einem Rentierbetrieb in den Süden ginge – nein, nein ... das ist einfach nicht üblich.«

Jyri saß auf dem Fußboden in seiner Reihenhauswohnung zwischen Pappkartons, Regalteilen und mit Kleidung gefüllten Müllsäcken und trank Tee. Er versuchte seine Mutter anzurufen, aber sie nahm nicht ab. Anstelle seiner lockigen, runden und lachenden Mama befand sich nun ein kahlköpfiges und kotzendes Häufchen Elend im Krankenhaus, und Jyri durfte erst zu Besuch kommen, wenn es ihr wieder besser ging. Ihr ewiges Beschützen hatte Jyri lange daran gehindert, das Leben kennenzulernen. Nun wollte sie ihn davor schützen, den Tod zu sehen.

Der Fluß war vor zwei Tagen zugefroren. Ein wagemutiger Skilangläufer, der einen Bohrer zum Eisangeln auf dem Rücken trug, bewegte sich in der Mitte. Das Eis konnte nur wenige Zentimeter dick sein. Jyri ärgerte sich über diesen Egoismus: Der Eisangler zwang ihn, Ausschau zu halten. Einen Ertrunkenen direkt vor seinem Fenster wollte Jyri nicht auf seinem Gewissen haben.

15 Marianne starrte auf den Computerbildschirm und trank Cider aus der Dose. Der Geschmack erinnerte sie an Kaugummi. Aber die Kindheitserinnerungen an platzende Kaugummiblasen paßten nicht zur Situation. Marianne hatte Kopfhörer auf und hörte sich immer und immer wieder einen düsteren Song an, in dem der Sänger den Morgenstern um Verzeihung bat.

Lenne und Jouni waren von der Besprechung in der Schule zurückgekommen. Lenne hatte rote Augen. Im Flur kickte er seine Schuhe an die Wand, dann verschwand er in seinem Zimmer. Daß Marianne sagte, sie habe einen Ofenpfannkuchen gemacht, war ihm egal. Sie hatte nicht mitfahren wollen, obwohl es hätte sein müssen. Aber wenn Jyri dabei war, hätte sie sich nicht natürlich verhalten können. Nun kam Jouni herein und ging an ihr vorbei in die Küche. Dann rief er auch Lenne dorthin.

Marianne erklärte, im Kühlschrank sei Marmelade, aber die beiden antworteten nicht, schaufelten den Pfannkuchen schweigend in sich hinein. Marianne saß ihnen am Tisch gegenüber. Sie bildeten eine Mannschaft, sie sahen sogar völlig gleich aus. Die Schulschwester hatte Lenne gesagt, daß man seine abstehenden Ohren operieren könnte. Laut der Begründung des Rektors für eine Stunde Nachsitzen hatte Lenne erwidert, dann könne man bei ihr ja den Bauch kleiner operieren. Es sah aus, als ob Lenne auch genau so eine Nase wie Jouni bekommen würde und die gleichen buschigen Augenbrauen. Marianne plapperte, der Pfannkuchen sei ihr nicht so gut gelungen, wie er sollte. Lenne warf ihr einen Blick zu. Er hatte Augen wie ein Krähenküken. Sie schauten durch Marianne hindurch und suchten etwas, was sie in ihr nicht fanden. Sie murmelte, natürlich gehe es auch nur mit Zucker, und verließ die Küche. Mit dem Pfannkuchen hatte sie versucht, sich selbst zu beschwindeln.

Der Song war zu Ende, und Marianne bewegte den Cursor zurück auf den nach rechts zeigenden Pfeil. Dasselbe Musikstück fing zum wer weiß wievielten Mal an. Der Geschmack von Juicy Fruit begann sie anzuekeln, aber die Leichtigkeit, die der Alkohol brachte, siegte.

Sie nahm die Kopfhörer ab. Es war still. Auch Jouni war schließlich schlafen gegangen. Marianne hatte die Kopfhörer im Laufe des Abends mehrfach abgesetzt, aber stets hatte sie Jounis Schritte oder den Fernseher gehört. Er hatte bestimmt auf sie gewartet, doch sie hatte andere Pläne. Sie schloß die Tür ab, kletterte auf einen Hocker und reckte sich nach dem obersten Schrankfach. Hinter den Fotoalben zog sie eine blonde Perücke und eine große Sonnenbrille hervor. Sie schob ihre roten Haare unter die Netzhaube der Perücke und setzte die dunkle Brille auf. Die bedeckte einen großen Teil ihrer Wangen und verbarg auch die Augenbrauen.

Sie schaltete die Webcam ein, überprüfte, was ins Bild kommen würde, und nahm das Foto des dreijährigen Lenne und das Hochzeitsbild von Jouni und ihr von der Wand ab. In der Frau im weißen Brautkleid erkannte sie sich nicht. Die hatte ein Lächeln im Gesicht, zu dem sich Mariannes Mund heute nicht mehr verziehen ließ. Marianne zog das T-Shirt aus und enthüllte den schwarzen BH, den sie online bei Boutique Loulou bestellt hatte. *Der leichte Push-Up-Effekt und die sinnlichen Spitzenborten machen Sie zu einer Königin.* Der BH hatte so viel gekostet, daß sie gar nicht daran denken wollte. Die rosafarbene Pyjamahose behielt sie an. Sie loggte sich auf einer Website ein und schrieb ins Nachrichtenfeld: »boob flash every 100, ass 300, masturbation at goal«. An der Oberkante des Bildschirms erschien ein blinkender Text »broadcast live«. Sie legte sich die Arme so um den Oberkörper, daß es aussah, als ob jemand anders sie umarmte. Sie streichelte sich den Rücken und stellte sich vor, es wäre Jyri. Sie bekam eine Gänsehaut. Die Ziffer in dem Zählwerk, das die Anzahl der Zuschauer maß, stieg. Die Hundertergrenze war schon überschritten. Marianne fühlte sich erregt, wenn sie sich vorstellte, daß eine ganze Armee von Männern es genoß, ihren Körper anzuschauen. Sie streckte die Hände hinter den Rücken unter die Häkchen und ließ den BH fallen. Sie drehte sich zur Kamera und hielt sich die Hände vor die Brüste.

Im Computer erklang ein Klirren, jemand wollte für eine Privatvorstellung bezahlen. Marianne drehte die Kamera zur Wand und griff zur Tastatur. In der Mailbox war eine Mitteilung von Nutzer Bigwallet:

»5000 tokens if you show face and masturbate.«

Marianne warf Bigwallet aus ihrem Chatroom. Sie bestimmte selbst, wieviel sie zeigte. Niemand hatte das Recht, Forderungen zu stellen, das unterschied sie von einer Hure. Es war erregend, sich der Gefahr und der Kamera hinzugeben. Am anderen Ende saßen schon zweihundert Zuschauer, darunter konnte durchaus ein Bekannter sein. Die Gefahr fühlte sich gut an, sie setzte einen Schauder in Gang, der das Rückgrat hinablief, aber natürlich konnten sie sie nicht wirklich erkennen. Marianne hatte einen Einfall. Sie nahm ihr Handy und gab als SMS die Adresse der Internetseite ein: www.hotcams.com/marjushka. Dann wählte sie im Telefonregister »Lennes Lehrer«. Sie schob die blonden Haare vor der Sonnenbrille weg, hielt einen Augenblick inne, sah woandershin und drückte auf »Senden«. Das Display meldete, daß die SMS verschickt worden war.

Mariannes Rücken war voller kleiner Nadeln, es kribbelte und kitzelte. Sie überprüfte, daß Brille und Perücke richtig saßen, und richtete die Kamera wieder auf sich. Sie streichelte sich die Brüste und ließ eine steifgewordene Brustwarze zwischen den Fingern aufblitzen. Sie war nicht mehr Marianne, sondern Marjushka. Sie streckte die Zungenspitze zwischen den Zähnen hervor und leckte sich die Lippen. Sie entblößte die Brüste und ließ die Hände an den Seiten entlang auf die Hüften sinken, die Daumen hakten sich in die Pyjamahose. Marjushka schwenkte die Hüften und ließ die Hose langsam nach unten rutschen. Sie ließ die zu einem Strich geformte Schambehaarung sichtbar werden, zog die Hose wieder hoch und lächelte in die Kamera. Der Zuschauerzähler rotierte, und die Trinkgelder hatten schon das gesteckte Ziel erreicht.

Marjushka drehte der Kamera den Rücken zu, bückte sich und machte ein Hohlkreuz. Sie zog die Hose nun über den Po herunter und ließ sie fallen. Darunter trug sie einen Slip aus derselben Kollektion Electra wie der BH, bei dem von Stoff kaum die Rede sein konnte. Ihre Hände zitterten. Ob er zusah? Sie machte die Beine breit und steckte die rechte Hand dazwischen, unter den dünnen Stoff. Die Lippen öffneten sich, und der Finger erreichte die Erhebung. Marianne vergaß, daß sie Marjushka war. Sie preßte sich an Jyri, wollte, daß er sie berührte, sie nahm, sie mitnahm. Jyri zog Marianne aus und stieß so fest, daß es wehtat.

Marianne saß auf dem Schreibtischstuhl und stützte die Ellbogen auf die Knie. Der Zauber des Augenblicks war vorbei. Sie hatte sich blamiert. Jyri würde sie für geisteskrank und pervers halten. Ihr Handy piepte, es war Jyri: »Huh...huh, du bist eine gefährliche und überraschende Frau.«

Marianne tippte auf »Antworten« und starrte lange auf das leere Display. Sollte sie ganz cool »Danke« schreiben oder versuchen zu leugnen? Schließlich hatte sie eine Idee. Es tue ihr leid, falls Jyri eine merkwürdige SMS mit einem Link auf eine Pornoseite bekommen habe. Ein lästiges Spamprogramm schicke SMS an die Kontakte, die in ihrem Handy gespeichert waren. »Und viele Grüße an Marjushka!« schrieb sie zum Schluß. Sie schämte sich immer noch, aber zugleich war es ein gutes Gefühl. Die Unsicherheit lag jetzt auf Jyris Seite.

Marianne nahm die Perücke ab und schüttelte ihre Haare auf, die darunter plattgedrückt worden waren. Sie setzte die Sonnenbrille ab und zog die Kleidungsstücke, die in einem Haufen auf dem Boden lagen, wieder an. Den rosafarbenen Schlafanzug hatte sie vor ein paar Jahren von Jouni zu Weihnachten bekommen. Er hatte ein Schleifchen an der Taille gehabt, aber das war gleich bei der ersten Wäsche abgegangen. Sie hängte die Fotos wieder an ihren Platz. Auf einem Foto fuhr Lenne auf einem blauen Trettraktor mit Anhänger. Ihr fiel wieder ein, wie er in dem Anhänger immer die Spielzeugkuh Ämmy und seinen Schnuller transportiert hatte. Manchmal ließ er Ämmy irgendwo liegen und strampelte dann eilig zurück, um sie zu holen, damit sie sich nicht einsam fühlte. Der Schnuller hatte keinen Sauger mehr, den hatte Marianne abgeschnitten, als der Zahnarzt gewarnt hatte, die Vorderzähne würden sonst schief werden. An diesem Stummel hatte Lenne fast ein Jahr lang mit seinen Zähnchen genagt.

Das Handy piepte. Jyri bat sicher um Entschuldigung. Bestimmt schämte er sich, weil er geglaubt hatte, sie würde Pornos ins Netz stellen. Und befürchtete, sie würde ihn für einen Spanner halten. Jyris SMS lautete: »Die Kamera ist noch an!« Marianne warf das Handy aufs Gästebett. Das Glotzauge der Webcam starrte sie an, und obendrauf leuchtete das rote Lämpchen.

16 »Da an der Böschung kann man alles gut sehen!« rief Jouni.

Er wies mit einem Rentierfellhandschuh, der bis zum Ellbogen reichte, die Richtung. Der Lehrer und seine Schüler gingen zu der Stelle hinüber. Es lag viel Schnee, und die Schneedecke war vom Frost gehärtet. Für die Kinder hielt sie, doch der Lehrer in seinem farbenfrohen Skianzug brach immer wieder ein. Das Waten im Schnee schien ihn aber nicht zu stören. Er trampelte sich eine Stelle zurecht und stellte sich dann in dieses Loch. Lenne rannte schon geschäftig umher. Topi und er trieben Rentiere auf die Eingangszäune zu. Jouni bemerkte, daß Lenne immer wieder stolz zu seinem Lehrer hinübersah. Er zeigte ihm, daß er durchaus etwas konnte.

»Das ist wie eine große Fischreuse. Die Rentiere werden reingetrieben, und dann schlägt man das Tor hinter ihnen zu«, erklärte Jouni.

Der Lehrer verfolgte die Rentierscheidung durch seine Kamera. Er wandte den Kopf hin und her, und der Apparat klickte. Jouni dachte daran, daß man in Moitakuru in Inari einmal eine Tribüne gebaut hatte, damit die Touristen die Arbeit der Rentierleute bewundern konnten. Er hatte mit den anderen Rentiermännern gewitzelt, ob sie nicht eine Busreise in den Süden machen und die Büroangestellten dort bei der Arbeit beobachten sollten. Sie würden in einem Büro bei Nokia an der Wand lehnen und Kaffee trinken und zuschauen, wie die Leute auf ihren Computern herumtippten. Ab und zu würden sie applaudieren, wenn jemand einen schwer verstopften Laserdrucker wieder in Gang brachte oder einen Bericht vorzeitig fertigbekam. Allerdings bestand auch das Leben eines Rentierzüchters heutzutage nicht mehr nur aus Hodenabbeißen; man mußte Subventionen beantragen, und die Buchhaltung mußte exakt stimmen.

»Wie viele von euch waren schon mal bei einer Rentierscheidung?« fragte Jouni.

Knapp die Hälfte der Kinder hoben die Hand. In Jounis Schulzeit war es selbstverständlich gewesen, daß das gesamte Dorf sich um die Scheidungszäune versammelte. Greise wie Knirpse aßen die warme Rentierzunge, die in einer Bude verkauft wurde. Auch die Schule war wegen der Rentierscheidung geschlossen, denn dort wären nur jämmerlich wenige Schüler aufgetaucht. Das war kaum zwanzig Jahre her, aber jetzt nahmen manche Schüler Anstoß und fragten, ob da echt Rentiere geschlachtet würden.

»Was meint ihr, sollen wir den Lehrer ein bißchen arbeiten lassen?« fragte Jouni.

Die Kinder klatschten in die Hände und kreischten. Einer schrie, der könne das nicht. Der Lehrer lächelte verdutzt und zeigte fragend auf sich selbst und dann auf die Umzäunung. Jouni nickte und rief Lenne zu, er solle seine Mutter holen. Marianne stand in der Essensbude und verkaufte Rentierzunge, warmen Saft und Kaffee; der Erlös ging an die Rentierhaltergenossenschaft. Von dort kam sie nun mit Lenne herbei. Der Junge war so enthusiastisch, daß er sie hinter sich herzog.

Jouni bemerkte, daß der Alte gekommen war, obwohl er ihm das ausdrücklich verboten hatte. Der Alte lehnte am Zaun und gab Anweisungen. Er hatte die volle Montur angelegt. An seinem Rentiergürtel hingen Lappendolch und Schnitzmesser, und die Fangschlinge, das Suopunki, lag ihm säuberlich aufgerollt über der Schulter. Der Alte konnte einfach nicht aufgeben, obwohl völlig klar war, daß er im Rentierzaun nichts mehr zu suchen hatte.

Voriges Jahr hatte der Alte während der Rentierscheidung einen Herzinfarkt erlitten. Er hatte sich nicht viel anmerken lassen, war einfach beiseite gegangen und hatte gesagt, er müsse mal Luft holen. Als Jouni bemerkte, daß er sich keine Zigarette anzündete, sondern nur dasaß und vor sich hin starrte, wurde ihm klar, daß etwas nicht stimmte. Obwohl der Alte krächzte, er müsse nach Hause, brachte ihn der Rettungshubschrauber Aslak direkt nach Rovaniemi. Dort hatten sie eine Ballonerweiterung gemacht, ihm körperliche Bewegung empfohlen und das Rauchen verboten. Daraufhin hatte er Mutter dazu gebracht, Walkingstöcke zu besorgen, und er rollte seitdem Filter in seine Selbstgedrehten. Jouni tat es weh, ihn auf der falschen Seite des Zauns zu sehen. Er sah hilflos aus, war mit einemmal zum Wrack geworden, er, der immer allen gezeigt hatte, wie die Arbeit richtig gemacht wurde. Jouni wollte ihm beweisen, daß er sich beruhigt aufs Radiohören und Patiencespielen verlegen konnte; Lenne und Jouni würden die Rentierarbeit schon machen.

An Mariannes Haarspitzen bildete sich Reif, als sie aus der geheizten Verkaufsbude in die Kälte kam. Sie sah Jouni mit dem Lehrer am Zaun stehen und schaute fragend.

»Ich muß jetzt an die Arbeit gehen, aber, Marianne, kannst du nicht den Herrn Lehrer anleiten? Er könnte versuchen, die Kälber ins ›Kontor‹ zu kriegen«, sagte Jouni.

Ihm fiel auf, daß Marianne und der Lehrer vermieden, sich anzusehen. Sie blickten um sich herum wie zwei Kinder, die man zum Spielen zusammengesetzt hat, aber die sich gar nicht kennen.

»Ihr habt euch doch schon kennengelernt?« fragte Jouni nach.

Der Lehrer nickte und sagte, er habe Lenne ja einmal nach Hause gefahren, als der das Taxi verpaßt hatte.

»Taxifahrer mußten Sie schon sein und jetzt also Rentierknecht. Ganz schön vielseitig, der Job«, meinte Jouni trocken. Dann erklärte er, Lenne und Topi würden es erst mal vormachen. Die Jungen lächelten breit und winkten mit ihren Fausthandschuhen den anderen Schülern zu.

»Na los, Jungs, nichts wie ins ›Kontor‹ mit den Kälbern!« rief Jouni.

Marianne stieß ihm den Ellbogen in die Seite. Damit wollte sie einwenden, daß Lenne das noch nicht allein schaffte. Aber Jouni fand es wichtig, daß Lenne jetzt auch einmal in positivem Sinne auffallen konnte, gerade weil er in der letzten Zeit ja viel in der Schule gestört hatte. Topi nahm sich eine Vimpa, einen langen Holzstab mit einer Seilschlinge am Ende, und Lenne wollte sein Suopunki benutzen, einfach nur, um es vorzuführen. Die Jungen gingen in die Kirnu, den runden Teil der Umzäunung, hinein. Die Rentiere in der Kirnu rannten immer im Kreis um die große Kiefer in der Mitte herum. Sie keuchten, Dampf stieg ihnen aus den Nüstern. Die Hufe donnerten, und aus den Rentiermäulern drang fieberhaftes Schnauben. Über den Lärm der Tiere hinweg brüllten die Männer sich Befehle zu und Markierungen für die Zähler, die die Rene erfaßten. Man rief nach dem Tierarzt, damit er den nicht zum Schlachten vorgesehenen Tieren ein Mittel gegen Parasiten spritzte. All das gab Jouni ein Gefühl von Vertrautheit und zugleich Wachheit. Er wußte genau, was er zu tun hatte. Er brauchte nicht nachzudenken oder zu analysieren, es reichte aus, wenn er seinen Körper arbeiten ließ. Er konnte Lenne ansehen, daß es ihm genauso ging.

»Gut! Zugreifen! Werfen!« riefen die Schüler auf der Böschung Topi und Lenne zu.

Lenne warf sein Suopunki einem Kalb über das Geweih, zog die Schlinge fest zu und zerrte es heran. Topi packte das Kalb am Geweih. Es zappelte, aber die Jungen zwangen es auf den Boden und knipsten ihm die Schlachtmarke ins Ohr.

Der Alte stürzte in die Umzäunung hinein. Er schob Topi und Lenne beiseite und ergriff das Kalb resolut beim Geweih, zischte den Jungen etwas zu und schleifte das zappelnde Tier aufs »Kontor« zu. Die Jungen standen daneben und sahen sich an. Jouni lief hin und sagte zu seinem Vater:

»Du hast in deinem Leben wirklich schon genug Tiere ins ›Kontor‹ befördert.«

Der Alte sah ihm in die Augen und lächelte ungläubig, als ob man ihn beim Schlafwandeln geweckt hätte.

»Einen Kaffee, bitte, für Korhonens Matti! Geht auf mich!« rief Jouni zur Bude hinüber.

Der Alte trat mit dem Stiefel gegen eine harte Schneekante und machte sich auf den Weg an die Bude. Jouni zog Lenne beiseite und sagte ihm leise, er müsse ein Auge darauf haben, daß der Alte nicht in die Umzäunung kam. Sie würden die Arbeit gut zu zweit schaffen.

»Und jetzt sind Sie dran, Herr Lehrer«, sagte Jouni. »Anfeuern ist erlaubt!« fügte er, an die Schüler gewandt, hinzu.

Jouni war guter Laune. Schon jetzt war klar, daß nur wenige Rene Raubtieren in die Fänge geraten waren, und der pilzreiche Herbst hatte dazu geführt, daß sie wohlgenährt aussahen. Auch die Männchen hatten sich schon wieder erholt, nachdem sie Tag und Nacht pausenlos die Weibchen gedeckt hatten, und waren in gutem Zustand. Das kommende Jahr würde besser werden als das vergangene. Wenn viele Rene in der Kirnu herumrannten, brauchte man gar keine Vimpa, erst recht kein Suopunki. Man brauchte nur den Arm auszustrecken und nach den Geweihen zu greifen. Lenne machte gute Arbeit mit den Kälbern; Jouni begann nun größere Tiere herauszugreifen, zur Registrierung und für die Parasitenspritze. Einige der ältesten Kühe und Bullen wurden zum Schlachten vorgemerkt. Jouni schmunzelte zufrieden, wenn er in den Ohren der Tiere die Markierung des Alten, seine eigene oder die Lennes entdeckte. Der Alte hatte Vita rechts oben, Pykälä rechts unten, Hanka links unten. Jounis Zeichen hatte zusätzlich noch links oben Pykälä. Lennes Zeichen war dasselbe, außer daß er links Vita hatte.

Jouni sah den Lehrer nach vorne gebeugt hinter den Rentieren herrennen. Seine Hände schleiften am Boden wie bei einem Schimpansen. Er sprang immer wieder auf kleine Kälber zu, bekam sie aber nicht zu fassen. Die Schüler lachten und zeigten auf ihn. Auch Marianne lachte so, daß sie sich auf den Knien abstützen mußte. Jouni rief dem Lehrer etwas zu und hielt den Daumen seines Fäustlings hoch. Jetzt begnügte er sich nicht mehr mit einem Kalb, sondern schnappte sich einen dickköpfigen, stattlichen alten Bullen. Der Bulle machte den Hals steif, und der Lehrer wurde mitgeschleift. Marianne sprang herbei, um ihm zu helfen, aber das Resultat blieb dasselbe. Nur landeten jetzt beide aufeinander auf der Erde. Der Lehrer half Marianne

hoch und reichte ihr ihre Fellmütze, die in den Schnee gefallen war. Das klappte nicht.

Jouni stand nur so weit entfernt, daß er dem schon genü-
gend wilden Bullen sein Suopunki über das Geweih werfen
konnte. Er zog ihn heran, packte das Geweih und warf sich
auf die Seite, und das Tier kippte hinterher.

»Marianne, nimm die Schüler mit an die Bude, dann
zeige ich dem Lehrer was.«

Er rief Kainulainen zur Hilfe und sagte, nun werde er
das Rentier, das er am Boden gefesselt hatte, zum Pailakka
machen. Man müsse die Hoden abbeißen.

»Du bist verrückt, wenn du so einem kapitalen Bullen die
Eier abbeißt!« sagte Kainulainen.

»Ach, den können wir schon verbeißen, wir haben ja genug Bullen«, sagte Jouni.

Der Lehrer stand daneben. Er schüttelte sich den Schnee
von seinem Skianzug und zielte wieder mit seiner Kamera.
Jouni und Kainulainen schleppten das sich sträubende
Rentier ein Stück weiter in ein leeres »Kontor« und kippten
es erneut auf die Seite.

»Halten Sie ihn am Kopf fest, eine Hand unter das Kinn,
und mit der anderen halten Sie ihn im Maul«, sagte Jouni.

Der Lehrer traute sich nicht, dem Rentier die Hand ins
Maul zu stecken, obwohl Jouni ihn ermunterte und ihm
Ratschläge gab. Irgendwie streichelte er es nur an der
Schnauze.

»Vielleicht ist es doch besser, wenn ich vorne bin. Setzen
Sie sich hier drauf, und halten Sie ihn am Hinterlauf fest.«

Jetzt ging es besser, der Bulle beruhigte sich unter dem
kräftigen Griff. Kainulainen ging nach hinten und befühlte
ihn zwischen den Hinterläufen.

»Tja, da bimmeln die Glöckchen. Nichts wie abbeißen!«
Der Lehrer drehte den Kopf weg und betrachtete die Rentiere, die in der Umzäunung herumrannten.

»Werden die wirklich abgebissen?« fragte er.

Kainulainen zog eine massive stählerne Zange aus dem Gürtel und zeigte sie ihm.

»Auch den Spaß hat uns die EU verboten. Heutzutage klemmt man die Samenleiter mit so einer Zange ab.«

Kainulainen setzte die Zange oberhalb der Hoden des Bullen an und sagte: »Festhalten!« Er drückte die Griffe zusammen. Das Rentier zuckte, entspannte sich aber dann. Der Lehrer schaute wieder woanders hin.

»Sind als nächstes deine Eier dran, Herr Lehrer?« fragte Kainulainen.

Er grinste und zeigte mit der Zange auf den Schritt des Lehrers. Dessen Gesicht wurde weiß. Er fuhr sich mit dem Fausthandschuh zum Mund, beugte sich vor und übergab sich. Dann schüttelte er den Kopf und winkte zum Zeichen, daß alles in Ordnung war.

Jouni ritzte mit dem Lappenmesser die Markierungsschnitte ins Seitenfell des gefesselten Rentiers. Die Männer befreiten es und öffneten das Gatter zum »Kontor«. Der Ochse richtete sich sofort stolpernd auf und torkelte zu den anderen Renen.

Jouni reichte dem Lehrer, der immer noch blaß war, aber wieder gerade stehen konnte, die Hand.

»Das war nur so eine Lapplandtaufe. Ein bißchen anders als im Fjälltourismuszentrum.«

Er fuhr fort, nun, da er die Taufe empfangen habe, sei der Herr Lehrer willkommen, am Abend zum Plaudern in die Jagdhütte hier an der Umzäunung zu kommen.

Jouni sah den Alten am Zaun lehnen. Sein Kinn ruhte auf den Händen, und sein Blick war starr in die Ferne gerichtet. Lenne lief zu ihm hin. Da wurde der Ausdruck des Alten weich, und er schlug Lenne im Spaß die Mütze vom Kopf.

»Verflucht, was ist das für ein Lärm an der Tür?« rief Vattulainen. Das durchdringende Klopfen erklang erneut. Nie klopfte jemand an die Tür der Jagdhütte. Man bat nicht um Erlaubnis hereinzukommen, man trat einfach ein, warf seine alte Pelzmütze und die Fäustlinge auf die Bank und legte sich auf den Rücken. Jouni ging nachsehen, wer da war.

»Ich bin also gekommen, auf die Einladung hin«, sagte der Lehrer.

Er streckte die Hand aus und sagte: »Wir können uns doch duzen, es ist ja ein bißchen unangenehm, wenn ich hier Herr Lehrer genannt werde. Also, ich heiße Jyri.«

Jouni war überrascht. Er hatte nicht gedacht, daß der Lehrer wirklich in die Jagdhütte kommen würde. Sie hatten ihn ja mit voller Absicht gequält, mit der Hodenbeißerei und allem. Diese Boshaftigkeit war wohl aufgekommen, weil es Jouni peinlich war, daß der Lehrer sich um Lennes Angelegenheiten hatte kümmern müssen und auch über die Situation in der Familie Bescheid wußte. Der Lehrer schien aber ein anständiger Kerl zu sein. Er betrat mutig Jounis Revier, genau wie Jouni zu den Besprechungen in die Schule ging.

»Komm rein, Junge! Ich hab mich schon gewundert, wer hier am späten Abend so herumpoltert«, sagte Jouni.

Kainulainen schlurfte vom Tuppi-Tisch herbei, um zu sehen, was los war. Er sagte: »Ach, da kommt ja der Mann mit der Lapplandtaufe«, und lachte.

»Scheiße, hab' ich mich erschreckt! Da habt ihr mir Südlicht aber mit Absicht Angst eingejagt«, entgegnete Jyri.

Jouni und Kainulainen nahmen Jyri mit an den langen Holztisch. Sie stellten ihn den anderen vor. Jouni erklärte: »Das ist der Herr Lehrer, aber heute abend sollen wir ihn nicht Herr Lehrer nennen, sondern Jyri.«

»Hab gehört, du durftest Eier abbeißen«, sagte Vattulainen.

Alle lachten und machten Jyri Platz. Peuraniemi setzte ihm ein Stück Trockenfleisch vor und lieh ihm sein Lappenmesser. Er zeigte ihm, wie man Scheiben von dem Fleischklumpen abschnitt.

»Verdammt, können wir nicht endlich weiterspielen!« knurrte Vattulainen.

Die Männer droschen Karten, und eine Schnapsflasche kreiste unter dem Tisch von einem Tischbein zum anderen. Jouni bemerkte, daß der Lehrer ostentativ einen langen Schluck nahm. Die anderen warfen sich einen Blick zu und murmelten anerkennend.

Allmählich betranken sie sich, und das Tuppispiel ging immer weiter und weiter, bis niemand mehr den Spielstand wußte. Kainulainen stellte Jyri die Frage, wie sich sein Sohn in der Schule machte. Er setzte ihm auseinander, daß er sein Bestes tat, aber daß es schwer war, allein einen Sohn zu erziehen. Der Junge bekam ja zwangsläufig ein unnötig karges Vorbild für sein Leben, weil es diesen weichen weiblichen Touch einfach nicht gab. Kainulainen selbst hatte dem Jungen beigebracht, wenn ihn jemand ärgerte, sofort so fest zuzuschlagen, daß der es nicht wieder versuchte. Einen ordentlichen Schlag ins Zwerchfell, dann legt sich das, aber es entsteht kein größerer Schaden.

»Also eigentlich müßte ich nachsitzen und nicht der Junge«, sagte Kainulainen.

Jyri mußte lächeln. Er bat Kainulainen, einen Moment zu warten, kramte einen verknitterten Zettel aus der Brusttasche hervor und fragte, ob es in der Hütte einen Stift gebe. Vattulainen, der bei der Rentierscheidung Schriftführer war, sagte, der Herr Lehrer dürfe sich einen aus der Aktentasche im Vorraum nehmen. Jyri schrieb etwas auf das Papier und gab es Kainulainen. Der lachte und las die Bescheinigung laut vor: »Kainulainen wird zu zwei Stunden Nachsitzen verurteilt. Grund: Ausgabe von zu gewaltsamen und geradlinigen Lebensregeln.«

Kainulainen ließ es nicht bei diesen Bekenntnissen bewenden, sondern fügte hinzu, daß er ein Mann der klaren Linien sei, der nicht anders könne.

»Aber ich habe auch noch zwei andere Regeln aufgestellt: Man darf nicht auf den Saunaofen pissen, und man soll im Bett kein Knäckebrot essen.«

Jouni hatte den größten Teil der Schnapsrunde ausgelassen. Morgen ging die Rentierscheidung weiter, und er wollte nicht verkatert arbeiten müssen. Dank seines relativ nüchternen Zustands sah er, daß der Lehrer langsam etwas genervt war von Kainulainen, der nicht mit seinen Beteuerungen aufhören wollte, er sei kein wirklich schlechter Vater. Jouni beschloß, die Situation zu retten.

»Kommst du mit in die Küche, eine rauchen, Herr Lehrer?« fragte er.

»Ich kann auch mitkommen«, sagte Kainulainen.

»Für dich habe ich aber im Moment keine Zigarette«, wies ihn Jouni zurück.

Kainulainen blieb sitzen und starrte ihnen demonstrativ hinterher, um seinem Ärger Ausdruck zu verleihen. Er explodierte aber nicht, sondern begann wieder, das ewige Tuppispiel zu verfolgen.

»Du scheinst dich hier im Norden ganz wohl zu fühlen, obwohl du aus dem Süden kommst und Lehrer bist«, sagte Jouni.

Er gab Jyri eine Zigarette und ein Feuerzeug.

Jyri schaute nachdenklich und nahm dann den Schmuck ab, den er um den Hals trug. An einer dünnen Silberkette hing ein Plättchen, in das Rentiermarkierungen eingekerbt waren.

»Das kann hieran liegen. Das hier hat mal meinem Vater gehört.«

Jouni betrachtete die Kerben und las sie ab: »Zwei Pykälä rechts unten, Vita links oben, Hanka links unten.«

Jyri war halb aufgestanden. Er sah aus, als wollte er Jouni seine Kenntnisse entreißen.

»Ich kenne viele Markierungen, aber die hier sagt mir nichts.«

17 Jouni goß Kaffee in seine eigene Tasse und heißes Wasser in Mariannes Teetasse. Er schaltete das Radio an. »Ålandsee: Ostnordostwind, sieben Meter in der Sekunde. Südliche Bottensee: Wind aus wechselnden Richtungen, ein bis fünf Meter in der Sekunde ...« Es war kurz vor sechs am Morgen, alle waren noch im Halbschlaf und saßen schweigend da. Lenne löffelte Frühstücksflocken und trank Kakao.

»Heute ist ja Mutters Sechzigster«, begann Jouni.

Lenne schaute hinter dem Flockenkarton hervor.

»Ich hab ihr schon eine Karte gezeichnet«, sagte er. »Die muß ich nur noch ausmalen.«

Marianne wickelte ihren Teebeutel um den Löffel, aber er rutschte ab und fiel in die Tasse zurück. Tee schwappte auf den Tisch.

»Was hat das mit mir zu tun?« fragte sie.

Jouni wußte, daß Marianne seine Eltern nicht leiden konnte, aber mußte sie ihn immer wieder daran erinnern?

»Nichts, außer daß sie deine Schwiegermutter ist«, fuhr er fort.

Marianne hatte den Teebeutel nun ordentlich um den Löffel bekommen. Sie zog an der Schnur, und die letzten Tropfen fielen in die Tasse. »... Bottnische Meerenge und Bottenwiek: zunehmender Wind aus südsüdwestlicher Richtung ...«

»Jetzt fängst du an, von einem Geschenk zu sprechen, wo die Feier heute abend ist?!« sagte Marianne.

»Darüber haben wir doch vor langer Zeit schon geredet. Ich dachte, du hättest schon was.«

»Es ist doch deine Mutter! Wieso soll *ich* der ein Geschenk kaufen?«

»Kotka Rankki minus sechzehn, Nordost vier. Orren-grund minus zwölf, Ostnordost sechs, leichter Schneefall ...«

»Nein, nein, ist nicht nötig.«

»Auf meinem Bild fährt die Oma Tretschlitten«, sagte Lenne.

»Doch, ist nötig. Ich kaufe was. Da habe ich wenigstens was zu tun, wenn du wieder den ganzen Tag im Wald bist.«

Marianne nahm ihre Teetasse und stand vom Tisch auf.

»Weißt du, was du bist? Du bist ... ein ... ein Energiefres-ser!« zischte sie.

Jouni fragte sich, wie er ihr gleichzeitig Energie rauben und zuviel weg sein konnte. »... Harmaja minus dreizehn, Nordost sieben, dichter Schneefall vierzehn Kilometer ...«

Vor dem Haus seiner Eltern standen schon viele Autos, und neben den Treppenpfosten loderten Holzfackeln. Jouni, Lenne und Marianne waren zu spät dran, weil der Gürtel von Lennes Lappentracht nirgendwo zu finden gewesen war. Er lag noch im Werkzeugschrank, seit Jouni einmal eine lose Zierniete wieder befestigt hatte.

Marianne hatte die Tracht für Lenne schon vor dessen Geburt genäht. Jouni erinnerte sich, wie er sich von hin-ten an seine rundbäuchige Frau angeschlichen hatte, die die Nähmaschine surren ließ, und sie in den Nacken ge-bissen hatte. Deshalb hatte die Tracht an einem Ärmel im-mer noch eine schiefe Naht. Marianne hatte gesagt, diese Abschweifung dürfe als Erinnerung so bleiben. Lenne hatte die Lappentracht schon bei Uromas Beerdigung getragen, als seine Hände noch nicht aus den Ärmeln herausschau-ten. Nun endeten die mit roten und gelben Streifen verzier-ten Ärmel auf der Hälfte seiner Unterarme.

»Wieso kommt ihr jetzt erst? Wir haben auf die Schwiegertochter gewartet, zum Kaffee-Ausschenken!« sagte Jounis Mutter.

Sie schob Marianne an sich vorbei, bevor sie auch nur gratulieren konnte, und sagte, es müsse mehr Kaffee aufgesetzt werden. Lenne überreichte seiner Oma ein dickes Päckchen mit einer Karte daran.

»Ach du meine Güte! So eine feine Karte, und die hast du ganz allein gemacht!« sagte Mutter.

»Guck, die hat genauso eine Mütze wie du«, erwiderte Lenne.

Sie versprach, sie werde es später auspacken, nahm das Päckchen mit und schob Jouni und Lenne ins holzgetäfelte Wohnzimmer. Dort saßen drei ältere Ehepaare aus dem Dorf und Jounis Tante mit Mann, die aus Salla gekommen waren. Die Dörfler saßen am großen Holztisch, Tante und Onkel auf einem braunen Ledersofa. Der Alte wippte auf einem Schaukelstuhl mit Spitzendeckchen. Das Kaffeegespräch drehte sich um die Qualität von verschiedenen Schneefräsen.

»Jouni, sag du, welche ist am besten? Ist es die Husqvarna?« fragte der Mann der Tante.

Jouni spülte die Sahnetorte mit Kaffee herunter und räusperte sich.

»Ich hab' ja eine ziemlich gute Schneefräse hier«, sagte er, klopfte Lenne auf die Schulter und lachte. Der Junge streckte sich und lächelte mit dem Kuchenlöffel im Mund. Er zeigte mit den Armen, wie er Schnee schaufelte.

»Dagegen sieht die Husqvarna natürlich alt aus!« bestätigte der Alte.

Mutter machte die Runde, um festzustellen, ob die Gäste noch Kaffee hatten, und ging dann in die Küche. Bald kam Marianne mit einer Kaffeekanne ins Wohnzimmer. Sie trug ein schwarzes Festkleid mit rotem Mohnblumenmuster. Marianne sah viel zu schick aus, um die Waldmenschen hier zu bedienen. Jouni fiel eine Aufgabe aus Lennes Rätselheft ein: Welches Ding paßt nicht zu den anderen? Es ärgerte ihn, daß Mutter Marianne direkt zur Arbeit abkommandierte, aber an ihrem Geburtstag brachte er es nicht über sich, sie zu kritisieren.

»Kaffee?« fragte Mutter.

Marianne füllte die Tassen, die ihr hingehalten wurden. Jouni erkannte an ihrem Gesichtsausdruck, daß das ein Nachspiel haben würde.

»Na, ihr kriegt sicher bald eine neue Fräse, diese hier wird ja langsam schon ein ausgewachsener Schneepflug«, sagte der Alte.

Die Geburtstagsgäste hörten schlagartig auf, Torte zu löffeln und Kaffee zu schlürfen. Alle starrten auf Mariannes Taille. Marianne sagte nichts, sondern goß Kaffee in die Tasse des Alten. Sie goß weiter, obwohl die Tasse schon voll war, der Kaffee lief auf die Untertasse.

»Schön wär's«, murmelte Jouni. »Für unser kleines Grundstück ist das ja nicht so nötig«, versuchte er die Sache herunterzuspielen.

»Bist du denn nicht ein bißchen runder geworden, Marianne?« stichelte Mutter.

Marianne hörte auf, die Gäste zu bedienen, obwohl einige noch keinen frischen Kaffee bekommen hatten. Sie stellte die Kanne auf den Tisch und ging in die Küche. Jouni sagte, er wolle sich etwas Wasser dazu holen, der Kaffee sei so stark, und folgte seiner Frau. Marianne stand am Küchenfenster und starrte hinaus. Sie ballte die linke Hand vor dem Mund zur Faust. Jouni stellte sich hinter sie und legte die Arme um sie. Marianne schüttelte ihn ab.

»Oma, pack endlich unser Geschenk aus!« hörten sie Lenne sagen.

Jouni flüsterte Marianne zu, sie solle sich nichts daraus machen. Mutter meine es nicht böse. Marianne antwortete nicht, sie starrte aus dem dunklen Fenster. Er strich ihr so rasch übers Haar, daß sie ihn nicht daran hindern konnte, und ging zurück ins Wohnzimmer. Mutter hatte das Geschenk aufgemacht.

»Ach, ihr schenkt mir Handtücher. Dann könnt ihr gern ein paar mitnehmen, wenn ihr geht!« sagte sie.

Jouni saß im Wohnzimmersessel und trank Bier. Lenne war sofort nach draußen gegangen, als der Streit anfing. Marianne hatte sich ins Arbeitszimmer an den Computer zurückgezogen. Jouni wußte nicht, was sie da schrieb, aber sie saß oft dort, und er hörte sie tippen.

»Verdammte Scheiße, jetzt versteck dich doch nicht, sondern komm raus, und laß uns fertig reden! Immer schimpfst du, daß ich nicht rede!« rief Jouni.

Das Tippen hörte kurz auf, ging dann aber weiter. Jouni stellte die Flasche auf dem Couchtisch ab, stand auf und ging zur Tür des Arbeitszimmers. Sie war abgeschlossen. Das Tippen hörte wieder kurz auf.

»Ich kann den Schlüssel holen«, sagte Jouni.

Er blieb vor der Tür stehen. Seine Kraft rann die Arme und Beine hinunter, an den Fingerspitzen und den Zehen rann sie durch die Haut davon. Jouni ließ sich auf den Fußboden rutschen und lehnte sich mit Rücken und Hinterkopf

an die Tür. Die Computertasten begannen wieder zu klik-
ken. Wie konnte sie in so einer Situation schreiben?

»So kriegen wir das nicht geklärt!« rief Jouni.

Durch die Tür hörte er, wie Marianne vom Stuhl auf-
stand. Der Schlüssel drehte sich im Schloß. Jouni rückte
von der Tür ab, aber Marianne setzte sich neben ihn. Auch
in ihren Augen waren Tränen. Sie ließ ihren Kopf in Jounis
Schoß sinken und schloß die Augen.

»Jetzt versteh ich nicht ganz ...« begann Jouni.

»Laß uns nichts sagen.«

Das war ihm recht, sie hatten das alles schon ausreichend wiedergekäut. Es war lange her, daß Marianne ihm
das letzte Mal nahe gekommen war. Jouni strich ihr über
die roten Haare und massierte ihr sanft den Nacken. Das
fühlte sich gut an, aber gleichzeitig so, als würde er Ab-
schied nehmen. Jetzt wurde von neuem eine Szene aufge-
führt, die schon im ersten Akt vorkam. Am liebsten hätte
er sich das Manuskript geschnappt und es geändert. Aber
Schreiben lag ihm nicht.

»Das mit dem Kind könnten wir doch noch mal ...?«
fragte Jouni.

Marianne rückte von ihm ab, sah ihn an und schnaubte.

»Du meinst, das würde alles gutmachen?«

Jouni dachte, sicher nicht gutmachen, aber ihnen Zeit
geben, die es besser machen könnte. Marianne würde wohl
kaum allein, ohne Mann, ein Kind bekommen wollen.

»Weißt du noch, wie Lenne war, als Baby, wenn er Hunger hatte?« fragte Jouni.

Marianne versuchte erst zu widerstehen, aber dann
zeichnete sich langsam der Halbmond auf ihrer Wange ab.

»Wie eine rasende Wespe! Er schrie und war so rot im

Gesicht, als ob er gleich explodieren würde«, sagte Marianne.

An ihren Augen sah er, daß sie nach innen blickte.

»Zuerst schrie und trank er gleichzeitig, aber dann beruhigte er sich und nuckelte nur noch, und schließlich schlief er an der Brust ein«, fuhr sie fort.

An der Haustür polterte es. Lenne trampelte sich den Schnee von den Schuhen.

»Da kommt die Wespe. Die hat jetzt bestimmt Hunger aufs Abendessen«, sagte Marianne.

18 Lenne schwang ein aufgerolltes Hanfseil. Papa und er hatten es geteert, so daß es gut in der Hand lag. Sie hatten so viel Wachs hinein gerieben, daß das Suopunki leicht durch die Lauföse glitt. Lenne blickte fest auf den Holzpfahl in fünf Metern Entfernung, schwang die rechte Hand in einem großen Bogen, ruckte dann am Seil, und das Suopunki saß am Pfosten fest. Er lief hin, um es zu lösen, wickelte es wieder auf, stellte sich an eine neue Wurflinie, die zwei Meter weiter vom Pfosten entfernt war, und machte dasselbe noch einmal. Diesmal warf er einen halben Meter zu kurz. Das Suopunki biß ins Leere.

Lenne setzte sich auf einen Wall aus hartgefrorenem Schnee. In einer Woche würden die ersten Rentierwettkämpfe der Saison auf der Mäntyvaara-Trabrennbahn in Rovaniemi stattfinden. Lenne würde das Suopunki werfen, und Papa würde Rentierrennen fahren. Letzte Saison hatte Lenne das Suopunkiwerfen gewonnen. Seine Schlinge hatte sich eine Sekunde vor der des Vorjahresgewinners um den Zielpfosten gelegt.

Zu Hause hatte Lenne den goldenen Pokal, der so groß war wie eine Maxi-Sprudelflasche, seiner Mama gegeben. Er lächelte dabei so breit, daß es in den Wangen kniff. Er fühlte sich wie eine Katze, die die größte Maus der Welt heimbrachte. Mama lachte und drückte ihn an sich, küßte ihn auf den Scheitel. Aber jetzt wußte er, daß Mama sich eigentlich vor Mäusen ekelte. Die Rentiere gehörten zu diesem Waldmenschenleben, aber Mama wollte etwas anderes. Mama wollte etwas anderes als ihn.

Vekku lief schnell auf Lenne zu. Mit seiner weichen, feuchten Zunge leckte er ihm über Nase, Wangen und Mund. Der Atem des Hundes roch nach Fisch, er hatte heute zerkleinerte Fischreste zu fressen bekommen. Lenne schob ihn resolut, aber freundlich von sich weg, packte sein Halsband und zog ihn in den Zwinger. Er kraulte seinen Hals und sprach ihm ins Ohr:

»Du bist mein Freund, Vekku ... ja, mein Freund. Du willst jedenfalls nicht irgendwo anders hin ... In einer Eta-genwohnung würde es dir nicht gefallen ... nein ...«

Vekku bellte zweimal scharf.

»Ja ... ja, das wußte ich doch. Wir gehören hier hin. Wir gehen nicht weg. Aber wie machen wir Mama das klar, daß es nicht gut ist wegzugehen?«

Vekku legte den Kopf schief, sah ihn von unten herauf an und leckte ihm Tränen von den Wangen.

»Jetzt ist Lenne dumm ... so dumm ... Knabber du nur an deinen Knochen ... ja ... und heul den Mond an. Du brauchst nicht über so was nachzudenken.«

Lenne schloß die Zwingertür sorgfältig und ging wie-der zu seinem Wurfübungsplatz. Bevor die Tränen getrock-net waren, konnte er nicht ins Haus gehen. Er wickelte das Suopunki auf und überlegte, ob er mit Jyri sprechen sollte. Das würde bestimmt nicht schaden. Jyri würde ihn zu-mindest besser verstehen als ein Hund, auch wenn er aus dem Süden kam. Er schien ein fairer Typ zu sein. Lenne hatte viele Male nachsitzen müssen, aber nie ohne Grund. Jyri hörte sich jedesmal genau an, was passiert war, be-vor er eine Strafe verhängte. Er hatte schon oft zu Lenne gesagt: Mir kannst du es sagen, wenn dich etwas beschäf-tigt. Bisher hatte Lenne nur geantwortet: Zwischen zwei Zwetschenzweigen zwitschern zwei Schwalben. Doch mor-gen könnte der Moment gekommen sein, mit Jyri zu zwit-schern.

Er traute sich aber nicht, Jyri direkt zu fragen, ob er mit ihm reden konnte, das wäre zu peinlich. Nein, er mußte etwas Verbotenes tun. Es würde reichen, in der Stunde zu schwatzen. Nach der ersten Ermahnung würde sein Name an die Tafel kommen, und dann würde er nachsitzen müssen. Aber das würde auch eine Mitteilung an die Eltern bedeuten, und das wiederum Taschengeldentzug für zwei Wochen. Das wäre zu schlimm. Mit dem nächsten Taschengeld hätte er nämlich sonst die Summe beisammen, die er für das Spiel Indiana Jones II brauchte. Aber wenn er einfach seine Hausaufgaben nicht machte, dann würde Jyri ihm auftragen, sie nach dem Unterricht in der Schule nachzumachen. Hausaufgaben zu vergessen war nicht so schwerwiegend, daß das Taschengeld dafür gestrichen würde.

In seinem Zimmer zog Lenne den Legokasten unter seinem Bett hervor und begann zu bauen. Er hatte schon das Fundament für ein Haus fertig, als es an der Tür klopfte.

»Lenne, hast du deine Hausaufgaben gemacht?« fragte Mama.

»Ich hab' nichts auf, ich hab' es alles in der Schule schon fertiggekriegt.«

Mama schaute ihn nachdenklich an.

»Was guckst du so? Glaubst du mir nicht? Wir können Jyri ja anrufen!« sagte Lenne.

Er streckte sich nach seinem Handy, das auf dem Bett lag, klappte es auf und drückte ein paar Tasten.

»Nein, laß das sein. Natürlich glaube ich meinem kleinen Rentierjungen!« sagte Mama und umarmte ihn.

Lenne legte auch die Arme um sie, obwohl er das lange nicht mehr getan hatte. Ein großer Junge machte das nicht.

Am liebsten wäre er an Mamas Hals hängengeblieben oder in die Bauchtasche ihres Kapuzenpullis gehüpft wie ein Känguruh und drin sitzen geblieben. Dort wäre nichts als Dunkelheit, Wärme und Mamas vertrauter Geruch. Fragen, Befürchtungen und Gedanken würden nicht hineinkommen; die Bauchtasche wäre seine ganze Welt. Schließlich war er gezwungen loszulassen. Lenne schämte sich und fand es peinlich. Er konzentrierte sich darauf, das Legohaus weiterzubauen. Ein kleiner, glatter Legostein saß so fest auf einem anderen, daß Lenne ihn nicht einmal mit den Zähnen losbekam.

»Gib mal her«, sagte Mama.

Sie klickte ihren Fingernagel unter dem Legostein ein und hebelte. Der Stein flog Lenne in den Schoß.

»Danke.«

Er hätte viel mehr sagen wollen, wollte es so sehr, aber konnte es einfach nicht. Mama strich ihm übers Haar und tippte ihm leicht auf die Nasenspitze. Dann ging sie aus dem Zimmer und ließ die Tür angelehnt.

Die Wände um Lennes Haus wurden zwei Legosteine dick. Sie waren so stark, daß sie eine Bombe aushalten würden. Das Legohaus hatte denselben gelben Farbton wie ihr eigenes Haus. Als die Außenwände hoch genug waren, paßte Lenne ein Doppelbett und ein normales Bett in das Haus ein. Aus einem kleinen Legostein und einem Teil, das eigentlich als Ladefläche für einen Lkw gedacht war, wurde ein Eßtisch.

Lenne mußte seine Legokiste auf dem Fußboden auskippen und lange suchen, bis er zwei männliche und eine weibliche Legofigur fand. Er setzte sie an den Eßtisch. Für Vekku fand er keine Legofigur, aber in der Kiste mit den kleinen Tieren war ein Hund. Der war zwar doppelt so groß wie die Legomännchen, aber das machte nichts. Zwischenwände waren nicht nötig, es reichte, wenn die Familie drinnen war und Wände drum herum.

Die Legofiguren hatten aufgemalte Gesichter mit einem breiten Lächeln. Dieses Lächeln blieb, wo es war, und wurde nicht überraschend etwas anderes.

19 Jyri bog auf den Platz vor der Bücherei ein. Er sah Marianne vor der Tür stehen. Sie ging auf ihn zu und warf einen Blick über die Schulter, bevor sie die Autotür aufmachte und sich auf den Beifahrersitz setzte.

»Schieb den Heizlüfter einfach weg«, sagte Jyri.

Marianne nahm ihre Wollmütze ab und schüttelte den Schnee, der daran hing, in den Fußraum. Sie zog ein Taschentuch aus der Jackentasche und trocknete sich das Gesicht ab, das naß vom Schneetreiben war. In ihren Wimpern hing noch Schnee.

»Sorry, daß ich zu spät war, die Lehrerkonferenz hat sich hingezogen.«

Seine Stimme kam ihm irgendwie angespannt und offiziell vor. Jetzt konnte seine Position als Lehrer ihm keinen Schutz bieten. Auch Marianne wirkte nervös. Sie klapperte mit den Kassetten, die im Seitenfach der Tür lagen.

»Kassetten hab ich zum letzten Mal als Kind gehört«, sagte sie.

Sie nahm eine heraus und lachte auf:

»Honeymoon in Trinidad. Wo hast du denn die gefunden?«

»Die waren eine Beigabe zu dem Auto, oder vielleicht war es auch andersrum. Ganz unten drin ist die beste.«

Marianne betrachtete eine andere Kassettenhülle. Auf dem Cover hielt ein Mann einen Jungen und ein Mädchen auf den Knien, und der Titel lautete: »Tenho als Babysitter, Familienunterhaltung 3«. Marianne warf die Kassette wieder ins Türfach und begann an einem Fussel an ihrer Wollmütze zu zupfen.

»Wir können doch nicht in unser Mökki fahren. Da sind neue Touristen gekommen, anstelle der Familie, die abgesagt hat«, sagte Marianne.

Jyri setzte auf dem verschneiten Parkplatz zurück und sagte, sie könnten natürlich zu ihm nach Hause fahren. Den Vorschlag fand Marianne nicht realisierbar; wenn sie in der Wohnung eines anderen Mannes ein- und ausginge, würden die Leute alles mögliche denken.

Jyri bog vom Büchereiparkplatz auf die Straße ein. Die Reifen rutschten auf dem festgefahrenen Schnee.

»Vielleicht fahren wir dann einfach nur ein bißchen rum«, sagte er.

Marianne nickte und lehnte den Kopf an die Kopfstütze. Die Lüftung im Auto heulte. Marianne verschränkte die Arme vor der Brust. Jyri fummelte am Ventilationsregler herum, obwohl er wußte, daß man nichts gegen das Jaulen tun konnte. Der unbeschwerte Wortwechsel von vorhin war vorbei. Er wollte etwas Vernünftiges sagen, aber ihm fiel nichts ein. Sie wußten beide, was der Zweck dieses Treffens war. Den erreichte man nicht durch Herumfahren. Ihre früheren erotischen Erlebnisse waren anders gewesen als dieses. Zuvor hatte eins zum andern geführt, wie zufällig. Die Gezieltheit ließ die Stimmung steif werden.

»Hey, fahr da rein!« rief Marianne plötzlich und zeigte auf eine Tankstelle mit einem blaugrünen Reklamepfeiler.

Jyri steuerte auf das Tankstellengelände und hielt am Rand der geräumten Fläche. Er sah Marianne fragend an. Eben hatte sie solche Angst gehabt, mit ihm gesehen zu werden, daß sie in sein Auto geschlüpft war wie ein Fuchs in seinen Bau. Wie konnte sich da die belebteste Tankstelle des Ortes als Treffpunkt eignen? Marianne zeigte auf das Schiebetor der Autowaschanlage. Ihre Wangen wurden rot, und sie fingerte an ihrem Kragen.

»Der Wagen müßte gewaschen werden«, sagte Jyri.

Der Tankwart, der ein Polohemd mit dem Aufdruck Neste-Mokko trug, stellte seinen Kaffeebecher auf dem Tisch ab und begann mit einem Laserpointer auf die Tafel einzuleuchten, die hinter dem Tresen hing.

»Hier haben Sie die Optionen. Light-Wäsche, Intensivwäsche oder Luxuswäsche«, sagte der kräftige Mann mit einer eigentümlich schrillen Stimme.

Mit seiner dicken Hand ließ er den Pointer grazil kreisen wie ein Kapellmeister seinen Stab. Der Laserpunkt glitt schnell über die ersten beiden Optionen hinweg und kreiste die Luxuswäsche ein.

»Wenn Sie mich fragen, dann sind die beiden ersten hier bloß das Vorspiel. Erst bei der Luxuswäsche geht es wirklich zur Sache.«

Er warf die zweifarbig getönten Haare zurück und lachte wiehernd über seinen Witz. Ein Schauder überlief Jyri. Als würde ihm ein fürchterlicher Streich gespielt. Alle anderen wußten Bescheid, nur er würde sich nach dem Drehbuch verhalten. Es war ein Plot wie in einem amerikanischen Film. Am vernünftigsten wäre es, den Fernseher auszumachen, aber der Film war gerade so spannend, daß die Verlockung übermächtig war.

»Also, wollen Sie's machen?« fragte der Verkäufer.

»Wie bitte?«

Der Laser deutete immer noch auf die Luxuswäsche. Jyri nickte und zog seine Scheckkarte hervor.

»Rubbeln wollen Sie doch auch? Acht Mille im Jackpot!« sagte der Mann.

Jyri nickte wieder. An der Wand hing eine eingerahmte Urkunde mit dem Text »Meisterverkäufer 2010« in goldenen Buchstaben. Darunter das grinsende Gesicht des Mannes.

»Und noch was für den schnellen Japp. Zwei Doppel-Schokoriegel zum Preis von einem«, fuhr der Meister fort.

Jyri gab Marianne die Rubbellose, die Doppelriegel und die Einmalhandtücher, die zum Säubern des Wageninneren gedacht waren. Den Zettel mit dem Startcode für den Waschautomaten klemmte er sich zwischen die Lippen. Dann fuhr er auf die Rampe, die zu dem Schiebetor führte. Er gab den Code in ein Gerät neben der Rampe ein, wie der Verkäufer gesagt hatte. Im Display des Gerätes formten kleine Lämpchen den Text: »Danke. Gute Wäsche!« Das graue Tor hob sich. Jyris Gasfuß begann zu zittern.

»Ich habe so etwas noch nie gemacht«, sagte er.

Marianne mußte kichern. Sie schaute weg und versuchte offensichtlich, ein Prusten zu unterdrücken, aber ihre schmalen Schultern bebten. Jyri schoß das Blut heiß ins Gesicht, seine Halsschlagader pochte.

»Also in einer Waschstraße. Ich war noch nie in einer Waschanlage.«

Marianne legte ihre linke Hand auf Jyris rechte, die den Schalthebel hielt, und streichelte ihm leicht den Handrükken.

»Ich auch nicht, aber zusammen schaffen wir das bestimmt«, sagte sie.

In Mariannes Augen lagen Furcht und Entschlossenheit zugleich: Sie blickten ihn fest an, aber die Lider flatterten. Sie wurde ernst, und ihre Lippen öffneten sich ein wenig.

»Hey! Fahr los, das Tor geht zu!« rief sie.

Jyri fuhr die Rampe hoch. Vor ihnen leuchteten zwei Lampen mit einem vorwärtsweisenden grünen Pfeil. Jyri folgte den Anweisungen und ließ den Wagen langsam vorwärts rollen, bis das Licht auf Rot umsprang. Ein Schild an der Wand forderte ihn auf, die Handbremse anzuziehen und den Motor abzuschalten. Die Maschine würde den Rest besorgen, die Wäsche würde zehn Minuten dauern, und währenddessen durfte man keinesfalls den Wagen verlassen oder den Motor starten. Das Schiebetor knallte hinter ihnen zu.

Eine robotergesteuerte Schiene senkte sich vor dem Wagen herab. Sie sprühte einen leichten Wasserschleier auf die Kühlerhaube, dann auf die Windschutzscheibe und aufs Autodach. Marianne löste ihren Sicherheitsgurt, öffnete den Reißverschluß ihrer Wildlederjacke und warf sie auf die Rückbank. Darunter trug sie einen hellbraunen Strickpulli. Die Brustwarzen zeichneten sich durch den dünnen Stoff ab. Sie winkelte den Arm an, als wolle sie ihre Brüste schützen, und lächelte ein wenig. Ihre roten Haare waren noch feucht vom geschmolzenen Schnee.

Die Sprühschiene begann einen neuen Durchgang. Aus den Düsen spritzte jetzt weißes Waschmittel, das in dicken Striemen die Windschutzscheibe herablief. Durch die Fenster sah man nichts mehr, im Auto wurde es dämmerig. Der Sprüharm bewegte sich knarrend.

Mariannes Kopf neben Jyri verschwand plötzlich. Ihre Rückenlehne schnellte krachend in die Waagerechte. Der Mechanismus der Sitzbank war kaputt, wie fast alles an diesem Auto. Jyri kroch näher, um zu sehen, ob Marianne sich wehgetan hatte. Hatte sie nicht. Sie lag zufrieden kichernd auf dem Rücken, ihre Haare hatten sich wie ein Heiligenschein um ihren Kopf herum ausgebreitet. Jyri nahm denselben Duft wahr wie damals, als Marianne mit der Flasche Wein zu ihm gekommen war. Der Geruch stieg ihm durch die Nase direkt ins Hirn und explodierte rauschend wie ein

Wasserfall in seinem Blutkreislauf. Der Duft verdunkelte seine Gedanken und machte ihn zu einem Tier.

Rot-gelb-blaue Gummibürsten umzingelten nun den Wagen und begannen ihn hin und her zu schaukeln. Sie rotierten und massierten. Rollen quirlten auf und ab und sorgten dafür, daß keine Stelle ausgelassen wurde. Sie bewegten sich gleichmäßig und sicher. Als die Bürsten das ganze Auto entlanggefahren waren, hielten sie an, und Wasser floß aus den Borsten.

Marianne biß Jyri spielerisch in den Hals und murmelte, das hier sei ihr Heuboden. Jyri schob kräftig mit seinem Becken, versuchte ganz und gar in Marianne zu versinken, so mit ihr zu verschmelzen, daß man sie nicht mehr auseinander bekäme. Die Scheiben beschlugen von ihrem Atem. Jyris Knie schlug gegen etwas, aber er kümmerte sich nicht darum.

Die Rollen drehten sich nun in die andere Richtung. Die Bewegung war kräftiger als zuvor, rhythmisch stampfend. Die Bürsten polterten, und die Federung des Wagens knirschte. Nun begann es auch unter dem Auto zu rumpeln. Jyri schien es, als ob alles Getöse und Gepolter von ihm ausginge. Er war zu allem imstande. In dem Moment hörte der Lärm auf. Weicher Regen fiel auf die Windschutzscheibe. Das ließ ihn an einen Sommerabend und einen Rasensprenger denken. Es wurde schon Abend, aber die Sonnenstrahlen wärmten noch. Diesen Augenblick wollte er nicht loslassen.

Jyri drehte sich neben Marianne auf die Seite. Er blieb mit dem Gesicht in ihren Haaren liegen und ließ seinen Atem wieder gleichmäßiger werden. Marianne summte leise und streichelte ihm den Nacken.

Plötzlich begann es laut zu rauschen. Ein Gebläse mit hohem Druck blies Luft auf den Wagen. Es beseitigte die Tropfen und den stehengebliebenen Augenblick.

»Gleich ist es zu Ende!« rief Marianne und zerrte ihren Pulli zwischen Tür und Sitz hervor.

Ein grüner Pfeil leuchtete auf, und beide Schiebetore, vor und hinter ihnen, gingen auf. Jyri kletterte auf seinen Sitz und versuchte sich die Hose hochzuziehen. Das war schwierig, weil er nicht genug Platz hatte, um die Beine auszustrecken. Das linke Knie hatte er sich an der Verstell-schraube des Sitzes blutig gescheuert. Jetzt begann er den Schmerz zu spüren. Hinter ihnen war ein Auto aufgetaucht. Dessen Scheinwerfer blinkten, und die Hupe tutete.

Jyri fuhr, mit dem Hosenbund in den Kniekehlen, hin-aus. Mariannes Sitz wollte sich nicht wieder aufrichten lassen. Jyri rieb mit dem Ärmel ein Sichtfenster in die Windschutzscheibe und fuhr in Richtung Bibliothek, wo Marianne auf dem Parkplatz in ihr eigenes Auto umsteigen würde. Nachdem Marianne ihren Sitz endlich in die rich-tige Position gebracht hatte, starrte sie aus dem Seitenfen-ster, obwohl es so beschlagen war, daß man nicht hindurch-sehen konnte. Jyri konzentrierte sich aufs Fahren. Sein Auto war rein, sein Gewissen nicht.

20 Jyri saß am Lehrerpult und schaute auf sein Handy. Er hatte eine Nachricht von Mama bekommen. Sie schrieb, er brauche sich keine Sorgen zu machen, alles laufe so, wie es solle. Man habe keine neuen Metastasen gefunden. Dann fragte sie noch, wie es ihm ging. Jyri wußte nicht, was er glauben sollte. Sehr gut konnte es ihr nicht gehen, wenn man sie auf der Station behielt.

»Wie macht man das hier?« fragte Lenne.

Jyri überwachte Lennes Strafarbeit. Lenne hatte seine Mathehausaufgaben nicht gemacht.

»Weißt du noch? Das Zeichen für ›größer als‹ ist ein geöffneter Schnabel wie bei einem Vogelküken. Er öffnet sich immer dorthin, wo mehr zu fressen ist«, erklärte Jyri.

»Woher soll ich denn wissen, was von denen hier größer ist?«

»Im Unterricht konntest du die Dezimalzahlen doch schon«, sagte Jyri.

»Ach ja, doch, jetzt weiß ich's wieder.«

Jyri ertappte sich bei dem Gedanken, daß Lenne dieselben Lippen hatte wie Marianne und daß auch das Kinn Ähnlichkeit besaß. Am liebsten würde er ihn umarmen und drücken, seinen geöffneten Schnabel füttern. Warum konnten Marianne und Lenne nicht ihm gehören?

Ein Krachen ließ ihn aufschrecken.

»Was machst du denn da?« schrie er.

Lenne hatte sein offenes Federmäppchen an die Wand geworfen. Der Inhalt war nun im ganzen Klassenraum verteilt. Eine Murmel rollte umher und stieß an Tisch- und Stuhlbeine.

»Ich halt's nicht mehr aus!« schrie Lenne.

Er ballte eine Faust und sah Jyri ins Gesicht.

»Das ist kein Grund zum Randalieren«, sagte Jyri und setzte sich auf das nächste Pult.

Ihm fiel nicht mehr zu sagen ein. Lenne starrte ihn nur an. Er testete, ob Jyri wegschauen würde.

»Hör mal, so schlimm ist das doch nicht. In Mathe bist du ja sonst gut, das hier kannst du auch lernen.«

»Nein, ich halt's nicht mehr aus, daß Mama und Papa sich streiten«, sagte Lenne.

Die Wände des Klassenzimmers zogen sich um Jyri zusammen und ließen ihm keinen Raum zum Atmen. Das Ticken der Uhr hallte in seinem Kopf wider, der Sekundenzeiger hämmerte auf sein Gehirn ein und schlug ihm Haken und Geraden auf die Stelle, wo sich das Schuldgefühl verbarg. Das steckte die Schläge ein, verteidigte sich aber.

»Darüber haben wir ja schon neulich bei der Besprechung geredet ...« begann Jyri.

»Habt ihr sicherlich, ja.«

»Stimmt, du bist ja eher gegangen, aber gut, daß du jetzt anfängst zu reden.«

Jyri wußte nicht, wie er handeln sollte. Die Vernunft sagte ihm, daß er das Spiel mit Marianne aufgeben mußte. Aber ob die Lage dadurch besser würde? In der Familie waren die Dinge ja schon verknotet gewesen, bevor er gekommen war. Allerdings war er nun dabei, einen Doppelknoten auf die Schleife zu setzen. Der war nur noch nicht ganz zugezogen.

»Weißt du, Erwachsene können alle möglichen Probleme haben. Kinder brauchen das nicht zu verstehen. Bestimmt wird es dir besser gehen, wenn du dich nicht um ihre Angelegenheiten kümmerst und dir keine unnützen Sorgen machst.«

Lennes Blick ließ nicht nach. Jyri erschrak: Wußte Lenne etwas? Nein, das konnte er nicht. Wenn er etwas ahnen würde, wäre er nicht zum Reden zu ihm gekommen. Der Junge vertraute ihm. Sicher war es ihm nicht leichtgefallen, von seinen Sorgen zu erzählen. Jyri hätte sich am liebsten die Unterlippe über den Kopf gezogen und runtergeschluckt.

»Schwierig, mich nicht drum zu kümmern, wenn sie jede Nacht rumschreien. Manchmal trau' ich mich nicht mal, pinkeln zu gehen«, sagte Lenne.

Die Schulglocke läutete. Lenne stopfte Mathebuch und -heft in seinen Rucksack und sammelte den Inhalt des Federmäppchens vom Boden auf. Er war schon auf dem Weg zur Tür, aber dann blieb er stehen und drehte sich um, als warte er auf etwas.

»Wirklich gut, daß du mit mir geredet hast«, sagte Jyri. »Ich setze mich mit deinen Eltern in Verbindung, dann wird sich das schon klären lassen.«

Die Tür ging auf, und Sirpa, die Koch- und Putzfrau der Schule, trat ins Klassenzimmer.

»Warst du das, der die Schüler mit Schuhen voller Schnee reingelassen hat?« fragte sie herausfordernd.

Jyri stand vom Pult auf. Der Fußboden war mit schwarz umrandeten Fliesen gemustert, und das Pult stand ein bißchen schief. Jyri schob es richtig hin.

»Nach jeder Pause war der Korridor heute voller Schnee! Die könnten sich die Schuhe abputzen, bevor sie wieder reinschlurfen.«

Jyri schlug seinen Lehrerkalender auf. Damals im Referendariat hatte er eine Zeichnung hineingeklebt, die er von einem Mädchen in der ersten Klasse bekommen hatte, mit einer Blume und dem Text »Jyri ist ein toler Lerer.« Er riß das Bild heraus, zerknüllte es und warf es in den Papierkorb.

Hinter Lennes Namen standen zwei Telefonnummern im Kalender. Jyri beschloß, Lennes Vater auf dem Handy anzurufen.

»Die Schuhbürste im Eingang ist doch dazu da, daß man sie benutzt. Ob die zu Hause auch mit Matschstiefeln ins Wohnzimmer latschen? Wer weiß, vielleicht machen sie das. Hörst du überhaupt zu?« fuhr Sirpa fort.

Jyri begriff, daß sie mit ihm gesprochen hatte.

»Doch, doch, ich erinnere morgen wieder alle daran, daß sie die Tabletts in der Kantine ordentlich stapeln sollen«, sagte er.

Sirpa unterbrach sich beim Fußbodenwischen und sah ihn unnötig lange an.

»Ja, mach das«, sagte sie.

»Und – und ich sage auch noch mal, daß Kaugummis in den Müll gehören«, versuchte Jyri.

Jyri tippte die Nummer von Lennes Vater ins Telefon und ließ den Finger über der Ruftaste schweben. Er überlegte einen Moment, tippte dann auf die Taste mit dem roten Hörer und legte das Telefon auf den Tisch. Ein Anruf würde Lenne nichts bringen, er wäre nur eine verlogene Erleichterung für Jyris Gewissen.

Der Rektor kam aus dem Büro ins Lehrerzimmer. Er verzog das Gesicht und sagte, nun sei ein kleiner Cognac fällig.

»Mikaels Vater hat angerufen. Er meinte, wir hätten Mikael nicht über den Diebstahl der Xylitolpastillen ausfragen dürfen, solange kein Elternteil zur Unterstützung da war.«

Der Rektor warf ein Kissen auf die Lehrerzimmercouch und ließ sich rücklings darauf fallen.

»Mikael hat die Sache doch zugegeben«, sagte Jyri.

Der Rektor sah ihn an und lächelte.

»Hat er. Das Resultat war klar, aber angeblich haben wir das Feuer auf die falsche Art und Weise gelöscht.«

Der Rektor massierte sich die Nasenwurzel und murmelte, Lehrer sein sei eine Berufung – von Juni bis August.

Jyri schob das Handy beiseite und konzentrierte sich auf ein Formular über einen Schüler mit Lernschwierigkeiten, das er ausfüllen mußte.

»Wie genau muß man die Probleme in diesem Formular zur pädagogischen Evaluation beschreiben?« fragte er den Rektor.

»Zier dich da nicht. Schreib einfach in reinem Finnisch, was los ist.«

»Soll ich schreiben: Idiot?«

Der Rektor schmunzelte und sagte:

»Nicht schlecht, aber das ist ein Fremdwort.«

Jyri schrieb seine Evaluation, und der Rektor war wohl einen Augenblick eingenickt. Als die Wanduhr viermal schlug, erwachte er, setzte sich langsam auf, verschränkte die Hände und rekelte sich.

»Verdammter Mist! Meine Frau macht heute eine Tupperparty. Und ich hab' ihr in geistiger Umnachtung versprochen, dabei die Kinder zu hüten und den Kaffee auszuschenken.«

Jyri lachte und sagte, das Junggesellendasein habe doch

manchmal seine Vorteile. Der Rektor wackelte bedenklich mit dem Kopf, gab aber zu, daß er, zumindest genau in diesem Augenblick, mit Jyri einer Meinung war.

»Hör mal, auf der Party wird es so heiß hergehen, daß ich mir hinterher im Eisloch den Kopf kühlen will. Hast du das schon mal gemacht?« fragte der Rektor.

Jyri verneinte.

»Dann machen wir das. In Kommatti ist die Sauna heute bis um zehn Uhr geheizt. Ich schaffe es, um neun da zu sein. Komm doch auch, laß uns das Junggesellen- und das Eheleben vergleichen.«

Der Rektor beschrieb Jyri den Weg und sagte dann: »Wir sehen uns vor der Saunahütte.«

21 Normalerweise ging Jouni früh schlafen und stand früh auf. Wenn er morgens lange liegenblieb, bekam er das Gefühl, der Tag schritt voran, und er blieb zurück. Jetzt war es nach Mitternacht, und Jouni konnte nicht einschlafen. Ständig drehte er die kühlere Seite des Kopfkissens nach oben, so oft, daß beide Seiten warm blieben. Er würde nicht zulassen, daß es ihm erging wie Kainulainen. Er würde seine Frau nicht weglassen, verdammt, er würde Lenne nicht zum Leben eines einsamen Lappland-Mannes erziehen und mit den anderen Männern jammern, wie böse und hinterhältig die Frauen waren.

Jouni warf einen Blick neben sich. Marianne schlief auf dem Rücken und hatte die Arme über der Brust gekreuzt. Ihre Haut war so weiß, daß hellblaue Adern kreuz und quer auf den Handrücken verliefen. Die roten Haare lagen um ihr Gesicht ausgebreitet. Marianne sah aus wie Dornröschen, als würde sie erwachen und wieder sie selbst sein, wenn man sie küßte. Jouni rückte näher heran und streifte ihre Lippen mit seinen.

»Was denn ... weck mich nicht«, murmelte sie.

So einfach war es in Wirklichkeit nicht, Jounis Mittel waren ausgeschöpft. Viele Jahre lang war Marianne mit ihm glücklich gewesen. Bei den Weihnachts- und Faschingsfeiern im Jugendvereinshaus hatte sie Joiks vorgetragen, und in Luosto hatte sie Lenne das Abfahrtslaufen beigebracht. Auf der Piste stand Lenne in einem dick gefütterten Schneeanzug zwischen Mariannes Beinen. Er sah aus wie ein behelmter Wattebausch auf Skiern. Marianne hing Schnee in den Wimpern, und sie winkte Jouni, der von einer Langlauftour kam, vom Skilift aus zu. Jouni lud seine Familie zum Kakao ins Pistencafé ein und blies Marianne die Schlagsahne ins Gesicht. Marianne nannte das ein Märchenland und lud ihre Schwester zu einem Besuch ein. Jouni war so stolz, daß er es nicht lassen konnte, ständig zu lächeln. Im Sommer zeichnete die Sonnenbräune Lachfalten in die Augenwinkel.

Nach der ersten Fehlgeburt weinte Marianne zwei Wochen lang. Dann stand sie aus dem Bett auf und sagte: »Jouni, klopf du die Teppiche, ich fege den Boden.« Nach der zweiten mußte Jouni sie hochziehen und das Putzen selbst erledigen. Nach der dritten konnte er sie überhaupt nicht mehr auf die Füße bekommen, obwohl der Arzt sagte, daß kein Hindernis bestand, ein Kind zu bekommen. Zu Lenne sagte sie: »Mama hat die Schlafkrankheit.« Sie stand erst auf, als Lenne ihr eine Karte gezeichnet hatte, auf der Mama im Bett lag und Papa und Lenne »Der Stern von Afrika« spielten.

Dann sagte sie: »Es ist alles in Ordnung, aber noch ein Kind kriegen, das versuchen wir nicht mehr. Eins reicht.« Sie zwang ihn, Kondome zu benutzen, und beschwerte sich, daß sie nichts zu tun hatte, wenn Jouni im Wald und Lenne tagsüber in der Schule war. Dann kam sie auf die Idee mit den Wildschweinen und meinte, dadurch werde alles besser. Als nächstes bereute sie, daß sie nicht länger studiert hatte. Jouni las im *Lapin Kansa*, daß die Universität Lappland in Sodankylä eine Pädagogikausbildung anbot. Er schnitt die Anzeige aus und hängte sie mit einem Magneten an die Kühlschranktür. Aber Marianne bewarb sich nicht für den Kurs; sie wurde sauer und sagte: »Komisch, daß ich nicht so genüge, wie ich bin.« Dann begann sie davon zu reden, in den Süden zu ziehen.

Die Schäfchen in Jyris Kopf weigerten sich, über den

Zaun zu springen, obwohl er es ihnen befahl. Sie waren aus der Umzäunung ausgebrochen und rannten und stolperten kopflos herum.

Einschlafen war unmöglich, deshalb stand er auf.

Als Jouni den Internetbrowser öffnete, erschien das Diskussionsforum der Zeitschrift »Mein Baby und ich« auf dem Bildschirm. Diese Webseiten hatte Marianne vor dem Schlafengehen studiert. Jounis Hände ballten sich zu Fäusten. Er sog die Lungen voll Luft. Sauerstoff floß in jeden Winkel seines Körpers, bis zwischen seine Beine. Marianne hatte wieder angefangen, über ein zweites Kind nachzudenken. Damit war das Problem gelöst! Mit einem Baby würde sie nicht mehr wegziehen wollen. Jouni klickte auf den Rückwärtspfeil, um zu sehen, welche Diskussionen sie gelesen hatte, aber er erhielt nur die Meldung, die gewünschte Seite sei nicht mehr aktuell.

Jouni fing einen neuen Thread an. Als Überschrift schrieb er: »Neue Schwangerschaft nach Fehlgeburt«, holte sich aus der Küche ein Bier und setzte sich wieder an den PC. Er hätte nie geglaubt, daß er so etwas einmal tun würde, aber hier saß er, ein Rentiermann, und fragte im BabyForum um Rat. Er nahm einen großen Schluck kaltes Bier, legte die Finger auf die Tasten und begann. »Wir haben ein Kind. Danach hatte meine Frau drei Fehlgeburten. Die Ärzte sagen, es gibt keine medizinischen Hindernisse für eine Schwangerschaft. Beim letzten Mal bekam meine Frau solche Depressionen, daß sie sich nicht traut, es noch einmal zu versuchen. Das ist zwar mehrere Jahre her, aber ich muß immer noch Gummis benutzen. Ich möchte ein Kind. Was soll ich tun?«

Dann öffnete er das Buchführungsprogramm und fing an, die Mittel aufzulisten, die in die Winterfütterung der Rentiere flossen, und die Kosten für das Wildschweinfutter. Der Stapel unbezahlter Rechnungen war hoch. Er zögerte das Bezahlen bis zum letzten Augenblick hinaus und zahlte erst nach der zweiten Mahnung mit einem neuen Kredit. Bei der Rentierscheidung hatte sich gezeigt, daß die Bullen ihre Sache im Sommer gut gemacht hatten, und die Raubtiere hatten die Kälber in Ruhe gelassen. Mit Geld war also zu rechnen, aber bis es kam, mußten sie zurechtkommen.

Jouni begann einen Antrag auf Entschädigung für eine überfahrene Rentierkuh auszufüllen, aber er konnte es nicht aushalten und ging erneut auf die Seite der BabyZeitschrift. Sein Posting hatte schon mehrere Antworten bekommen. Alle gingen in die gleiche Richtung. Man solle keine Angst vor einer Fehlgeburt haben; wenn man deshalb auf weitere Kinder verzichte, werde man die Entscheidung immer bereuen. Die User empfahlen ihm, Marianne sanft zu überreden, feinfühlige Andeutungen zu machen und sie zu ermutigen. Ein Tip lautete, Familien zu besuchen, die Babys hatten, um den Kinderwunsch bei ihr wieder zu wekken. Diese Möglichkeit hatte Jouni noch nicht ausprobiert, denn in seinem Umfeld gab es keine Babys. Die Männer hatten ja nicht einmal Frauen. Die anderen Tips waren ihm bekannt und hatten sich als wirkungslos erwiesen.

Jouni drückte leise die Türklinke zum Schlafzimmer herunter und schlich an seine Nachttischschublade. Unter einem Stapel Zeitschriften zog er eine Schachtel hervor, auf der ein Mann mit Turban abgebildet war. Voller Hoffnung hatte Jouni beim Anttila-Versand eine Großpackung be

stellt, aber so, wie es zur Zeit lief, würden die Verhütungs-
mittel das Ablaufdatum überschreiten, bevor sie aufge-
braucht waren. Na ja, ein oder zwei pro Monat gingen schon
drauf. Jouni nahm die Schachtel mit ins Arbeitszimmer
und suchte eine Nadel aus Mariannes Nähkästchen heraus.
Er stach damit Löcher durch die Schutzfolie in alle Gummis
und steckte sie in die Schachtel zurück. Dann legte er sie
auf den Schreibtisch und schrieb im Baby-Forum: »Danke
für all eure Ratschläge, aber ich habe eine effektivere Lösung gefunden. Ich habe Löcher in alle Kondome gesto-
chen. Manchmal heiligt der Zweck die Mittel.«

Im Flur polterte es. Lenne war auf dem Weg nach draußen, dabei hatte er nur einen Schlafanzug an.

»Lenne!« rief Jouni.

Der Junge antwortete nicht. Seine Augen waren weit aufgerissen. Er steckte einen Fuß in Mariannes Halbschuh.

»Lenne, du schlafwandelst.«

Er ging zu dem Jungen hin, zog ihm den Schuh wieder
aus, nahm ihn am Oberarm und wollte ihn in sein Zimmer
zurückbringen.

»Ich will mich zu Vekku legen ... legen«, murmelte Lenne.

Jouni sagte, er könne doch nicht draußen schlafen, bei
dem Frost.

»Zu Vekku, damit der nicht wegläuft«, fuhr Lenne fort.

Er machte einen verängstigten Eindruck. Der Schlafanzug mit Weltraummuster war ihm zu klein, die Ärmel und
Hosenbeine bedeckten Arme und Beine nur noch halb. Er
weigerte sich, nachts etwas anderes anzuziehen, und ver-
gewisserte sich stets, daß der Pyjama nach dem Waschen
rechtzeitig zum Abend trocken sein würde. Hoffte er, daß der
Schlafanzug das Wachsen verhindern würde? Der Gedanke

versetzte Jouni einen Schlag in den Magen. Er nahm den Jungen auf den Arm und trug ihn ins Bett. Da wachte Lenne auf. Als er merkte, wo er war, war es ihm sichtlich peinlich.

»Gute Nacht«, sagte er.

»Ich bin auch schon manchmal schlafgewandelt, dafür muß man sich nicht schämen«, beruhigte Jouni ihn.

Lenne ballte die linke Hand zur Faust. Er schämte sich immer noch.

»Ich glaube, ich bin an der falschen Stelle pinkeln gewesen.«

Er hatte direkt in eine Packung Mehl gepinkelt. Jouni legte das durchnäßte und tropfende Paket in den Mülleimer. Das Mehl hatte den größten Teil der Flüssigkeit aufgesogen, so daß nicht viele andere Lebensmittel Schaden genommen hatten. Den offenen Brotkorb, der neben der Mehltüte gestanden hatte, mußte er jedoch ausleeren und auswaschen. Jouni riß das nasse Schrankpapier mit Herzchenmuster von den Regalbrettern ab und wischte die Bretter mit einem Lappen sauber.

»Was lärmst du hier mitten in der Nacht herum?« fragte Marianne.

Sie kam in einem Nachthemd mit Tweety-Aufdruck aus dem Schlafzimmer und kniff die Augen so zusammen, daß ihr ganzes Gesicht verknautscht aussah.

»Ich mach die Schränke sauber«, antwortete Jouni.

»Aha«, sagte sie.

Sie war so verschlafen, daß sie keine weiteren Fragen stellte. Sie trank ein Glas Wasser und schlurfte zurück ins Schlafzimmer.

Jouni setzte sich wieder an den PC. Er hatte nur eine Antwort auf seinen Kommentar bekommen: »Scheißkerl!«

22 Jyri trat von einem Bein aufs andere. Es knackte, wenn die Fußsohlen beinahe an der dünnen Eisschicht fest-froren. Der Anblick, der sich ihm bot, ließ an ein Schwar-zes Loch im Weltraum oder einen brodelnden Hexenkessel denken. Der Rektor stand bis zur Taille im Eisloch, das in der Frostluft dampfte, und hackte mit einem Metallspaten das neue Eis ab, das sich an den Rändern des Loches bil-dete. Die Pumpe, die das Wasser in Bewegung hielt, reichte nicht aus, um das Loch offen zu halten, denn es hatte gut dreißig Grad unter Null. Der Rektor stand schon seit fast einer Minute im eisigen Wasser. Seine Haare ragten wie Eiszapfen in alle Himmelsrichtungen.

»I-i-ich ka-ka-kann ni-nicht m-m-mehr, sch-scheiße!« sagte er. Die Worte fielen ihm schwer, denn seine Zunge war steif vor Kälte.

Er reichte Jyri den Spaten. Jyri stand in der Badehose und mit einer Mütze auf dem Kopf vor dem Eisloch. Der Text auf der Mütze verkündete: »007 – License To Teach«, doch Jyri fühlte sich nicht gerade wie ein Geheimagent Ihrer Majestät. Am liebsten hätte er sich umgedreht und wäre wieder in die heiße Sauna gegangen. Aber der Män-nerstolz ließ das nicht zu, er mußte ins Wasser wie der Rektor. Jyri packte die vereiste Leiter und stieg rückwärts ins Eisloch hinab. Er beschloß, keine weiteren Umstände zu machen. Seine Beine steckten schon bis zur Mitte der Oberschenkel im Wasser, die Kälte stach schmerzhaft in die Haut.

»Laß einfach los, das ist herrlich«, sagte der Rektor.

Jyri warf sich rücklings ins Wasser. Ihm blieb der Atem weg, und seinem Mund entfuhr ein merkwürdiger Ton: »Ääääää!« Keine Sekunde länger konnte er hier drin bleiben, er mußte raus. Er schleuderte den Spaten aufs Eis und kletterte hoch. Seine Mütze hatte er im Wasser verloren.

»Ist schon komisch. Wenn man wieder rauskommt, kommt es einem gleich wärmer vor, selbst bei so hartem Frost«, sagte der Rektor.

»J-j-ja«, sagte Jyri und stürzte an ihm vorbei auf die Sauna zu.

»Nun, Jyri, ist das nicht ein prima Leben, hier im echten Lappland?« fragte der Rektor.

Er stellte seine Füße in den neongrünen Eisbadeschuhen auf das Geländer, das den Saunaofen umgab, und warf eine große Kelle Wasser auf den Ofen.

Jyri konnte nicht sofort antworten. Die Wärme lief mit dem Blut in seinem Körper um; auch sein zu einem Würmchen eingeschrumpftes Glied lebte wieder auf.

»Hiervon bildet sich braunes Körperfett, das einen warm hält. Wenn man oft genug badet, kriegt man Seehundshaut am Hintern«, fuhr der Rektor fort.

»Hast du schon welche?« fragte Jyri.

Der Rektor erhob sich halb und drehte seine Rückseite ein wenig in Jyris Richtung.

»Soll ich vielleicht blankziehen?« drohte er.

Der Rektor goß noch mehr Wasser auf den Ofen. Die erste Kelle ging daneben, aber die zweite traf zischend mitten auf die heißen Steine.

Er trug eine rosa Häkelmütze mit Teddybärohren.

»Du hast eine zünftige Ausrüstung!« lachte Jyri.

Der Rektor grinste und nahm die Mütze ab. Er zeigte Jyri ein innen eingenähtes Schildchen, auf dem stand: »Glückwunsch zum Vatertag!«

Außer ihnen waren keine Eislochschwimmer anwesend. Die Saunabänke waren zwar an ein paar Stellen noch feucht, vor ihnen waren also Leute dagewesen, aber jetzt konnten sie in Ruhe plaudern.

»Wie ist das, Jyri, jetzt wohnst du ja schon einige Zeit hier, so als Junggeselle ...« begann der Rektor, kratzte sich eine Weile am Rücken und fuhr fort: »Weißt du, für einen verheirateten Mann ist das Leben ja nicht mehr so spannend. Also, stört es dich, wenn ich dich ein bißchen ausfrage?«

Jyri wischte sich Schweiß aus den Augen und sagte, so spannend sei sein Leben nun auch wieder nicht.

»Hast du dich denn schon mit den Frauen Lapplands bekannt gemacht?« schlug der Rektor zu.

Nach dieser Frage warf er eine Kelle Wasser auf den Ofen. Jyri krümmte sich. Zuerst wollte er die Frage einfach überhören. Doch mit irgend jemandem mußte er sprechen. Und dafür gab es keinen besseren Ort als eine Sauna.

»Eine hab' ich kennengelernt, und das reicht mir eigentlich schon.«

Der Rektor lächelte. Er sah aus wie ein stolzer Vater. Er knuffte Jyri mit der Faust an die Schulter.

»Hatte ich's mir doch gedacht, es dauert nicht lange, bis Jyri festgenagelt ist«, sagte er.

Jyri wußte nicht, wo er anfangen sollte. Er kratzte sich den Rücken und ächzte.

»Wenn es so einfach wäre, verdammt!« entfuhr es ihm.

Der Rektor hob seine spezielle Mütze über dem linken Ohr an, als wolle er Dampf ablassen. Er verschwand in der Umkleide und kam kurz darauf mit zwei Dosen Bier zurück. Eine reichte er Jyri.

»Die hatte ich für nach der Sauna gedacht, aber jetzt könnte der richtige Moment sein«, sagte er.

Er schöpfte etwas Wasser in die Kelle und goß einen Schluck Bier dazu, dann warf er es auf den Ofen. In der Sauna stieg der Duft von frischgebackenem Roggenbrot auf.

»Du hast also, verdammt noch mal, mit einer Frau angebändelt, die schon besetzt ist«, sagte der Rektor.

Zur Strafe schüttete er noch drei Kellen Wasser auf den Ofen. Dann legte er den Kopf in die Handflächen.

»Fang bloß nicht an rumzuspielen!« mahnte er.

Jyri zog auf der oberen Bank die Knie an und streckte den Rücken. Er zeigte dem Rektor, daß die Aufgußhitze ihm nichts anhaben konnte. Was bildet der sich ein, mich zu belehren, dachte er.

»Meinst du es ehrlich mit der Frau?« fragte der Rektor und sah ihn an.

»Verdammt ehrlich! Ich bin verknallt in sie!«

Die Kraft hinter seiner Antwort überraschte Jyri. Darüber nachgedacht hatte er, aber er hatte es sich nicht richtig klargemacht. Wer sich auf das Spiel einließ, mußte auf jeden Fall auch die Folgen tragen. Aber man konnte natürlich noch nicht wissen, wohin alles führen würde.

»Sie hat ein Kind. Hier ist es offenbar üblich, daß das Kind beim Vater bleibt, wenn die Mutter wegzieht«, sagte Jyri.

Der Rektor nahm die Mütze vom Kopf und setzte sie Jyri auf. Dann goß er noch mehr Wasser auf den Ofen. Der heiße Dampf schlug jetzt kräftig zu, und beide Männer mußten sich zusammenkauern.

»Das sag ich dir: Wenn du dir das wirklich gut überlegt hast, dann nur zu! Sonst laß es sein!«

Der Rektor streckte die Hände aus und ließ die Finger knacken.

»Wer zu Besuch kommt, wird hier gastfreundlich aufgenommen, aber Bleiben ist etwas anderes. Da wird man genau geprüft. Mach bloß keinen Blödsinn, sonst wird der Ruf der Südlichter noch schlechter«, sagte er. »Aber jetzt gehen wir ins Eisloch.«

Der Rektor schwamm drei Runden, stieg wieder raus und wartete Jyris Gegenleistung ab. Auch Jyri gelang es jetzt, ein paar Schwimmzüge zu machen. Sein Mund wollte sich zu einer Grimasse verziehen, aber der Mann in ihm siegte und hielt die Miene stabil.

Nach dem Aussteigen blieben Jyri und der Rektor auf dem vereisten Pfad stehen und wärmten sich im schneidend kalten Wind wieder auf. So fühlte es sich jetzt auch für Jyri an. Sein Blut kreiste in den Adern, und die Kälte spürte er nicht. Aus Erfahrung klug, hatte er sich außerdem Socken angezogen, so daß die Fußsohlen nicht am Boden festfroren.

»Also, Jyri, mit diesem Lappland ist das so: Wenn alles gut läuft, dann läuft es verdammt gut. Aber das Gegenteil, das möchte man wirklich nicht erleben.«

Jyri hatte immer noch die Vatertagsmütze des Rektors auf. Sie lag eng an wie eine Badekappe, fühlte sich aber nicht mehr gut an. Er hatte nicht das Recht, diese Kopfbedeckung zu tragen; er war alles andere als ein Familienvater, der bei einer Tupperparty Kinder betreute und Kaffee ausschenkte. Er gab die Mütze dem rechtmäßigen Eigentümer zurück. Der wrang sie aus, daß das Wasser auf den Pfad tropfte, und ging auf die Sauna- und Umkleidehütte zu. Jyri blieb noch einen Moment stehen, um nicht wie ein

Schaf auszusehen. Dann folgte er seinem Vorgesetzten zur Umkleide.

Der Rektor riß an der Tür, aber sie ging nicht auf. Er warf Jyri einen Blick zu, ergriff die Klinke mit beiden Händen und ließ sich mit seinem ganzen Gewicht nach hinten fallen. Die Scharniere knarrten, doch die Tür blieb verriegelt.

»Verdammt, nein, wir haben uns verquasselt! Jetzt ist es nach zehn, und das elektronische Schloß wurde ausgelöst!«

Jyri legte den Kopf in den Nacken und schaute in den Himmel. Dort zitterten und flimmerten grüne Nordlichter. Der Frost biß ihm in die feuchte Wangen, und die Wimpern froren ihm zusammen. Die kreislaufbeschleunigende Wirkung des Eisbadens war vorüber, ihm war nicht mehr warm. Er hatte einmal gehört, daß Leute, die erfroren im Schnee gefunden wurden, sich zuvor oft nackt ausgezogen hatten, weil ihnen so heiß gewesen war. Jyri hatte eine Gänsehaut, und der Frost zerkratzte ihn. Noch stand der Erfrierungstod also nicht unmittelbar bevor. Und sollte er kommen, war das Ausziehen dafür bereits erledigt.

»Scheiße, bis zum nächsten Haus sind es zwei Kilometer. Bis wir da ankommen, sind wir tot. Laß uns rufen, vielleicht ist beim Loipenparkplatz gerade irgendein Skiläufer«, sagte der Rektor.

Sie riefen dreimal hintereinander im Chor um Hilfe. Außer dem gedämpften Gebell eines Hundes aus der Ferne brachten die Rufe keine Antwort. Jyri war nach Lachen zumute. Er wußte, daß die Situation eigentlich ernst war, aber er weigerte sich irgendwie, das zu kapieren. Ihm war, als sähe er eine Filmkomödie, wo die Figuren entsetzlich in die Klemme geraten, aber der Zuschauer weiß, daß sie es schließlich schaffen werden.

»Da ist ein kleines Fenster über der Tür. Da müssen wir durch«, sagte der Rektor. Mit einer blechernen Mülltonne schlug er die Scheibe kaputt. Auch Jyri erwachte zur Aktivität, riß eine Wegmarkierung aus dem Boden und stocherte damit in der Öffnung herum, um die restlichen Scherben abzuschlagen.

Der Rektor beugte sich nieder, Jyri stellte sich auf seine Schultern und konnte durch das Fenster kriechen. Im Fensterrahmen hingen noch Glassplitter, die ihm blutende Wunden in die Seiten schnitten. Aber er gelangte in die Hütte und konnte dem Rektor die Tür aufmachen.

In der Sauna reichte der Rektor Jyri die Hand:

»Du weißt selbst, was du tust. Ich bin nicht berufen, dir Ratschläge zu geben.«

23 »Wir haben richtig gutes Angelwetter bekommen«, sagte der Rektor.

Im Lehrerzimmer roch es nach Kaffee und altem Holzhaus. Alle trugen Outdoorklamotten: gefütterte Gummistiefel und Thermoanzüge, die allerdings noch bis zur Taille offen waren. Bei Markku war es wohl zwanzig Kilo her, daß er seinen Overall gekauft hatte, doch es war ihm gelungen, sich hineinzuzwängen.

»Laßt uns noch einmal checken, ob alles vorbereitet ist«, sagte der Rektor. »Die Würmer?«

Markku hob den Deckel von einem Kasten, der zwanzig kleine Büchsen enthielt, und schraubte eine auf. Darin wimmelte es von neonroten Würmern in Sägemehl.

»Hast du die zum Freundschaftspreis gekriegt?« fragte der Rektor.

»Da kommt keine Rechnung«, schmunzelte Markku.

Der Rektor erzählte Jyri von einem ehemaligen Zeugwart des Jägerbataillons, der, als er arbeitslos geworden war, eine Wurmfarm gegründet hatte. Inzwischen gingen Würmer aus seinem Keller per Post an Angler in aller Welt, und der Mann, der früher Gummistiefel ausgeteilt hatte, fuhr einen nagelneuen Mercedes.

»Weißt du, Jyri, wenn der Mensch gezwungen ist, denkt er sich die tollsten Sachen aus. Aikio, der Nachbar von Wurm-Tervo, züchtet Heilkräuter. Die wachsen verdammt gut im Sommer, wenn es nie dunkel wird«, sagte der Rektor.

»Sorry, Süden, RoPS wird nie ermüden«, reimte Markku. »Obwohl Rovaniemi auch schon im Süden ist«, setzte er hinzu.

Der Rektor rekapitulierte die Regeln für den Eisangelwettkampf. In jeder Klasse würden die beiden Schüler prämiert,
die den größten und den kleinsten Fisch gefangen hatten.
Das Ausmessen war Maijas Aufgabe. Sie zog ein Lineal aus
der Tasche. Markku und der Rektor würden für die kleinsten Schüler die Eislöcher bohren, und Aino würde Fotos
für die Webseite der Schule knipsen. Jyri sollte sich um die
Preisverleihung kümmern, deshalb mußte er die Medaillen
mitnehmen.

»Ja, und, Jyri, für uns Erwachsene gibt es noch einen eigenen Wettkampf. Mit dem größten Fisch gewinnt man die
hier«, sagte der Rektor und ließ kurz eine Wodkaflasche
aufblitzen, auf deren Etikett stand: »Finnischer Winter-
krieg«.

»Aber das Beste hast du noch nicht verraten«, sagte
Markku.

»Stimmt. Wer gar keinen Fang vorweisen kann, muß
eine Woche lang im Lehrerzimmer die Tassen spülen und
in ewiger Schande leben.«

»Traditionell sind es ja unsere Zugereisten, die diesen
Titel erringen«, ergänzte Markku.

Alle schauten erst Jyri und dann einander an und lächelten wissend.

Nun strömten aus Schulbussen und -taxis die Schüler auf
den Hof. Alle waren mit Overalls und Stiefeln ausstaffiert.
Viele hatten eigene Eisbohrer dabei, und aus allen Ruck-
säcken ragten Eisangeln.

»Meine Klasse!« rief Jyri und reckte den Arm in die
Höhe.

Die Viert-bis-Sechstkläßler gruppierten sich langsam
um ihn. Sie verglichen ihre Angeln. Einige hatten auch ei-

gene Köder mitgebracht. Bei manchen waren es Larven, andere hatten Teigklümpchen dabei oder verschiedenfarbige Würmer, echt oder aus Plastik.

»Wir gehen zum See. Bleibt bitte hintereinander«, sagte Jyri.

Der schmale Weg war spiegelglatt vereist, weshalb Jyri darauf achtete, daß niemand aus der Marschformation ausbrach. Ab und zu dirigierte er einen Schüler mit der Hand weiter an den Rand. Da erhob sich hinter ihm lautes Geschrei. Drei Mädchen lagen im Graben.

»Lenne hat uns geschubst«, schrie eines der Mädchen.

Lenne versteckte sich hinter den breiten Schultern des größten Jungen der Klasse. Jyri brüllte, und Lenne schlurfte langsam zu ihm.

»Hast du etwas dazu zu sagen?«

»Klar, ich bin wieder schuld!« schrie Lenne.

Die Mädchen schüttelten den Schnee ab und wischten sich mit den Handschuhen die Gesichter trocken. Sie sagten, sie hätten sich ja nicht zum Spaß in den Schnee gestürzt.

»Du kommst jetzt ganz nach vorne!« befahl Jyri.

»Das stimmt nicht«, widersprach Lenne, aber er setzte sich an die Spitze des Zuges.

Jyri betrachtete Lenne, der vor ihm her ging. Er trug einen fettfleckigen Motorschlitten-Overall und Lederfäustlinge, die bis an die Ellbogen reichten. Der kleine Junge marschierte männlich-breitbeinig vorweg. Er mußte groß und böse tun, damit man nicht sah, wie klein er noch war.

Der Rektor blies in eine Pfeife, und die Schüler stürzten im Laufschritt auf den See. Die besten Plätze waren offenbar allgemein bekannt, denn die Schüler stellten ihre Angelschemel in dichten Gruppen auf.

Jyri dachte sich, der Krach werde die Fische sicher in ruhigere Gewässer treiben. Er ließ sich auf einem unbesetzten Platz weiter von der Spitze der Halbinsel entfernt nieder. Diese Stelle wählte er noch aus einem anderen Grund: Er wollte nicht zeigen, daß er nicht angeln konnte. Abseits von den anderen konnte er in Ruhe üben.

Jyri schob mit dem Fuß den Schnee beiseite, setzte die Spitze des Bohrers auf dem Eis an und begann zu bohren. Der Bohrer war stumpf, so daß er lange und mit aller Kraft kurbeln mußte, bis etwas gelbliches Wasser auf das Eis schwappte. Das Loch war voller Matsch. In der Ferne bohrten Markku und der Rektor Eislöcher für Schüler. Sie butterten mit dem Bohrer im Loch hin und her. Jyri machte es ihnen nach und konnte das Loch so vom Matsch reinigen. Er hockte sich hin, spießte einen Wurm auf den Haken und senkte die Angel. Dabei ließ er die Spitze so wippen, wie er es bei den anderen sah.

Er starrte in das schwarze Loch. Wenn man lange genug hineinschaute, gingen einem die Augen überkreuz, und man sah nichts mehr. Es sog einen ein in die Welt der Erinnerungen. Jyri saß im Waschzuber, klemmte Wäscheklammern an einer Schnur fest und warf dieses Arrangement aus, so wie man von einem Boot eine Angel auswirft. Mama stand hinter dem Waschzuber und sagte, sie sei der Außenbordmotor. Plötzlich kam ein Sturm auf, und Mama kippte den Zuber um. Dann nahm sie Jyri auf den Arm.

»Beißt was?«

Drei Männer kamen auf Jyri zu. Einer davon war Jouni, und auch in den beiden anderen erkannte er Schülerväter, die er auf dem Elternabend gesehen hatte. Der Eisangelwettkampf hatte viele Dorfbewohner angelockt. Die meisten saßen in einem Unterstand am Ufer neben einer Feuerstelle und plauderten bei einer Tasse Kaffee. Einige schlenderten auf dem Eis herum und feuerten ihre Kinder oder Bekannte an.

»Noch nicht, aber es ist ja noch Zeit«, antwortete Jyri.

Die Männer warfen sich Blicke zu. Etwas belustigte sie.

»Du hast aber auch einen guten Platz gewählt«, sagte einer der Männer. »Wie wär's, wenn du etwas tiefer bohrst? Im Moment scheint ja dieser Matsch noch im Weg zu sein.«

Jyri wunderte sich über das Kichern der Männer, doch er nahm den Bohrer und machte sich ans Werk. Als er einige Umdrehungen gekurbelt hatte, kam nasser Sand aufs Eis hoch. Die Männer lehnten sich aneinander und lachten schallend, so daß sie zwischendurch kaum Luft holen konnten.

»Hier sind nur ungefähr zwei Zentimeter Wasser unter dem Eis«, brachte der gesprächigste der drei heraus. »An dieser Stelle ist eine Sandbank.«

Jyri lachte mit den Männern. Peinlich war es ihm nicht, denn woher hätte er das wissen können?

»Nimm deine Sachen mit, wir suchen dir eine bessere Stelle«, sagte Jouni.

Er ging mit langen Schritten an einer Motorschlittenspur entlang und deutete auf eine kleine Bucht in einigen Dutzend Metern Entfernung. Jyri bohrte ein Loch an der Stelle, die Jouni ihm zeigte, und ließ die Angel ins Wasser hinab. Jouni hockte sich neben ihn und flüsterte: »Bis auf den Grund runterlassen und dann rucken.« Jyri ließ den Köder zappeln, und bald zuckte es kräftig.

»Zieh an der Schnur, mit den Händen, festhalten und ziehen!« befahl Jouni.

Nach einer Viertelstunde Kampf schaute ein dunkler Hechtkopf aus dem Loch. Jouni half Jyri. Er packte den Fisch und zog ihn aufs Eis hoch. Der Hecht sprang und zappelte im Schnee, bis Jouni sein Lappenmesser aus dem Gürtel zog, dem Riesenvieh mit dem Messergriff einen Schlag auf den Kopf versetzte und ihm die Kehle aufschnitt.

Jyri kam als letzter zur Vermessungsstation. Am Feuer aßen die Schüler ihren Proviant, und die Lehrer und Eltern tranken Kaffee. Maija hatte ihr Lineal mit Klebeband auf einem wachstuchbedeckten Tisch befestigt. Sie zeigte Jyri einen halbvollen Müllsack, der neben dem Meßtisch stand, und sagte, das werde wohl reichen für den Hauswirtschaftsunterricht morgen. Markku hatte vor, mit den Schülern Fischsuppe zu kochen.

»An der Spitze liegt ein Barsch mit zwanzig Zentimetern. Und bei dir – müssen Eier in die Pfanne?« lachte Maija.

Jyri zog eine Plastiktüte aus dem Rucksack und kippte einen Hecht aus, der mindestens doppelt so lang war wie das Lineal.

»Wo zum ... um Himmels willen hast du den denn her?« fragte der Rektor.

»Aus einem Eisloch«, antwortete Jyri.

Neben ihm schmunzelte Jouni und zwinkerte ihm zu. Die Schüler versammelten sich um sie. Lenne reichte Jyri etwas Trockenfleisch aus einer Plastikdose. Es schmeckte salzig und herb. Die anderen folgten dem Beispiel. Jeder wollte, daß Jyri probierte und sagte, welche Familie den besten Proviant zubereitet hatte.

»Willst du Kaffee, Hecht-Hartikainen?« fragte Jouni.

24 Marianne preßte die Hände um den Sicherheitsbügel. Ihre Beine zuckten, und es kribbelte im Bauch. Jyri saß neben ihr. Er hatte nicht auf das »Katapult« gewollt. Seinen Einwand, er wolle lieber nur fotografieren, hatte sie nicht gelten lassen und ihn fest am Arm mitgezogen. Jyri hielt die Augen geschlossen. Er drückte sie so fest zu, daß er in den Augenwinkeln fächerförmige Falten bekam. Gerade wollte Marianne ihn damit hänseln, da wurden sie nach oben geschossen. Sie sah nur noch einen bunten Tunnel um sich herum, und ihre Ohren fielen zu. Der Magen sprang ihr in die Kehle. In mehreren Dutzend Metern Höhe stoppte das Gefährt abrupt, als wäre es an die Decke gekracht. Jyri hatte die Augen jetzt aufgerissen, und die Haare standen ihm zu Berge.

»Guck mal, da liegt unser Schiff. Das ist schon ...« begann er. Das »Katapult« fiel nach unten, Mariannes Po hob sich im Sitz, und der Sicherheitsbügel quetschte ihr die Schultern zusammen. Über das Kreischen hinweg hörte sie Jyri schallend, aber ohne Rhythmus lachen, wie Goofy. Das brachte auch Marianne zum Lachen, obwohl sie Angst hatte. Das »Katapult« ruckte gleich wieder nach oben und nach unten, wie ein Kolben in einer Pumpe. Ihre Haare flogen, und die Beine wurden abwechselnd gebeugt und gestreckt. Es fühlte sich gut an. Sie konnte nichts tun, als dazusein und sich mitreißen zu lassen; eigene Entscheidungen waren ohne Bedeutung.

»En ... äh ... socker ... one of those«, bestellte Jyri.

Genau heute war Gröna Lund nach der Winterpause wieder geöffnet worden. Marianne fand, das war ein Zeichen für irgend etwas. Der grüne Duft des Frühlings lag in der

Luft, vermischt mit Popcorn und Zuckerwatte. Die Vögel sangen, twink, twink, hüit, hüit, und die Sonne wärmte. Dies war eine andere Welt als die, die sie zurückgelassen hatte, wo einen Meter hoher Schnee, Dunkelheit und Frost herrschten. Hier in Stockholm kleideten sich auch die Männer in Pink und aßen Kuchen, so wie der Mann, der mit seinen zwei Kindern am Nachbartisch saß. Er löffelte abwechselnd sich selbst und den Kindern Schlagsahne in den Mund und sagte zu dem Kleineren: »Snälla, snälla.«

»Hier, nimm dir was davon!« sagte Jyri.

Er reichte Marianne die Zuckerwatte und setzte sich zu ihr. An seinem komischen grauen Kinnbart war ein Zuckerbausch hängengeblieben. Marianne nahm den gestreiften Pappstiel, wischte mit der anderen Hand die Reste aus Jyris Bart, steckte sich den Finger in den Mund und lutschte daran. Jyris Augen wurden kreisrund. Er packte Marianne an den Hüften und zog sie an sich, drückte die Lippen fest auf ihren Mund. Marianne konnte die Zigarre schmecken, die er auf der Fähre geraucht hatte. Sie machte sich los und versenkte ihr Gesicht in die rosa Wolke. Der Zucker zerging auf der Zunge, bevor sie ihn richtig gespürt hatte. Süßlicher Schleim blieb auf Lippen und Nasenspitze zurück. Jyri beugte sich vor und versuchte einen Wattefetzen von ihrer Nasenspitze abzulecken. Diesmal schob sie ihn weiter weg.

»Was ist denn?« fragte er.

»Schmeckt eklig!«

Jyri zupfte einen großen Bausch von Mariannes Zuckerwatte ab und steckte ihn in den Mund. Seine Mundwinkel verzogen sich zu einer Grimasse. Sie lachten und warfen die Zuckerwatte in den Mülleimer.

»So hat das nicht geschmeckt, als ich klein war. Vielleicht entwickelt sich der Geschmackssinn weiter«, überlegte Marianne.

Jyri wischte sich die klebrigen Finger an den Jeans ab.

»Ja, oder er stumpft irgendwie ab.«

Marianne streckte Jyri ihre Hand hin. Jyri war groß, über eins neunzig, und hatte breite Hände wie ein Bär. Marianne wünschte sich, er würde die Faust um ihre Hand schließen und zudrücken, aber sie blieb offen und entspannt.

»Wie wär's, wenn wir jetzt mal über gar nichts nachdenken«, sagte Marianne und schloß Jyris Hand zur Faust.

Jetzt verstand er und drückte zu. Seine große Hand war warm. So saßen sie lange auf der Bank. Eine Möwe trippelte auf dem Asphalt herum, ruckte mit dem Kopf und versuchte, eine halbe Pizza vom Boden aufzuheben. Der Leckerbissen war zu schwer für sie. Die Pizza hielt den Vogel am Boden fest, so sehr er auch flatterte. Jyri streckte sich nach der Pizza aus, brach sie in drei Stücke und warf sie dann der Möwe zu. Die nahm ein Stück, versuchte aber gleichzeitig auch die beiden anderen in den Schnabel zu bekommen. Immer wenn sie eines aufpickte, fiel das vorige herunter. So ging es weiter, bis die Artgenossen ihr alle Leckerbissen weggeschnappt hatten.

»So dumm kann man doch nicht sein«, sagte Jyri.

Er kickte ein Steinchen nach der Möwe.

»Dumm oder gierig? Trinken wir ein Bier?« fragte Marianne.

Jyri holte an einer Bude zwei große Plastikbecher Bier. Es war kalt, die Becher beschlugen von außen. Marianne und Jyri schlugen die Becher gegeneinander und tranken. Das Getränk kribbelte in der Kehle und spülte den klebrigen Zucker vom Gaumen.

»Zum Glück gibt es ja auch Geschmackserlebnisse für Erwachsene«, lachte Jyri.

Wie um diese Feststellung zu illustrieren, hob er den Becher und trank einen langen Zug. Sein Adamsapfel bewegte sich auf und ab wie eine Maschine. Dann legte er den Arm um Marianne. In seinem Arm herrschte Frieden, die Frühlingssonne wärmte ihr das Gesicht.

»Ich kenne noch andere Vergnügungen für Erwachsene«, sagte Marianne.

Jyri zog sie enger an sich, tauchte in ihr Haar ein und küßte sie.

Da kam ein kleiner Junge angerannt und rempelte Marianne an.

»Mama! Mama!« schrie er.

Als er Mariannes Gesicht sah, fing er an zu weinen. Dann torkelte er wieder in die Menschenmenge hinein. Jyri lief hinterher, schnappte sich den Jungen und trug ihn zu Marianne. Nun weinte er nicht mehr, schluckte nur noch.

»Hast du ein Taschentuch?« fragte Jyri Marianne.

Sie reichte dem Jungen ein zerknülltes Papiertaschentuch. Er schneuzte sich lange und gab ihr das feuchte Tuch zurück.

»Tack så mycket«, radebrechte Marianne.

Der Junge mußte zwischen den Schluchzern kichern.

»Wie sollen wir seine Mutter finden?« fragte Marianne.

Jyri meinte, es wäre das beste, den Jungen zu einem Tikketverkaufsstand zu bringen. Von dort aus konnte sicher jemand eine Durchsage machen.

»Wie kann die nur ihr Kind verschütt gehen lassen? Sicher trinkt sie irgendwo fröhlich ein Bier«, sagte Marianne.

»Laß uns erst mal austrinken, ja? Mir ist das zu schade

zum Weggießen.« Dann erkannte er den Widerspruch, lachte kurz auf und sagte: »Ich bin halt nicht sein Vater.«

Marianne nahm den Jungen an der Hand und drehte ihn herum wie bei einem Tanz. Der Junge lachte und drehte sich nun selbst.

»Hast du dir mal überlegt, wie das wäre?«

»Der Vater von dem hier zu sein?«

»Nein, überhaupt Vater zu sein.«

Jyri betrachtete den lächelnden Jungen an Mariannes Hand und dann Marianne. Er stellte den Becher auf die Bank, nahm die Hand des Jungen in eine Hand, Mariannes in die andere und setzte einen Rundtanz in Gang. Marianne sah nur die fröhlichen Gesichter der beiden. Die Umgebung verschwamm zu einem farbigen Durcheinander. Jyri bestimmte das Tempo des Reigens, Marianne und der Junge machten mit. Nach einigen Runden wurde ihr schwindlig, aber sie wünschte sich, Jyri würde nicht aufhören.

»Was zum Teufel!« schrie in zwanzig Metern Entfernung jemand auf schwedisch.

Eine Frau schob einen Kinderwagen auf sie zu. Vorne hing ein Nummernschild mit dem Namen Svante. Der Gesichtsausdruck der Frau machte deutlich, daß sie vor nichts und niemandem zurückschrecken würde. Der Junge riß sich von Mariannes Hand los und rannte zu der Frau. Die beugte sich hinunter und umarmte ihn. Sie zeigte auf Marianne und Jyri und sprach schnell. Der Junge begann zu weinen. Die Frau wendete den Wagen in die Gegenrichtung und befahl dem Jungen, auf das Trittbrett am Kinderwagen zu steigen. Dann schob sie mit Volldampf los, nachdem sie Marianne und Jyri noch einen Blick über die Schulter zugeworfen hatte.

Marianne lag auf dem Hotelbett unter der Decke und zappte durch die Fernsehsender. Die Schweden gärtnerten, kochten und renovierten Sommerhäuser. Sie konnten offenbar nicht normal sprechen. Ständig kreischten und lachten sie.

»Hast du dich als Kind mal verirrt?« fragte Jyri.

Er kam aus der Dusche. Unterhose und Unterhemd hatte er schon im Badezimmer angezogen.

»Ich glaube nicht, jedenfalls nicht dramatisch. Wieso?«

Jyri kämmte sich. Der Spiegel hing zu niedrig für ihn. Er mußte die Knie beugen und sich zurücklehnen.

»Als ich mit meinem Onkel bei einem Pesäpallospiel war, sollte ich auf ihn warten, solange er beim Würstchengrill war. Ich wartete und wartete. Diese Leere und Einsamkeit war ... war ...«

Marianne wechselte den Sender, von gegrilltem Fisch zur Wartung eines Segelboots. Sie sah Jyri im Spiegel an und nickte.

»Ich reichte den anderen nur bis zum Bauch, ich konnte nichts sehen. Ich bin da eine Ewigkeit kopflos rumgerannt, und niemand blieb stehen.«

An Jyris Hinterkopf war ein heller Fleck zu erkennen. Marianne fragte sich, wie Jyri wohl mit Glatze aussehen würde. War sein Schädel ebenmäßig, oder hatte er Dellen oder Beulen?

»Dann hörte ich irgendwo über mir eine Stimme: ›Ketchup quer rüber, Senf an die Ecke‹. Das war mein Onkel. Er war sicher nur ein paar Minuten weg gewesen, wahrscheinlich hatte er Schlange stehen müssen, und jetzt bestellte er.«

Jyri drehte sich zu Marianne um. Er hatte sich sorgfältig gekämmt: Der Scheitel verlief geradlinig auf der linken Seite. Marianne schaltete wieder um.

»Haben wir uns verirrt?« fragte Marianne.

Im Fernsehen wurde eine Sektflasche an einem Bootsrumpf zerschmettert; auf einem Bootssteg prosteten sich Leute zu und sangen. Jyri hatte sie nicht gehört.

»Haben wir was?«

»Nichts. Hör mal, du hattest es eben etwas zu eilig. Wir haben es gar nicht geschafft, alle Achterbahnen zu fahren«, sagte Marianne.

Sie schob ihr nacktes Bein unter der Decke hervor und ließ das Fußgelenkkettchen, das sie auf dem Schiff von Jyri bekommen hatte, kreisen. An dem goldenen Kettchen hingen kleine Herzen, die klimperten. Marianne schaute Jyri an, aber sie erreichte seine Augen nicht, weil die sich mehr für ihr Fußgelenk interessierten. Sie hörte auf, das Bein zu bewegen, und Jyris Blick hob sich.

25 Auf beiden Seiten der Koskikatu in Rovaniemi drängten sich Menschen. Die ausländischen Touristen in ihren Thermoanzügen waren leicht zu erkennen. Das Thermometer an der Säule auf dem Sampoplatz zeigte nur minus vier an, aber das Safariunternehmen hatte seinen Kunden eine Ausrüstung für den grimmigsten Frost verpaßt: Motorschlittenoveralls, Pelzmützen und Sturmhauben, die nur die Augen freiließen. Trotzdem hüpften die Spanier auf und ab und rieben sich die Hände.

»Und nun – das ist heißer als heiß! – begrüßen Sie mit mir die Heiße Serie!« rief Lanko-Pekka, der Ansager. »Das ist so heiß, daß einem der Schweiß ausbricht.«

Jouni gab Lenne ein Zeichen, daß es losging. Lenne nahm Kipinä am Wettkampfgeschirr und führte ihn auf die Bahn. Jouni ging in seinen schwarzen, flammengemusterten Sklilanglauftights neben ihnen her.

»Vierter Platz im Rentier-Cup letztes Jahr: Kipinä! Fahrer und Besitzer Jouni Korhonen«, erläuterte Lanko-Pekka.

Am Ende der Kampfbahn drehte Lenne Kipinä einmal um sich selbst, dann schritten sie zurück zum Startpunkt. Um sie herum zuckten ständig Blitzlichter. Man mußte nach unten schauen, damit man nicht geblendet wurde. Kipinä war unruhig in Lennes Griff, zog und stemmte sich ins Geschirr; er schien auf den Start zu brennen. Jouni dachte, er hätte in der Gewinnerwette noch mehr Geld auf sein eigenes Tier setzen sollen, denn nichts würde es jetzt aufhalten können.

Jouni und Lenne schoben Kipinä in die Startbox aus Sperrholz und Metall. Er zerrte und bockte, stellte sich aber schließlich richtig auf. Lenne brachte Jouni die Ski, die mit Gleitpulver glattgewachst waren, an die Box. Jouni ließ seine Langlaufschuhe in den Bindungen einrasten und griff mit der linken Hand die Zugleine. Seine Rechte hielt die Vuotturaippa. Neben ihm stand Länsman schon mit Lemmenleikki bereit. Länsman starrte Jouni an und zog sich dann die Skibrille über die Augen.

Jouni federte in den Knien und testete die Gleitfähigkeit der Ski. Nun stand viel auf dem Spiel. Er war weiß Gott kein jämmerlicher Typ, der versuchte, eine Frau zum Bleiben zu zwingen. Alles würde gelingen, wenn er in diesem Rennen siegte. Und nächstes Jahr wären auch Marianne und das Kleine beim Wettkampf dabei. Alles war gelöst.

»Damit kommen wir zum Start. Und lieber nicht so starten wie der Nachbar, wenn er aus der Kneipe heimgeht, also wie eine Schnecke«, tönte Lanko-Pekka.

Die Tore der Boxen flogen auf, und die beiden Rene stürzten los. Lemmenleikki hatte den besseren Start. Scheiße, Kipinä blieb gleich einen halben Meter zurück! Jouni schlug ein paarmal mit der Vuotturaippa. Das half. Kipinä war sofort auf einer Höhe mit dem Gegner. Er ließ die Zunge heraushängen und schnaubte. Er schien Lemmenleikki einen Blick zuzuwerfen und ließ die Hufe noch schneller trommeln. Lemmenleikki konnte beim Endspurt nicht mithalten, obwohl Länsman mit der Vuotturaippa drosch. Jouni ließ Zugleine und Raippa los und kam mit einem Bremsschwung zum Stehen. Er nahm die Skibrille ab und warf die Arme in Siegerpose hoch.

Lennes Kopf tauchte in der Menschenmenge auf. Er duckte sich unter der Absperrung durch und rannte zu Jouni. Jouni hob seinen Sohn hoch in die Luft und lobte ihn. Er habe ihm so gut assistiert, daß es ganz einfach gewesen war zu gewinnen. Lenne zog Jouni die Mütze ins Gesicht und sagte, er wolle Mama anrufen und ihr von dem Sieg erzählen. Er kramte das Handy hervor und wählte. Als er eine ganze Weile gewartet hatte, gab er auf.

»Ich glaube, da in Stockholm geht sie nicht ans Telefon. Schick ihr eine SMS, dann ruft sie bestimmt zurück«, sagte Jouni.

Marianne war bei ihrer Schwester in Hyvinkää zu Besuch. Jetzt waren die beiden spontan per Last-Minute-Kreuzfahrt nach Stockholm gefahren. In letzter Zeit war sie gut gelaunt gewesen und hatte nicht mit ihm gestritten. Ob das wohl ein Zeichen für eine Schwangerschaft war? Hoffentlich trank sie auf dem Schiff nicht – ihre Schwester war eine ziemliche Schnapsdrossel.

Jouni legte den Marsriegel, den Lenne sich ausgesucht hatte, auf den Tresen im R-Kiosk und gab der Verkäuferin seinen Wettschein. Sie gratulierte und zählte ihm knapp dreihundert Euro in die Hand.

»Da hab ich den Sprit ja locker wieder raus«, sagte Jouni.

Jouni und Lenne saßen an einem Tisch in einer Ecke des Kiosks. Lenne biß in seinen Schokoriegel, und Jouni schlürfte Kaffee. Da setzten sich zwei Männer mit asiatischem Aussehen zu ihnen an den Tisch. Sie trugen keine Overalls und Sturmhauben, sondern feine Wollmäntel und seidene Schals.

»Sie haben gutes Lentiel«, begann der Jüngere.

Jouni nickte und rührte mit einem Holzstäbchen im heißen Kaffee.

»Wollen Sie gute Geschäft machen?« flüsterte der Mann.

Der ältere Mann, der schweigend daneben saß, ließ in

seiner Innentasche ein Bündel Banknoten aufblitzen, das von einem Metallclip zusammengehalten wurde. Jouni setzte seine Tasse ab und stand auf. Lenne folgte ihm auf dem Fuß, doch das taten auch die Asiaten.

»Sie bekommen gloße Geschenk, wenn Sie nächste Lennen vellielen«, sagte der Jüngere.

Jouni blieb stehen, und die Männer kamen näher.

»Sagen Sie Korhonen«, sagte Jouni.

Der Jüngere sah erstaunt drein und warf dem anderen, der das Geld vorgezeigt hatte, einen Blick zu. Der nickte.

»Kolhonen«, sagte der jüngere Mann.

»Nicht Kolhonen, sondern Korhonen.«

»Kolllhonen.«

»Lassen wir's, da wird doch nichts draus. Korhonen, so heißt der Mann, der euren Blödsinn nicht mitmacht.«

Im dem Rentiergehege, das auf dem Parkplatz des Hotels Pohjanhovi abgezäunt war, stand Kipinä und fraß Flechten. Er hob ab und zu den Kopf und schaute stolz zu den anderen Rentieren hinüber, als wüßte er, wer das heutige Rennen gewonnen hatte. Jouni und Lenne holten noch mehr Flechten aus dem Auto und warfen sie Kipinä vor.

»Was waren das für komische Typen?« fragte Lenne.

»Das waren Betrüger. Sie wollten dafür bezahlen, daß wir das Rennen absichtlich verlieren«, sagte Jouni.

»Hätten sie viel dafür bezahlt?«

»Wahrscheinlich. Aber weißt du, wenn man einen Gewinn mit den falschen Mitteln erzielt, dann bleibt einem nichts davon.«

Lenne tätschelte Kipinä an der Flanke. Dann legte er seinen Kopf an ihn und kraulte ihn im Flankenfell.

»Außerdem kann man Kipinä gar nicht dazu bringen, absichtlich zu verlieren«, schloß Lenne.

Im Hotelzimmer ließ Jouni die Bettdecke dreimal über Lenne hochfliegen. Beim vierten Mal fing er ihn in der Decke ein und hielt ihn fest.

Lenne sagte: »Mach mir einen Schlafsack!«

Jouni stopfte die Decke unter ihm fest und wickelte ihm schließlich noch die Füße ein.

»So, fertig ist das Paket. Jetzt nur noch die Augen zu. Gute Nacht«, sagte Jouni.

Er hatte eine Anzughose und ein Oberhemd angezogen. Nun band er sich die Schnürschuhe zu und rieb sich etwas von dem Rasierwasser aufs Kinn, das Marianne ihm einmal geschenkt hatte.

»Aber trink nicht zu viele Erwachsenengetränke«, ermahnte ihn Lenne.

Jouni kniff ihn in die Wangen und sagte, darüber brauche er sich keine Sorgen zu machen, und sollte Lenne in schreckliche Not geraten, habe Papa sein Handy ja dabei.

Ein Stockwerk tiefer stieg Länsman zu Jouni in den Fahrstuhl. Das Hemd hing ihm halb aus der Hose, seine Lederweste war auf links gedreht, und der Reißverschluß seiner Hose stand offen.

»Die Minibar hat einen einzigen Nachteil, nämlich daß die Flaschen so verdammt klein sind«, sagte er.

Er streckte Jouni die Hand hin und gratulierte ihm zum Sieg. Jouni schüttelte ihm die Hand und sagte, es sei hart gewesen, sich nach vorne zu kämpfen, nachdem er anfangs zurückgeblieben war.

»Scheiße, ist dein Rentier ein guter Sprinter!«

Der Fahrstuhl hielt im Erdgeschoß. Länsman schwankte, konnte sich aber am Geländer festhalten. Als er sich im Spiegel erblickte, begann er seine Kleidung in Ordnung zu bringen.

»Warum hast du mir nicht gesagt, daß ich die Flagge gehißt und auch noch den Hosenschlitz offen habe? Schließlich sind wir hier in der großen Stadt!«

Jouni grinste, er habe geglaubt, das gehöre zum Stil, und fuhr fort, er werde schon mal die Getränke bestellen, während Länsman sich zurechtmachte.

»Was willst du trinken, Nummer Zwei?«

»Alkohol.«

Jouni ging an der Rezeption vorbei zur Hotelbar. Der Abend war noch jung und die Bar fast leer. Drei Männer und eine Frau tranken an einem Stehtisch. Die Frau hielt ein Baby auf dem Arm. Sie sagte, sie müsse kurz wohin, und reichte das Kind, das einen blauen Strampelanzug trug, an einen der Männer weiter. Der Mann schaukelte das Baby im Takt des Schlagers, der aus den Lautsprechern drang, hin und her.

»Schüttle es nicht, davon geht es kaputt«, sagte ein Mann mit dichten Koteletten.

Der Mann mit dem Baby hörte kurz auf zu schütteln, machte dann aber weiter.

»Ich kann nicht anders, ich hab den Rhythmus im Blut«, sagte er.

»Zum Glück sind wir nicht im Rock-Club«, fuhr der mit den Koteletten fort.

Jouni stützte sich mit den Ellbogen auf den Tresen und sagte: »Alkohol, bitte.«

Der bürstenköpfige Barkeeper bedauerte, diese Bestellung sei zu allgemein, Jouni müsse sie präzisieren.

»Zwei doppelte Whisky und zwei Bier dazu«, sagte Länsman.

Er hatte sein Hemd in die Hose gesteckt und den Reißverschluß zugezogen. Offenbar hatte er mit Hilfe von Wasser und Kamm auch seine Frisur in Form gebracht.

»Und ich zahle«, sagte er.

Jouni hatte die Brieftasche schon in der Hand. Er hatte vorgehabt, wie ein Gentleman den Verlierer einzuladen.

»Letzten Endes bin ich ja doch der Gewinner«, sagte Länsman.

Er wandte sich vom Tresen ab und zeigte Jouni ein Bündel Geldscheine in seiner Brieftasche, die von einem Clip zusammengehalten wurden. Der Clip trug asiatische Schriftzeichen.

Jouni nahm den angebotenen Whisky entgegen und kippte ihn in einem Zug runter.

»Gute Nacht!« sagte er und knallte das Glas auf den Tresen.

Jouni versuchte die Hotelzimmertür leise zu öffnen, aber Lenne schreckte hoch und hob den Kopf. Jouni sagte: »Alles in Ordnung, schlaf nur weiter.« Er ging auf die Toilette und zog das Handy aus der Tasche. Er hatte Sehnsucht nach Marianne, aber nicht nach der Frau, die sie jetzt war, sondern nach der von früher. Jenes Mädchen mit grünen Augen, das das Leben einer Lappenfrau erlernen wollte, würde er nicht per Telefon erreichen.

Jouni hoffte, daß die frühere Marianne einmal wieder hinter dem Gemecker auftauchen würde. Aber hatte er die richtige Marianne damals kennengelernt oder erst jetzt?

Er würde seine Frau nicht gehen lassen. Ihn würde keiner auslachen, nach dem Motto: Nun ist auch deine Süd-Dohle wieder weggeflogen.

26 Im Kühlraum des Krankenhauses flackerte eine Leuchtstoffröhre. Es roch nach Reinigungsmittel. Der Klinikpförtner zog das weiße Laken beiseite, so daß das Gesicht sichtbar wurde. Er legte das Tuch in spezielle Falten. Vielleicht dachte er, dieses Arrangement würde die Situation würdiger machen. Das Gesicht war nicht das von Mama. Eine Kunststoffpuppe mit eingefallenen Wangen und Augen und einer scharfen, vogelartigen Nase lag da auf der Metallbahre. Jyri streckte die Hand aus und berührte die Haare. Sie fühlten sich genauso an wie früher. Er beugte sich näher heran und schnupperte: Der Geruch war fremd.

»Das Ableben ist schon einige Zeit her«, sagte der Pförtner und nickte.

Er starrte Jyri in die Augen, um sicherzugehen, daß Jyri in dieser Welt war. Jyris Knie zitterten wie nach einem zu langen Lauf. Vorsichtig griff er nach dem Laken, um es weiter nach unten zu ziehen. Er wollte Mamas Hände sehen. Die hatten Jyri eingecremt, ihm Bilder auf den Rücken gezeichnet und Pflaster auf die Knie geklebt. Seit sie krank war, hatte Mama ihn nicht mehr in ihre Nähe gelassen, aber nun konnte sie ihn nicht hindern. Er würde ihre Hände ergreifen, streicheln und ihr Lebewohl sagen. Da packte ihn der Pförtner am Handgelenk.

»Das würde ich nicht empfehlen. Die Spuren der Obduktion sind zu sehen. Es ist besser, wenn Sie sich nicht mit solchen Erinnerungen belasten«, sagte er und sah auf die Uhr an der Wand.

Es war eine Minute vor zwölf.

»Dann will ich Sie nicht länger von Ihrer Mittagspause abhalten«, sagte Jyri.

Der Anruf mit der Todesnachricht war mitten in einer Kunststunde gekommen. Die Schüler malten gerade Bilder von ihren Familien. Er schlenderte durch die Klasse und sprach davon, daß man den Pinsel lange im Farbnäpfchen drehen mußte und nur wenig Wasser verwenden durfte, damit man starke Farben bekam. Einige Schüler hatten sich selbst am größten gemalt, bei anderen beherrschte der Vater das gesamte Bild, während Mutter und Kinder im Hintergrund standen, oder umgekehrt. Auf einem Blatt bildete ein gigantischer, Salat fressender Hamster den Mittelpunkt, während die Menschen als Strichmännchen in einer Ecke darbten. Jyri spornte gerade Lenne an weiterzumalen, als sein Handy klingelte.

»Hallo, Mama, ich habe gerade Unterricht. Kann ich nachher zurückrufen?« sagte Jyri.

Am anderen Ende war nichts zu hören.

»Ich hör dich nicht gut, aber wie gesagt, ich melde mich ...«

»Also, hier ist die behandelnde Ärztin von Else Hartikainen.«

Der Stimme fehlte jegliche Wärme, die Anruferin hatte sich eine schützende Rolle übergestreift. Jyri dagegen hatte keine Möglichkeit, sich zu schützen. Er verließ den Klassenraum, ging in den Korridor und rutschte an der Wand herunter, bis er auf dem Boden saß. Einige Schüler kamen an die Tür und starrten ihn an.

»Was hat der denn?«

»Ist der verrückt?«

Jyri kümmerte sich nicht um die tuschelnden Schüler. Am anderen Ende der Telefonleitung startete eine Art mechanische Protokoll-Verlesung. Mama war im Schlaf gestorben, obwohl die Zytostatikabehandlung angeschlagen und das Befinden der Patientin sich schon verbessert hatte. Offenbar hatte das Herz die harte Kur nicht ausgehalten, aber die genaue Todesursache werde man durch eine Obduktion feststellen.

Als er als Kind Radfahren übte, hielt Mama ihn am Gepäckträger fest. Als Erwachsener hatte Jyri seltener eine Stütze gebraucht, aber gelegentlich wurde sein Fahrrad noch von den Stützrädern aufrechtgehalten. Aus denen war er nie herausgewachsen, auch wenn die anderen auf Mountainbikes die Skipisten hinunterfuhren. Mama konnte sie nicht abschrauben, weil sie mit dem Rollgabelschlüssel nicht zurechtkam, und es gab keinen Vater, der dabei geholfen hätte.

Am Ende des Krankenhausflurs näherte sich ein Mann, der entfernt bekannt aussah.

»Wir schaffen das hier schon, Jyri und ich«, sagte Jyris Onkel zu dem Pförtner, der Jyri hergeführt hatte.

Er nahm Jyri mit in die Kantine. Als Jyri den Onkel zuletzt gesehen hatte, war der zwanzig Jahre jünger und zwanzig Kilo leichter. Daß er sich in Schweden assimiliert hatte, merkte man nicht nur an seiner gepreßten Sprechweise, sondern auch an der Kleidung: In seinem hellen Wollpullover und den leuchtendblauen Hosen würde er sich nicht mehr fluchend und Würstchen essend unter die Pesäpallo-Zuschauer mischen können.

Jyri hatte als Kind ein Kaffeegespräch zwischen seiner Mutter und ihrer Freundin mitangehört, bei dem sie feststellten, der Junge brauche ein männliches Vorbild. Erst hatte Jyri geglaubt, Mama würde eine mannshohe Ausmalvorlage beschaffen. Die kam nie, doch es kam der Onkel, und er nahm Jyri zu Pesäpalloturnieren nach Hyvinkää mit. Dort lernte Jyri zu jubeln und stehend zu klatschen, wenn Tahko einen Lauf schlug, und »Tot!« zu brüllen, wenn ein Spieler der Gastmannschaft ein Ajolähtö auflöste.

»Das ist hart für dich«, sagte der Onkel.

Jyri wollte seine Brötchentüte öffnen, aber die Finger rutschten am Plastik ab. Er packte fester zu und riß die Tüte mit einem Ruck auf. Das Brötchen fiel auf den Boden.

»Verdammte Scheiße, wieso muß alles in Plastik verpackt sein!« fluchte er.

Er hob das Brötchen auf, drehte es hin und her und pustete darauf.

»Sie ist friedlich gestorben, haben sie gesagt«, sagte der Onkel.

Das Brötchen war zäh. Er mußte ordentlich zubeißen, um ein Stück abzubekommen.

»Das ist wie Gummi!«

»Ich kann mich um die Beerdigungsformalitäten kümmern. Im Ruhestand hat man ja Zeit«, fuhr der Onkel fort.

»Und diese Gurken sind immer pappig.«

Der Onkel trank seinen Kaffee in zwei Schlucken aus und ging mit der leeren Tasse zum Tresen. Er goß sie voll und fragte, was das kostete.

»Zwei Euro für einen Kaffeenachschlag, *fy fan!* Das bezahle ich wirklich nicht!« rief er.

Dann hob er die Tasse an die Lippen und trank sie in einem Zug aus. Bezahlte nicht. Die Bedienung gestikulierte zum Pförtner hin, doch der Onkel war bereits in die Raucherecke verschwunden. Sein Äußeres täuschte, er war doch noch der alte Onkel.

Einmal hatte Jyri aus Versehen geklatscht, als der Star-Joker der gegnerischen Mannschaft toll durchgeschlagen hatte. Da nahm der Onkel ihn bei der Hand und sagte, der Gastmannschaft dürfe man allerhöchstens dadurch applaudieren, daß man zwei Finger aneinandertippe, aber auch das keinesfalls im Takt.

Jyri kaute auf seinem Gummibrötchen herum und sah zu, wie ein Krankenpfleger eine alte Frau in einem Rollstuhl den Gang neben der Cafeteria entlangschob. Die Frau wirkte zugleich würdevoll und zerbrechlich, ihr Kopf schwankte wie bei einer Puppe.

»Übrigens, was sehen Sie vor sich?« fragte die alte Frau den Pfleger und zeigte mit einer knochigen Hand zu dem Fenster am Ende des Ganges.

»Was haben Sie denn jetzt, Vuokko?« fragte der Pfleger.

»Nein, im Ernst. Was sehen Sie vor sich?«

Der Pfleger hob die Augenbrauen und schob die Alte weiter. Er schien zu überlegen, ob er die sonderbare Frage einfach ignorieren oder sich auf ein Gespräch einlassen sollte. Schließlich antwortete er:

»Da ist ein Baum zu sehen, und Autos.«

»Aha, so etwas sehen Sie also. Ich sehe gar nichts mehr vor mir, überhaupt nichts mehr. Nun ja, hinter mir habe ich zum Glück alles mögliche.«

Daheim roch es nach eingetrocknetem Abfluß, und die Zimmerpflanzen waren zu gelben Strünken verkümmert. Das Leben ist weg, dachte Jyri – bis er in den Biomülleimer schaute. Er knotete die Tüte fest zu und öffnete ein Fenster. Der Onkel drehte den Wasserhahn am Spülbecken in der Küche auf und ließ das Wasser laufen. Jyri hörte Mamas Stimme in seinem Kopf. Sie fragte, ob er Hunger hatte, ob er Wäsche mit hatte und ob er denn mehrere Tage bleiben konnte.

»Nimm alles, was du haben willst. Den Rest geben wir dann zum Flohmarkt«, sagte der Onkel.

Jyri schaute auf den Kalender an der Küchenwand. Er zeigte den Monat Mai des Vorjahres, und auf dem Bild war ein sommersprossiger Junge mit einem Teddybärluftballon zu sehen. Mama hatte die Gymnastikstunden bei der Volkshochschule im Kalender vermerkt: Bauch&Po, Bodypump und Circuit Training. Jyri nahm einen Stift, schlug das richtige Blatt auf und zeichnete am Todestag ein kleines Vögelchen ein.

Dem Onkel sagte er dann, er wolle eine Weile allein sein. Er ging in sein altes Zimmer und legte sich auf das Bett. An der Tür hing ein Star-Wars-Poster, auf dem Luke Skywalker ein Lichtschwert schwang. Die Wände waren leuchtendgrün gestrichen. Jyri erinnerte sich, daß Mama im Baumarkt mehrfach gefragt hatte, ob er sich bei der Farbe wirklich sicher sei. Diesen Farbton, der von den Schwanzfedern eines Papageis stammte, mochte sie nicht leiden, aber sie ließ Jyri entscheiden. Mama strich die großen Flächen mit der Rolle, und Jyri half in den Ecken mit dem Pinsel. Nach der Malerarbeit waren beide von oben bis unten mit Farbe bekleckert, aber stolz auf das Ergebnis.

Bald würde ein neuer Eigentümer die Wohnung umdekorieren. Das Papageiengrün würde einer dezenten hellen Farbe weichen müssen. Der Neue würde Mama und Jyri aus der Wohnung herauspinseln und etwas Fremdes an ihre Stelle setzen. Die Tränen liefen ihm aus den Augenwinkeln und am Hals hinunter. Er ließ sie fließen und wischte sie nicht weg. Rede darüber, dann wird's leichter, sagte Mama in seinem Kopf und schaute ihm lange in die Augen. Jyri wurde klar, daß Mama der einzige Mensch gewesen war, dem er seine wichtigsten Gedanken und Erlebnisse anvertraut hatte. Nun hatte sie sich einfach verdrückt und ihn allein gelassen. Sie hatte ihm nichts von seinem Vater erzählt, obwohl sie stets versprochen hatte, sie werde reden, wenn Jyri älter wäre. Auch sein Vater konnte jederzeit verschwinden, auf dieselbe Weise wie Mama – wenn es ihn überhaupt gab. Jyri mußte seinen Vater finden.

Der Onkel rief durch die Tür:

»Laß dich nicht stören, aber nenn mir eine Zahl zwischen eins und zwanzig.«

»Was denn, spielen wir jetzt Bingo?«

»Sag einfach eine.«

»Na gut, siebzehn.«

»*Tack.*«

Jyri trocknete sich das Gesicht an der Tagesdecke ab, stand auf und ging ins Wohnzimmer. Der Onkel saß mit dem Handy am Ohr auf dem Sofa und bat die Telefonauskunft, ihn mit einer Pizzeria in Tuusula zu verbinden.

»Ja, mit Bringdienst. Die Siebzehn und die Elf, *tack!*«

Er legte auf und sagte, ein bißchen Spannung müsse doch sein im Leben.

Jyri und sein Onkel saßen auf dem Wohnzimmersofa, aßen ihre Pizzen mit den Fingern und starrten auf den Fernseher. Jyri, der die Fernbedienung hielt, schaltete alle paar Sekunden um. Tanzende Mädchen am Strand gingen über in einen deutschen Detektiv und der in einen Golfspieler. Aus dem Schnaufen des Onkels zu schließen, hätte er gerne in das nervende Zapping eingegriffen, aber er ließ es sein.

»Willst du meine Krabben haben?« fragte der Onkel.

»Willst du meine Champignons haben?« fragte Jyri.

Amüsiert schoben die beiden ihre Pizzabeläge von einer Pizzapappe zur anderen, doch dann aßen sie mit ernster Miene weiter. Jyri konnte sich auf nichts konzentrieren. Er ließ die Sender vorbeizucken, wollte Farben sehen und Stimmen hören, die ihn betäubten und seine Gedanken von Mama und vom Tod ablenkten.

Da sagte der Onkel: »Ich habe etwas für dich, Jyri.«

Seine Stimme klang angespannt und irgendwie offiziell. Nun ging es nicht mehr darum, Kapern gegen Muscheln zu tauschen.

»Ja ...?«

»Hat deine Mutter dir von deinem Vater erzählt?«

Jyri mußte husten, weil ein Stück Pizzarand ihn im Hals kratzte.

»Nein.«

Der Onkel legte sich die Worte sorgfältig zurecht, bevor er sie aussprach.

»Das war ganz schlimm für Else, als du geboren wurdest und kein Vater da war.«

Jyri konnte nichts sagen. Der Onkel fuhr fort, sie hätten vereinbart, daß er als männliche Bezugsperson für Jyri fungieren sollte.

»Na ja, denkste. Das wurde ja nichts, weil ich nach Göteborg ziehen mußte. Du wärst jedenfalls auch *med* ... äh, mit mir als Vorbild kein besserer Mensch geworden.« Der Onkel versuchte zu lachen.

Jyri riß noch ein Stück Pizza ab und stopfte es in den Mund. Käsefäden zogen sich über sein Gesicht. Der Onkel schien doch nichts Neues zu erzählen zu haben. Jetzt stellte er seinen Pizzakarton auf dem Sofa ab, ging an die Garderobe und holte etwas aus der Brusttasche seines Wollmantels heraus. Als er zurückkam, setzte er sich ganz nah neben Jyri und legte ihm auch noch die Hand auf die Schulter. Die Geste war peinlich, aber sie bedeutete, daß es jetzt etwas Wichtiges zu sagen gab.

»Deine Mutter hat mir diese Karte gegeben. Ich sollte sie dir geben, falls ihr etwas geschehen würde.«

Der Onkel drückte Jyri eine vergilbte Visitenkarte in die Hand: Kuru-Koru Oy. Auf der Rückseite stand in raumgreifender Handschrift: »Pauli Kaartamo«. Daneben stand noch: »Vielen Dank für die nette Zeit. Bis bald!«

Jyri bog das Pappkärtchen zwischen den Fingern hin und her. Er hatte Lust, es in winzige Fetzen zu zerreißen, damit er seine Vorstellung von seinem Vater unbeschadet behalten konnte. Pauli Kaartamo und eine Schmuckfirma, das klang nicht nach dem Vater, dessen Bild Jyri in seinem Inneren hütete.

»Mama hat erzählt, daß sie sich in Lappland kennengelernt hatten«, sagte Jyri.

Der Onkel klopfte mit dem Zeigefinger auf ein verbranntes Stück Pizzarand.

»Ja. Else hat eine kurze Zeit in Ivalo gearbeitet«, antwortete er.

Jyri betrachtete die Visitenkarte. Er war nicht sicher, ob er immer noch herausfinden wollte, wer sein Vater war. Dabei hatte er schon von klein auf darüber nachgedacht.

»Weiß der überhaupt, daß es mich gibt?« fragte er.

Der Onkel spannte den Zeigefinger gegen den Daumen und schnippte das Randstück in eine Zimmerecke.

»Das mußt du selbst rausfinden.«

Er ließ Jyri keine Möglichkeit, das Thema weiterzuverfolgen, sondern zog ein schwarzes Schächtelchen aus dem Haufen von Sachen hervor, den er neben dem Sofa aufgestapelt hatte.

»Das hier haben wir vor zwanzig Jahren angefangen, aber dann rief deine Mutter uns zum Essen.«

Er öffnete die Schachtel und legte zwei kleine Plastikschweine und einen Spieleblock auf den Tisch. Aus dem Block las er vor, daß Jyri als letzter mit den Schweinchen gewürfelt hatte und das Spiel 52 : 20 stand.

»Ich finde, man muß die Dinge auch zu Ende bringen«, sagte der Onkel.

27 »Sollen wir noch einen heben?« fragte Lenne. Damit zog er einen Lakritz-King-Kong aus seiner Bonbontüte.

Zur Antwort kramte Topi genauso einen aus seiner eigenen Tüte hervor. Sie prosteten sich mit den Lakritzen zu und steckten sie in den Mund. Vor geraumer Zeit waren sie mit ihren Comicheften vom Bibliotheksbus gekommen, und seitdem hatten sie in ihren Sitzsäcken gesessen und schweigend gelesen. Lenne las X-Men und Topi Spiderman. Jeder hatte eine Papiertüte mit derselben Auswahl an Süßigkeiten, die sie in Salmes Laden gekauft hatten, neben sich stehen. Sie steckten sich jeweils gleichzeitig das gleiche Bonbon in den Mund. Von den Dracula-Salmiaktabletten konnte man nicht mehrere hintereinander essen, sonst verbrannte man sich die Zunge.

»Guck mal, wie Spiderman diese Räuber zum Paket verschnürt. Der kann sein Netz total exakt schießen«, sagte Topi.

Das Comicbild zeigte zwei unrasierte Männer, die in einem Spinnennetzkokon zappelten. Spiderman stand daneben, lächelte und hatte einen Fuß auf die Männer gestellt.

»Stell dir mal vor, wenn es solche Superhelden wirklich geben würde!« seufzte Lenne.

»Wieso: geben würde?« fragte Topi.

»Na ja, die gibt's doch wohl nicht in Wirklichkeit?«

»In Amerika gibt es Leute, die sind Superhelden geworden. Das hat Papa mir gestern im Internet gezeigt. Die haben solche tollen Anzüge und irgendein Pfefferspray«, entgegnete Topi.

Lenne überlegte, ob er sich trauen sollte, seinen Vorschlag zu machen. War es eine kindische Idee? Nein, wenn in Amerika sogar erwachsene Männer so etwas taten.

»Sollen wir das auch machen?« fragte Lenne.

»Wo sollen wir denn solche Anzüge herkriegen? Und in diesem Kaff passiert doch eh nichts.«

Damit war alles gesagt. Topi vertiefte sich wieder in sein Heft, aber Lenne konnte sich nicht mehr konzentrieren. Er wußte, wofür er einen Superhelden brauchte. Es gäbe einiges für den zu tun. Aber wie müßte der Held sein? Er mußte Superkräfte haben. Hier in Lappland mußte er Kälte aushalten und sich im Schnee fortbewegen können. Die allerwichtigste Eigenschaft war, daß er vor nichts Angst haben durfte. Er würde immer, ohne zu zögern, das tun, was sich richtig anfühlte.

Topi schaute kurz auf sein Handy und sagte, sein Papa habe eine SMS geschickt und komme ihn gleich abholen. Er steckte Spiderman in eine große Plastiktüte mit der Aufschrift »K-Market Pohjantähti«. Außer den Comics enthielt die Tüte einige Motorschlitten-Zeitschriften und zwei Bücher mit Gespenstergeschichten als Schullektüre.

»Bis dann in der Schule!« sagte Topi.

Lenne breitete seinen alten Motorschlittenoverall im Hof auf dem Boden aus. Die Ärmel und Hosenbeine waren ein wenig zu kurz, aber für diesen Zweck machte das nichts aus. In der Garage fand er schwarzen Sprühlack, der übriggeblieben war, als Papa und er die Kotflügel an Lennes Quad lackiert hatten. Lenne sprühte sorgfältig Farbe auf die Vorderseite des Overalls, wartete eine Weile, drehte den Overall um und machte dasselbe hinten. Die Farbe roch gut, aber irgendwie konnte er aus dem Geruch schließen, daß es nicht gesund wäre, lange daran zu schnuppern.

Im Wald, der direkt hinter dem Haus anfing, ertönte jetzt das Geräusch eines näherkommenden Quads. Der

Schnee war geschmolzen, aber weiter weg waren hier und da noch Schneeflecken. Papa kurvte auf den Hof und kam neben Lenne zum Stehen. Er fuhr das Quad genauso wie einen Motorschlitten, kniend und sich in die Kurven legend. Er hatte einen Helm gekauft, damit Mama sich beruhigte, aber er setzte ihn nie auf. Das Quad stieß einen kleinen blauen Rauchwirbel aus. Es stank nach Benzin. Papa machte den Motor aus und stieg von seiner Polaris ab.

»Man kann schon fahren, aber in den Senken liegt noch Schnee«, sagte Papa.

Lenne bemerkte, daß Papa vermied, mit dem linken Bein aufzutreten. Sein Overall war patschnaß.

»Verdammte Scheiße, hab mich im Matsch festgefahren und bin umgekippt. Hab mir am Bein ein bißchen wehgetan.«

»Zum Glück bist du nicht unter das Quad gerutscht!« sagte Lenne.

Letztes Frühjahr war Mokko-Heikki zwischen einem Quad und einem Baumstumpf eingeklemmt worden und hatte sich den Oberschenkel gebrochen. Er mußte einen Monat im Krankenhaus liegen, das Bein an einem Haken hochgehängt. Lenne und Papa hatten ihn in Rovaniemi besucht, ihm Zigaretten mitgebracht und ihn mitsamt seinem Bett in die Raucherecke geschoben. Mokko-Heikkis Alte war nicht so erfreut gewesen, denn sie hatte gehofft, daß ihr Mann während des Krankenhausaufenthaltes vom Rauchen loskommen würde.

»Nein, nein, nicht unters Quad. Was machst du denn da?«

»Wir haben ein Kostümfest in der Schule, ich mach mir nur einen Anzug dafür«, sagte Lenne.

Papa holte die Benzinkanister aus der Garage, stellte sie ins Auto und sagte, er fahre zu SEO, Benzin für das Quad holen. Lenne überlegte, wie es wohl wäre, hier zu zweit mit Papa zu leben, wenn Mama wegzöge. Mama sagte, Papa sei immer am Arbeiten. Papa wurde dann sauer, aber es stimmte ja. Tagelang war er weg. Lenne kam oft mit, aber wegen der Schule ging das nicht immer, und Papa war auch an Schultagen bis abends im Wald. Wer würde ihn dann zudecken und Mein kleiner Rentierjunge nennen? Wem würde er es zu sagen wagen, wenn er Angst vor etwas hatte? Bei Papa traute er sich das nicht. Papa zeigte er, wie gut er schon zurechtkam, und Mama zeigte er, wie klein er noch war.

Lenne schüttelte die unerfreulichen Gedanken ab und befestigte die Ausrüstungsgegenstände für den Superhelden an den Haken des Rentiergürtels. Ein Lappendolch konnte gefährlich werden, wenn er damit schnell rannte, aber Lenne hatte ja auch ein Klappmesser. Außerdem hängte er ein kleines Fernglas an den Gürtel. Eine wichtige Sache hätte er beinahe vergessen. Lenne holte das aufgewickelte Suopunki aus der Garage und legte es sich über die Schulter. Das war die Spezialwaffe des Superhelden. Spiderman verschnürte die Schurken mit einem Spinnennetz. Das Suopunki würde dasselbe bewirken, und es zu werfen war für Lenne keine Schwierigkeit.

Er brauchte eine Kopfbedeckung. Bei den Superhelden war das Gesicht immer so verhüllt, daß man sie nicht identifizieren konnte. Spiderman hatte eine Art Kapuze auf, und Batmans Gehilfe Robin zum Beispiel trug eine Maske. Lenne wühlte in Papas Arbeitskleidungskiste und fand ganz unten eine schwarze Sturmhaube. Sie roch nach

Zigaretten und Benzin, wie alles bei Papa. Die Haube hatte Löcher für Augen und Mund. Sie verdeckte so viel, daß Mama und Papa ihn nicht erkennen würden.

Ein Superheld mußte viel aushalten, deshalb brauchte er eine ordentliche Schutzausrüstung. Lenne hatte einen Eis-hockeyhelm für den Schulsport. Aber in der Schule gab es auch Helme zum Ausleihen. Es würde also nichts ausma-chen, wenn Lenne seinen eigenen Helm dem Superhelden überließ. Er sprühte den Helm schwarz, aber irgend etwas fehlte noch daran. In seinem Zimmer hatte er ein kleines Geweih von einer Rentierkuh an der Wand befestigt. Daran hingen Medaillen von Rentierrennen, aber für die würde er einen anderen Platz finden. Er holte das Geweih, sägte die Geweihstangen mit der Eisensäge ab und steckte sie in die Lüftungsschlitze an beiden Seiten des Eishockeyhelms. Sie wackelten bedenklich, aber Lenne war sicher, daß sie sich fester verkanten würden, sobald der Helm auf dem Kopf saß.

Am Abend, als Mama ihm schon gute Nacht gesagt und die Zimmertür zugemacht hatte, zog Lenne den Superhel-denanzug aus dem untersten Fach seines Kleiderschrankes hervor. Er breitete den Overall auf dem Bett aus und malte mit silbernem Filzstift ein prächtiges Rentiergeweih vorne drauf. Dann zog er ihn an. An die Füße kamen schwarze Gummistiefel und an die Hände die Arbeitsfäustlinge, die bis zum Ellbogen reichten. Lenne streifte sich die Sturm-haube über und setzte zum Schluß den Helm darauf. Jetzt noch den Gürtel um, und Der Rentierjunge war bereit, für das Gute zu kämpfen.

Innen in der Schranktür hing ein großer Spiegel. Daraus

blickte ihn nun nicht mehr Lenne an, sondern Der Rentier-junge. Um sein Geweih herum schien ein heller Lichtkranz zu schweben. Lenne spürte, wie seine Muskeln sich spann-ten und anschwollen. Er fühlte sich unglaublich selbstsi-cher. Der Rentierjunge hatte übernatürliche Kräfte. Damit würde er dafür sorgen, daß niemandem in der Familie ein Leid geschehen konnte. Der Rentierjunge würde niemals weinen oder Angst haben.

Er nahm das Suopunki aus der Halteschlaufe und schwang es probehalber. Das Hanfseil glitt mühelos durch die Öse. So würde es sich dem Schurken direkt um die Beine wickeln. Der Rentierjunge würde die Schlinge zuzie-hen, und der Böse würde platt auf den Bauch fallen. Da-nach brauchte man ihm nur noch die Beine zusammenzu-binden, und fertig wäre das Paket. Bald würde die Polizei es abholen. Der Rentierjunge lächelte, aber unter der Sturm-haube war das nicht zu sehen. Er sah immer gleich grim-mig aus. Unter seinem eisigen Blick fühlte sich jeder klein und unsicher.

Aus dem Wohnzimmer war ein Wortwechsel zu hören, an-fangs leise, aber er schien mit jedem Satz heftiger zu wer-den.

»Scheiße, kochen tust du auch nicht mehr! Schließlich arbeite ich hart!« rief Lennes Papa.

»Wie soll ich denn für dich kochen, wenn ich nie weiß, wann du zum Essen kommst!« entgegnete seine Mama.

»Hier ist doch alles völlig verkorkst, alles dieselbe Scheiße!«

Türen schlugen zu und wurden aufgerissen. Schluchzen und Poltern. Lärm und laute Stimmen.

»Laß uns wenigstens versuchen, leise zu sein, der Junge schläft«, beschwichtigte Lennes Papa.

»Leise, leise, daher kommt es doch! Wir sind ja immer so leise, nie wird mal geredet! Und dann wundern wir uns, daß es Streit gibt.«

Dann begann Mama plötzlich mit schrecklich lauter Stimme zu singen:

»Die Kribbel-Krabbel-Spinne kriecht ins Wasserrohr, dann kommt der Regen und spült sie wieder vor ...«

»Verdammt, halt die Klappe! Es müssen ja wohl nicht alle leiden, nur weil du Probleme hast!«

Lenne hätte jetzt Angst bekommen, aber diesmal stand ja Der Rentierjunge im Zimmer. Der machte lautlos die Tür auf und schlich ans obere Ende der Treppe, die ins Wohnzimmer führte. Er sah Lennes Papa auf dem Sofa sitzen und die Mama im Wohnzimmer im Kreis herumlaufen, während sie sang: »Der Kribbel-Krabbel-Käfer kriecht ins Wasserrohr ...«

Lenne sah Den Rentierjungen sich zu voller Größe aufrichten und die Brust vorrecken. Dann sprang er mit einem großen Satz mitten ins Zimmer. Er warf den Kopf bedrohlich zurück. Aus den Nasenlöchern stieg Dampf. Er sah erst den Papa, dann die Mama an. Der Blick gebot beiden Einhalt. Auch Lennes Mama sang nicht mehr. Der Rentierjunge legte den Kopf zur Seite, zeigte mit einer Geweihstange auf die Mama und dirigierte sie mit bloßen Geweihbewegungen auf das Sofa neben den Papa. Dann ging er zum Papa und stupste ihn mit dem Geweih, bis sein Arm um Mamas Schultern lag.

»Da oben versucht ein Junge zu schlafen. Er muß morgen früh um sieben Uhr aufstehen, um das Schultaxi zu kriegen, aber er findet keine Ruhe. Er weint, weil er Angst hat. Ihr hört sofort auf, euch zu streiten«, sagte Der Rentierjunge mit dröhnender Stimme.

Dann drehte Der Rentierjunge sich um und galoppierte mit Getöse die Treppe hoch. Er warf den Kopf zurück, schüttelte sein Geweih und röhrte kurz auf. Dann verschwand er einfach wieder dorthin, woher er gekommen war.

Leise machten Mama und Papa Lennes Zimmertür auf. Sie waren zusammen da. Sie stritten nicht, sondern waren Hand in Hand gekommen. Lenne stellte sich schlafend, aber er blinzelte vorsichtig durch die Wimpern. Er mußte aufpassen, daß die Lider nicht zitterten und verrieten, daß er wach war.

Mama und Papa blieben einen Meter vom Bett entfernt stehen. Sie standen einfach nur da und schauten. So gut hatte Lenne sich schon lange nicht mehr gefühlt.

28 Die Hand fühlte sich kalt und hart an. Mama war nicht mehr hier, sie war ins Unerreichbare gegangen. Jyri ließ los. Die Fernbedienung fiel zu Boden, das Batteriefach sprang auf, und die Batterien rollten in eine Zimmerecke. Jyri war auf dem Sofa eingeschlafen. Im Fernsehen versuchte eine Moderatorin im Bikini, Bälle abzuwehren, die von den Zuschauern per SMS gesendet wurden. Die Uhr oben rechts im Bild zeigte 02:32.

Jyri konnte nicht wieder einschlafen. Seit Mamas Tod war das jede Nacht so. Erinnerungen an seine Mutter und Phantasien über seinen Vater mahlten in seinem Kopf. Er würde keine Ruhe finden, bevor er etwas über seinen Vater wußte. Im Internet hatte er herausgefunden, daß ein Mann namens Pauli Kaartamo in Oulu wohnte und als Bezirkschef bei Kesko arbeitete. Gestern hatte Jyri bei Kesko in der Verwaltung angerufen und erfahren, daß Kaartamo gerade auf einer Geschäftsreise durch Lappland war. Er würde auch die Buchführung der Filiale in Sodankylä inspizieren kommen. Sie hatten Jyri die Handynummer des Mannes gegeben. Jyri hatte ihm eine SMS geschickt und sich für elf Uhr im Supermarkt mit ihm verabredet. In der SMS hatte er sich als alter Lapplandkamerad ausgegeben. Wegen der Beerdigung hatte Jyri noch bis morgen frei. Fisch-Erkki hatte ihn ordentlich lange krankgeschrieben, damit er alles durchdenken und sich in Ruhe davon erholen konnte. Als Diagnose hatte der anständige Kerl eine Nebenhöhlenentzündung angegeben, so daß Jyri nicht ohne sein Gehalt dastand.

Jyri betrat den K-Market Pohjantähti und erklärte einer Kassiererin, er habe eine Verabredung. Sie führte ihn zu ei-

ner Türöffnung neben dem Milchregal, die mit dicken Plastikstreifen verhängt war.

»So, jetzt einfach geradeaus und dann rechts, dann kommen Sie zum Chefbüro«, sagte sie.

Jyri schwenkte die Plastikstreifen zur Seite und ging
weiter. Große Kühlgeräte summten, Kästen voller Milch-
produkte überall. Durch die hintere Tür wurden gerade ge-
frorene Schweinehälften hereingebracht. Jyri mußte an
den Kühlraum im Krankenhaus denken.

»Hier darf nur Personal rein«, sagte ein Mann in einer
blutigen Plastikschürze.

»Ich habe eine Verabredung hier«, erwiderte Jyri.

»Mit wem?«

»Mit Kaartamo.«

»Ach so, Kolben-Kaartamo.«

Der Mund des Mannes verzog sich zu einem breiten
Grinsen.

»Der hat die ganze Nacht gebumst. Der kommt bestimmt nicht vor zwölf. Da rein, junger Mann, da kannst du
im Warmen warten.«

Im Büro stand ein Schreibtisch aus Sperrholz, dessen
Platte vor lauter Papierstapeln kaum zu sehen war. An der
Wand waren ausgestopfte Tiere angeschraubt: ein Schnee-
huhn, ein Luchs und ein Vielfraß. Jyri wäre am liebsten wieder gegangen, geflohen vor dem zähnefletschenden Vielfraß. Der Spitzname und die kurze Beschreibung, die der
Metzger gegeben hatte, hatten die Vaterphantasien seiner
Kindheit mit einem Schlag vernichtet. Jyri hoffte, daß dieser Kaartamo gar nicht sein Vater war. Es konnte ja mehrere mit demselben Namen geben. Die Tür ging auf, und
der Mann, der eben die Schweinehälften entgegengenom-

men hatte, trat ein. Er hatte die Schürze abgelegt. Darunter trug er den Filialleiterdreß: Jeans und ein Hemd mit dem K-Kauppa-Logo auf der Brusttasche.

»Der Kolben-Kaartamo, der ist ein ganz schöner Hallodri«, sagte er und schaute vielsagend.

»O ja«, antwortete Jyri.

»Wir haben gestern in der Hotelbar einen draufgemacht. Ich bin um zwei gegangen, als der Rausschmeißer mich freundlich aufforderte, aber der ist noch geblieben und hat irgendeine Dame beglückt.«

Die Tür öffnete sich wieder, und ein etwa sechzigjähriger Mann trat ein. Er war etwas kleiner als Jyri, und die Haare, die an seinem Hinterkopf hochstanden, waren etwas dunkler. Aber die Nase ... da gab es keinen Zweifel. Mama und der Onkel hatten beide eine Stupsnase, aber Jyri hatte genau so eine Hakennase wie der Mann, der gerade hereingekommen war.

»Verdammt, daß ich wieder die ganze Nacht bumsen mußte! Das kann man in diesem Alter einfach nicht mehr ab«, sagte der Mann.

Der Filialleiter schaute Jyri an. Sein Gesichtsausdruck besagte: Hab ich's nicht gesagt?

»Wenn man sich gehenläßt, kommt's gleich dicke«, lachte der Filialleiter. »Buchstäblich«, fügte er hinzu und zeigte auf die Wölbung, die über Kaartamos Gürtel hing.

»Wenn du dich nicht benimmst, mach ich dir die Hölle heiß wegen Problemen in deiner Buchführung«, sagte Kaartamo und setzte sich neben Jyri auf die Bank.

Kaartamo sah Jyri fragend an.

»Der hat gesagt, er wollte dich treffen«, sagte der Filialleiter.

Er zog einen Kamm aus der hinteren Hosentasche und fuhr sich damit rasch über das Haar. Dann sagte er, er gehe in den Laden.

»Ja, richtig, du hast eine SMS geschickt«, sagte Kaartamo.

Jyri streckte ihm die Hand hin und stellte sich vor. Man konnte Kaartamo ansehen, daß er versuchte, sich zu erinnern, wo er Jyri schon einmal begegnet war. Er hatte die größten Tränensäcke, die Jyri je gesehen hatte. Wenn er beim Nachdenken die Augen zusammenkniff, traten die Wülste unter den Augen noch stärker hervor.

»Ich lerne auf diesen Reisen Tausende Leute kennen, deshalb erinnere ich mich jetzt nicht gleich«, gab er zu.

Jyri sagte, das mache nichts. Er nahm die Halskette mit den Rentiermarkierungen ab und gab sie ihm.

»Woher hast du das?«

»Hast du vielleicht eine Ahnung?«

»Nein, außer daß ich vor ungefähr dreißig Jahren als Handelsvertreter für diese Schmuckfirma tätig war. Damals reiste ich durch Lappland und verkaufte sie an die Juwelierläden.«

Er schwieg eine Weile und reiste in Gedanken in die Vergangenheit.

»Haben wir uns damals irgendwo getroffen? Das war so eine temporeiche Zeit, daß ich nicht alles im Kopf behalten habe. Ich mußte reisen wie verrückt, weil ich so arm war, ich hatte ja nichts außer meinem Koffer und meinem Kolben«, sagte er und grinste vielsagend.

Kaartamos Gesicht zeigte einen dümmlichen Ausdruck, der Mund stand offen, und die unrasierte Oberlippe sprang vor. Jyri wurde wütend. Nach diesem Mistkerl hatte er sich sein Leben lang gesehnt?!

Er kramte die abgegriffene Visitenkarte aus der Tasche und gab sie dem Mann.

»Dann hab ich also richtig geraten«, sagte der, »aber du kannst damals noch nicht sehr alt gewesen sein.«

»Ich wurde um die Zeit geboren«, sagte Jyri.

Er riß Kaartamo die Visitenkarte aus der Hand, drehte sie um und hielt sie ihm vors Gesicht. Da stand »Für Else«, und neben den Namen war ein Herz gezeichnet.

Durch Kaartamos in Cola-Rum marinierte Augen zuckte ein Erschrecken. Er wußte nicht, was er tun sollte. Jyri ballte schon einmal die Hand zur Faust. Wenn der manische Bumser versuchen sollte, ihn zu umarmen, würde er ihm eins auf die bereits geschwollenen Augen knallen. Kaartamo erstarrte, sein Mund öffnete und schloß sich. Dann schüttelte er den Kopf und sagte:

»Dieses Schmuckgeschäft hat nicht lange gehalten. Ich setze immer gerne Neues in die Welt, aber ich bin kein Mann mit langem Atem.«

29 Marianne schüttelte das Plastikröhrchen. Vielleicht würde die blaue Linie dadurch verschwinden. Sie kniff die Augen zu, hielt den Clearblue-Stick hoch und blinzelte vorsichtig. Zwischen den Gitterstäben der Wimpern hindurch war die Linie sichtbar, noch deutlicher als zuvor. Marianne setzte sich auf den Klodeckel. Ihre Arme wurden schlaff, und der Schwangerschaftstest fiel klappernd auf die Bodenfliesen. An der hellgrünen Wand stand mit Filzstift geschrieben: »In die Hose stecken nicht vergessen!« Hätte doch auch Jyri ihn in der Hose behalten! Oh, so ein Mist, was für ein Chaos das geworden war. Marianne konnte sich nicht erinnern, daß sie je ohne Gummi zusammengewesen waren, doch offenbar war ein Mißgeschick passiert.

Marianne stand auf und schaute in den sonnenförmigen Spiegel. Er hatte einen langen Riß in der Mitte. Ihr Gesicht war zweigeteilt. Die linke Hälfte lächelte und wollte mit Jyri und dem kommenden Kind ein neues Leben im Süden anfangen. Sie würde Lenne mitnehmen. Die Fortführung des Rentiergeschäfts und alle Traditionen waren ihr egal. Anfangs müßte sie den Jungen zwingen mitzukommen, aber er würde sich rasch eingewöhnen. Er konnte Jouni oft besuchen, die Billigflüge kosteten so gut wie nichts. Wenn er neue Freunde gefunden hatte, würde er nicht mehr so große Sehnsucht nach Lappland haben.

Lehrer fanden ja überall Arbeit, und Marianne würde mit dem Baby in Mutterschaftsurlaub gehen. Marianne, Lenne, Jyri und das Baby würden in einer Wohnung mit einem großen verglasten Balkon wohnen. Dort würde Marianne Tomaten und Paprika züchten. Wenn sie sie goß, würde sie das Baby in einem batikgemusterten Tragetuch bei sich haben. Sie würde Spinatsuppe und Eier kochen und aus dem Fenster spähen, wann Jyri von der Arbeit käme. Wenn er an der Ecke auftauchte, würde sie das Fenster öffnen und ihm mit der pummeligen Hand des Babys zuwinken. Jyri würde ihr eine Kußhand zuwerfen und lächeln. Im Innenhof gäbe es einen Sandkasten und eine rot angestrichene Grillhütte. An Freitagen würde Marianne Champignons mit Frischkäse füllen, und Jyri würde dicke Steaks marinieren.

»He da drinnen, lebst du noch?« drang es durch die Tür.

Marianne drehte den Hahn auf und wusch sich die Hände. Sie machte ein Stückchen Toilettenpapier naß und wischte sich das verlaufene Make-up aus den Augenwinkeln.

»Oder seid ihr zu zweit da drinnen? Wieso dauert das so lange?«

Die Person, die draußen wartete, verlieh ihren Worten Nachdruck, indem sie an der Klinke rüttelte. Marianne öffnete die Tür. Da stand eine verschrumpelte alte Frau mit blaugefärbten Haaren. Sie schnaubte und drängte sich schon durch die Tür, bevor Marianne ganz draußen war.

»Hat die Windel versagt?« zischte Marianne.

Die Frau blieb stehen und drehte sich um.

»Wie bitte?« fragte sie mit zitternder Stimme.

Marianne rollte zur Antwort die Augen und ging zum Tresen.

Marianne bestellte schwarzen Kaffee. Normalerweise trank sie nur Tee, aber jetzt mußte es etwas Starkes sein. Sie rührte kräftig um, so daß sich in der Mitte Blasen bildeten. Dann legte sie den Löffel auf die Untertasse. Als sie klein war, hatte ihre Oma Venny ihr beigebracht, wie man aus dem Kaffee liest. Ein Kaffeetrinker hatte um so mehr

Glück, je näher an dem ihm zugewandten Tassenrand der Schaum hängenblieb.

Die Blasen rotierten in der Tassenmitte, manchmal zog der Strudel sie etwas näher an den Rand, aber aus irgendeinem Grund bewegten sie sich stets zurück in die Mitte. Marianne versuchte den Schaum zu sich zu locken, indem sie die Tasse schräg hielt, aber sofort schwammen die Blasen an den entfernteren Rand. Da drehte Marianne die Tasse um. Jetzt war das Glück auf ihrer Seite.

»Das Schicksal kannst du nicht täuschen«, sagte Lauri.

Er stand hinter Marianne. Sein langer Bart hing über ihren Kopf herab.

»Ich habe viele Jahre lang versucht, den Teufel in die Irre zu führen. Dann habe ich gemerkt, daß er mich sofort in die Falle bekommen hätte. Er wollte nur erst ein bißchen spielen.«

Marianne wußte, daß Lauri ein harmloser Dorftrottel war, doch sein Blick war so furchterregend, daß sie immer die Straßenseite wechselte, wenn er ihr entgegenkam. Jetzt konnte sie nicht fliehen.

»Ich habe es nicht geschafft. Seitdem bin ich der Stenograph des Teufels.«

Lauri zog ein schwarzes Buch aus seiner ledernen Umhängetasche, schlug es auf und hielt es Marianne hin.

»Eben hat er etwas über dich diktiert. Willst du es lesen?«

In der oberen Ecke der Seite sah Marianne in verschnörkelter Handschrift ihren eigenen Namen. Darunter meinte sie das Wort »trächtig« zu erkennen.

»Nein«, sagte sie.

Sie schlug das Buch zu und gab es Lauri mit einer heftigen Bewegung zurück.

»Es kommt aufs selbe heraus, ob du es liest oder nicht. Es wird ohnehin geschehen«, sagte Lauri.

Der Kaffee war schon kalt, aber Marianne merkte es nicht. Sie hob und senkte gedankenlos die Tasse. Nun dachte sie, es wäre sicher am vernünftigsten abzutreiben. Sie brauchte niemandem etwas davon zu sagen, und alles würde weiter- laufen wie zuvor. Sie hatte so viele Fehlgeburten gehabt, daß ihr eine absichtliche nichts ausmachen würde. Oder sie konnte einfach den Bauch in weiten Pullis verstecken, bis es zur Fehlgeburt käme. Damit war ja auf jeden Fall zu rechnen.

Aber gerade diesen jetzigen Tiefpunkt hielt sie nicht aus. Das Würmchen in ihrem Bauch war ihre Fahrkarte weg von hier. Ein Wegzug wäre nicht allein ihre Entscheidung, son- dern geschähe aus dem Zwang der Umstände. Jyri war ver- antwortungsbewußt und würde schon für das Kind und für sie selbst sorgen. Auch Jouni würde einsehen, daß es mit ihnen nicht geklappt hatte, auch wenn er so anständig war, daß er ihr immer verzieh und weiter durchhielt. Er nahm die Worte des Pastors ernst, und es war ihm egal, daß Ma- rianne ihm in den letzten Jahren nur schlechte Tage ge- bracht hatte und er sich stets wie auf einer schiefen Ebene vorwärts kämpfen mußte. Aber eine senkrechte Wand würde auch er nicht überklettern können. Lenne würde er ihr nicht überlassen wollen, aber was sollte er machen? Vor Gericht werden die Kinder immer der Mutter zugespro- chen, und wenn Lenne erwachsen war, konnte er selbst be- stimmen, ob er hier zum Waldmenschen werden wollte.

Marianne schaute zum Fenster. Außen an der Scheibe klebte ein A-förmiger Aufkleber, und dort spiegelte das

Glas. Ihre rechte Gesichtshälfte zeigte mehr Furchen als die linke. Das Leben mit Jyri würde schlecht anfangen. Sie würden eine Wohnung in einer Gegend bekommen, wo Langzeitarbeitslose und Asylanten untergebracht waren. Die Nachbarn würden saufen und rumschreien, im Treppenhaus würde es nach Urin stinken. Im Stockwerk über ihnen würde den ganzen Tag ein Schäferhund kläffen, während sein Herrchen arbeiten war. Lenne würde sich weigern mitzukommen. Wenn Marianne ihn dazu zwang, würde er sich so sehr nach Lappland und der Wildnis sehnen, daß er von einem Besuch bei Jouni nicht zurückkehren würde. Sie würde ihn gehen lassen müssen. Allein mit dem Baby würde ihr langweilig, und das Leben mit Jyri würde zum Dauerstreit. Schließlich würde Jyri sagen, er habe dieses Leben nicht gewollt, er sei durch das Baby dazu gezwungen worden. Marianne würde Lenne vermissen. Anfangs würden sie viel telefonieren, aber allmählich hätten sie sich immer weniger zu sagen.

Ihre rechte Gesichtshälfte wollte nicht wegziehen. Sie mußte mit den Träumereien aufhören und Verantwortung für die Entscheidungen in ihrem Leben übernehmen. Den Ursprung des Kindes würde sie für sich behalten müssen, denn Vater eines Kindes zu werden, das von einem anderen gezeugt war, das wäre ein zu harter Brocken für Jouni.

Ihr wurde schlecht. Der Kaffee begann im Magen zu rotieren. Sie stand auf, rannte zur Toilettentür und drückte die Klinke. Die Tür war verschlossen. Dann kam dieselbe alte Frau aus der Toilette heraus und murmelte etwas, aber Marianne schob sich vorbei.

Sie hockte sich vor die Kloschüssel. Auf dem Spülkasten stand »Ido 59«. Das wurde zu einem Mantra, das sich in ihrem Kopf wiederholte. Übergeben mußte sie sich nicht, aber sie fühlte sich so schwach, daß sie nicht wagte, wieder aufzustehen.

»Hättest gleich sagen können, daß du schwanger bist«, sagte die blauhaarige Alte und machte die Tür von außen zu.

Marianne trocknete sich das Gesicht mit einem Papier-handtuch ab. Die linke Seite ihres Mundes lächelte ein we-nig, denn sie hatte gewonnen. Marianne würde mit Jyri in den Süden gehen. Wenn sie sich morgen im Mökki tra-fen, würde sie ihm von der Schwangerschaft erzählen. Sie zupfte ihre Wolljacke zurecht und schritt aus der Toilette.

»Hey, komm doch bitte her«, sagte die blauhaarige Frau.

An Stelle von Mariannes halb ausgetrunkener Kaffee-tasse war ein Glas Orangensaft aufgetaucht. Die Frau saß gegenüber, trank Kaffee und aß ein Apfeltörtchen. Ma-rianne setzte sich an den Tisch und trank langsam und in kleinen Schlucken von dem Orangensaft. Allmählich ging es ihr besser.

»Ich hätte nicht so schreien sollen«, sagte die Frau.

Sie trug ein dunkelgraues Kostüm und eine dicke Strumpfhose. Sie fingerte an ihren Lederhandschuhen herum, die auf dem Tisch lagen.

»Ist das erste Mal, daß ich allein im Ort bin. Mein Mann ist im Herbst gestorben.«

Das war ja ein ziemlich harter Anfang für ein Gespräch, fand Marianne. Mußte sie im selben Stil reagieren und verkünden, daß sie von einem Mann außerhalb ihrer Ehe schwanger war?

Aber dann sagte sie: »Herzliches Beileid.«

Die Frau seufzte und biß in das Apfeltörtchen.

»Er war ein guter Mann.«

Marianne trank mehr Saft. Die Frau spülte das Törtchen mit Kaffee herunter. Dabei geriet ihr ein Krümel in die Luftröhre. Sie hustete, bedeutete Marianne aber gleichzeitig mit der Hand, daß sie keine Hilfe brauchte. Als sie wieder Luft bekam, begann sie zu erzählen:

»Einmal, als ich abends von der Arbeit nach Hause ging, verfolgte mich ein Betrunkener. Er hielt mich fest und drohte, mich mit einer Flasche zu schlagen.«

Sie machte eine Pause und hob die Hand, als hielte sie eine Flasche.

»Ich machte die Augen fest zu und wartete auf den Knall. Da kam plötzlich irgendwoher ein Besenstiel und schlug die Flasche weg. Ein junger Hausmeister hatte uns bemerkt und war zur Hilfe gekommen. Er sagte: Lauf weg, ich halte ihn fest.«

Ein Glänzen trat in ihre Augen, sie blickte durch die Caféwand hindurch.

»Ich rannte fort und rief: Du bist kein Mensch, auch wenn du das glaubst, du bist ein Engel!«

Sie rührte in ihrer Tasse.

»Nun, jetzt ist er wirklich einer.«

30 Jyri stoppte den Renault an einer Bushaltestelle. Er konnte seine Gedanken nicht zusammenhalten, jetzt hatte er die Abzweigung der Pessijoentie verpaßt. Er war schon auf dem Gebiet von Savukoski. Er sah nur Sumpf und ein von Schüssen durchlöchertes Straßenschild. Die Leere und Einsamkeit machten ihm angst. Der kühler werdende Abend ließ Dunst aufsteigen, der die verkrüppelten Birken und Kiefern einhüllte. Jyri begann laut vor sich hinzuplappern, um sich besser zu fühlen: Da bin ich hergekommen ... dann da weiter gefahren ... und dahin ... dahin ... genau ...

Jyri erschrak: Der Scheinwerferkegel traf auf etwas, das sich in den Nebeln bewegte. Genauer betrachtet, war es eine Rentierherde. Die Augen der Tiere leuchteten hell wie Reflektoren. Einige lagen auf der Straße, die anderen standen darum herum. In der Herde waren einige ganz kleine Kälber zu sehen, die sich in der Nähe ihrer Mütter hielten. Die Kühe waren ganz ruhig, obwohl ihre Kälber in einem halben Jahr zum Schlachten gebracht würden. Jyri wünschte sich, er wäre auch so unwissend; er wollte Flechten kauen und einfach nur existieren. Zur Hölle mit des Menschen Los! Jyri warf sich drei Mal gegen die Sitzlehne, aber die war zu weich, es tat nicht weh. Er stieg aus, rannte auf die Rene zu und schrie, so laut er konnte. Seine Stimme ging in der Leere unter. Die Tiere wandten die Köpfe, aber sie standen nicht einmal auf.

Jyri klopfte an die Tür des Mökkis aus Kiefernholz. Marianne öffnete ihm. Sie trug nur ein Nachthemd und hatte sich eine Küchenschürze im Großmutterstil umgebunden.

»Da bist du ja endlich, ich hab schon das Abendessen in den Ofen geschoben«, sagte sie.

Jyri hatte sich auf ein klärendes Gespräch vorbereitet. Dieses Spielchen konnten sie nicht mehr weitermachen; Jyri wollte kein Mann ohne Rückgrat sein, wie sein Vater. Doch als er Marianne in der Tür stehen sah, wurde seine Haltung gleich wieder weich, und der feste Entschluß geriet in den Hintergrund. Sie sprang ihm an den Hals und blieb grazil dort hängen.

»Trag mich in den Wald ...« trällerte sie.

Mama, Kolben-Kaartamo, Lenne und Jouni verschwanden aus Jyris Kopf. Gerade jetzt waren nur sie beide in der Holzhütte. Was bedeutete schon alles andere? Jyri hätte Marianne am liebsten auf das nächste Bett oder den nächsten Tisch gesetzt, aber seine Beine trugen nur zwei Meter. Danach gab es einen irgendwie halbbeherrschten Zusammenbruch auf dem Fußboden im Flur. Marianne drehte sich unter ihm in eine bessere Stellung und zog ihm die Jacke aus, ging dann zu den Knöpfen seiner Jeans über.

»In die Astgabel darfst du das Weibchen tragen ...« rezitierte sie und knöpfte den obersten Knopf mit dem Daumen auf.

Jyri wälzte sie mit einem Ringergriff auf sich und lachte, lachte wie damals als Kind, wenn der Onkel ihn kitzelte und nicht aufhörte, obwohl er schon keine Luft mehr bekam. Marianne streckte ihre Beine zu beiden Seiten von ihm aus und blieb auf ihm sitzen.

»Ich ergebe mich«, sagte Jyri.

Marianne antwortete nicht, sondern machte die restlichen Knöpfe seiner Jeans auf. Sie fixierte ihn mit ihren grünen Augen, deren Lider zitterten. Wenn er da lange hineinschaute, wurde ihm schwindlig. Jyri griff nach Mariannes Schürzenband, aber sie schob seine Hände weg und bedeutete ihm, daß sie wußte, was sie tat. Sie zog sich Schürze und Nachthemd aus, ließ aber die geringelten Filzsocken an. Dann rutschte sie ein Stück rückwärts auf ihm entlang und steckte ihm ihre Finger in den Mund und in die Ohren. Sie tauchte in sein Flanellhemd hinein, leckte und knabberte an seiner Haut. Jyri zuckte zusammen und versuchte aufzustehen, aber Marianne drückte ihm den Kopf zurück, zog ihm ihre Fingernägel seitlich am Hals entlang. Er spürte, wie sich ihre Atemzüge und die Berührung ihrer offen herabhängenden Haare auf seinem Bauch weiter nach unten bewegten. Mariannes Mund suchte und fand, was er wollte. Jyri starrte ein dunkles Astloch in der Deckentäfelung an. Dann schloß er die Augen und verschwand.

»Ziehst du mit mir in den Süden?« fragte Marianne.

Jyri legte seine rechte Hand unter ihr bequemer hin. Sie lagen in so einer Schneekugel, wie sie als Weihnachtsschmuck verkauft wird; darin war alles märchenhaft schön, aber es hatte keinerlei Berührung mit der Wirklichkeit. Mariannes Frage hatte die Glashülle zerbrochen.

»Wir können das hier nicht weitermachen«, sagte Jyri. Marianne sprang auf. Nun schämte sie sich ihrer Nacktheit. Sie bedeckte die Brust mit den Händen und taumelte merkwürdig vorgebeugt um die Ecke außer Sicht.

»Also, womit können wir nicht weitermachen?« fragte sie im Gehen.

Mariannes Frage nach einem gemeinsamen Umzug hatte Jyri an seinen ursprünglichen Plan erinnert. Die Beziehung mußte beendet werden. Er war nicht so ein Mistkerl wie dieser Kolben-Kaartamo. Der hatte Jyri den Vater weggenommen und Mama unglücklich gemacht. Jyri war nicht so einer, der bloß etwas in die Welt setzte. Er würde auch die Konsequenzen seiner Handlungen tragen. Er würde mit dieser Murkserei aufhören und sich so verhalten, wie es richtig war. Jyri hatte keinen Ort mehr, an den er fliehen konnte, nicht in Tuusula und nicht in seinen Phantasien. Er mußte sich selbst ein Zuhause bauen, das er nicht mehr zu verlassen brauchte.

Auf dem Boden neben ihm lag ein leuchtendgrüner Slip.

»Brauchst du den?« fragte er.

Marianne streckte den Kopf hinter der Ecke hervor, legte ihn schief und versuchte Jyri damit zum Lächeln zu bringen. Dann merkte sie, daß ihm nicht mehr nach Jux zumute war. Schließlich kam sie ganz zum Vorschein und setzte sich neben Jyri auf den Boden.

»Dieser Vorschlag mit dem Wegziehen kam ziemlich überraschend. Das ist dir doch nicht ernst?«

Über Mariannes Nase bildete sich eine Falte.

»So schrecklich viel Zeit haben wir ja nicht in diesem Leben«, sagte Marianne. »Deshalb will ich auch nicht rumspielen.«

»Stören dich behaarte Beine bei Frauen?« fragte sie.

Sie strich sich mit der Hand über den Unterschenkel und schnitt eine Grimasse.

»Nein, im Ernst. Ich habe meinen Vater kennengelernt. Der ist ein absoluter Idiot. Er wußte noch nicht mal, daß es mich gibt.«

Jyris Mund begann zu zucken, und sein Atem ging schneller. Er schlug die Faust knallend aufs Parkett und fluchte.

»Ich will nicht genau so ein Mistkerl sein wie dieser ... dieser ... Mistkerl! Dieses Spiel muß aufhören!«

Jyri sah Marianne an. Sie zog die Knie an und legte die Arme darum. Sie rollte sich ein.

»Für mich ist das hier kein Spiel.«

»Du würdest wirklich wegziehen, obwohl du verheiratet bist und Lenne hast und alles?«

Marianne atmete tief ein und öffnete den Mund, um etwas zu sagen, aber überlegte es sich anders und machte nur eine Kopfbewegung.

»Du würdest Lenne hierlassen?«

»Ich würde natürlich wollen, daß er mitkommt, aber ich glaube nicht, daß er es täte. Die Nabelschnur ist durchtrennt, soweit ich weiß.«

Marianne lehnte den Kopf auf die Knie und sah ihn von unten herauf an. Sie sah so klein aus. Doch Lenne war noch kleiner. Die größere Person mußte für die kleinere sorgen.

»Die Nabelschnur, ja, aber was dann? Braucht der Junge nicht seine Mutter?«

Marianne zog sich noch kleiner zusammen.

»Doch, sicher«, sagte sie. »Und braucht eine Mutter nicht auch ihren Sohn? Doch, sicher, aber reicht das, wenn ich hier nichts anderes habe?«

Jyri nahm Brandgeruch wahr, sprang auf und rannte in die Küche. Aus dem Backofen quoll pechschwarzer Rauch. Er legte sich die Ärmel seines Hemdes doppelt über die Hände, zog das Blech heraus und stellte es auf den Herd. Auf dem Backpapier lagen vier verkohlte Scheiben Toast, auf denen Käse und Schinken zu einer kunststoffartigen Kruste eingeschrumpft waren und qualmten.

Marianne kam in die Küche und fing an zu weinen.

»Das war es also jetzt?« fragte sie.

Jyri wollte weg aus dem Mökki. Er würde dem Jungen nicht die Mutter wegnehmen. Marianne griff ein brennend heißes Brot vom Blech und biß hinein. Dann spuckte sie es ins Spülbecken. Sie weinte und lächelte gleichzeitig. Ihre Zähne waren schwarz vor Ruß. Sie kam zu ihm herüber und umarmte ihn. Jyri erwiderte die Umarmung nicht, er ließ die Arme schlaff herunterhängen. Marianne wich zurück und schrie:

»Du bist ganz genau so wie dein Vater, daß du's nur weißt!«

Sie nahm Brotscheiben vom Blech und bewarf ihn damit. Zweien konnte Jyri ausweichen, doch die dritte traf ihn schmerzhaft an der Schläfe. Er packte Marianne bei den fuchtelnden Händen und hielt sie fest. Sie hörte auf zu zappeln und lehnte den Kopf an seine Brust.

»Ich sitze hier in einer verdammten Falle«, schluchzte sie.

Marianne stapfte durch die Küche und kickte die Toastscheiben gegen die Wand. Sie hatte eine Maske aufgesetzt, war anders geworden. Ihre Bewegungen waren eckig und schnell.

»Was hast du damit gemeint?« fragte Jyri.

»Mit der Falle?«

»Nein, damit, daß ich genauso bin?«

»Gar nichts, vermutlich«, sagte sie und kreuzte die Arme vor der Brust.

Jyri wartete, daß sie weitersprach, aber es kam nichts.

Dann sagte er, er finde, daß Lenne und Jouni in einer schlimmeren Falle saßen als Marianne.

»Die können bloß leiden und abwarten, was du als nächstes vorhast.«

Marianne setzte sich auf den Boden. Ihr Make-up bildete schwarze Striemen unter den Augen.

»Außerdem werde ich Lappland nicht verlassen. Hier ist mein Zuhause. Ich bin im Hotel Luosto gezeugt worden«, schloß Jyri.

Er ging in den Flur, zog seine Sachen an und ging.

31 Lenne saß am Küchentisch und zeichnete spitz-, stumpf- und rechtwinklige Dreiecke in sein Matheheft. Auf dem Tischtuch hatte sich Radiergummistaub angesammelt, und die Heftseite war vom Rubbeln schon dünner geworden; Finger und Stift verhedderten sich. Seine Zungenspitze schaute aus dem Mundwinkel, die Augen folgten dem Lauf des Bleistifts. Die Finger der Hand, die das Lineal hielt, waren nun sicherheitshalber zur Faust geballt – da brach die Mine ab.

Das Radio lief, wie immer: »... und zum Schluß noch die Meldung, daß im Amazonasgebiet in der Nähe des Yavaritales ein Stamm von Ureinwohnern entdeckt wurde, der, soweit man weiß, bisher keine Berührung mit der Außenwelt hatte. Die brasilianischen Behörden haben verboten, Kontakt mit dem Stamm aufzunehmen.«

Lenne nahm den Anspitzer aus dem Federmäppchen und dachte an den kleinen Stamm, der im Dschungel lebte und nichts von den anderen Menschen auf der Welt wußte. Sie schnitzten Holzspeere mit Steinäxten, während er Xbox spielte. Die Menschen der Gegenwart waren für sie wie Außerirdische. Vielleicht erzählte ihr Schamane ihnen am Lagerfeuer, daß es auch anderswo Menschen gab. Einige glaubten ihm, andere nicht. Wenn irgendwo weit über den Wolken ein Flugzeug vorbeidröhnte, flohen die Bewohner in ihre Hütten. Einer erklärte, das Geräusch komme vom Sturm, ein anderer sprach von Geistern und ein dritter von bedrohlichen Kreaturen, die anderswo lebten.

Lenne kontrollierte die Bleistiftspitze. Sie brauchte noch ein paar mehr Umdrehungen im Anspitzer. Plötzlich begriff er: Papa und er waren wie dieser Stamm am Amazonas. Im Süden, wo Mama herkam, lebte man ein anderes Leben, und davon wußten sie nichts. Mama sehnte sich nach etwas, was es dort gab. Ob Lenne ihr das beschaffen konnte? An einer Seite der Bleistiftspitze saß noch etwas Holz. Lenne drehte den Stift vorsichtig im Anspitzer. Es knackte, und die abgebrochene Mine blieb stecken. Jetzt reichte es ihm mit den Hausaufgaben.

»Darf ich an den Computer?« fragte Lenne.

Mama erlaubte es ihm, nachdem er versichert hatte, daß die Aufgaben schon fertig waren. In den Favoriten im Browser waren Seiten für Lenne gespeichert, die er benutzen durfte. Mama und Papa wußten nicht, daß auf den Spieleseiten nicht nur Spiele für Kinder waren, sondern auch welche, wo man mit dem Auto Fußgänger anfahren oder auf Menschen schießen mußte. In dem Autospiel gab es um so mehr Punkte, je unnatürlicher verrenkt der überfahrene Mensch liegenblieb. Lenne hatte es nur einmal ausprobiert, denn er fühlte sich ganz schlecht dabei. Das Spiel war mit »Ab 18« gekennzeichnet. Lenne konnte nicht verstehen, wieso Erwachsene Lust zu Spielen hatten, bei denen man anderen wehtat.

Nun startete er ein Spiel, bei dem man Kranke operieren konnte. Lenne wußte, welche Instrumente man benutzen mußte, was man tun mußte, wenn jemand Nierensteine oder eine Blinddarmentzündung hatte, und wie man ein künstliches Hüftgelenk anschraubte. Während der Operation mußte man auch die ganze Zeit den Bewußtseinslevel des Patienten im Auge behalten und ihm bei Bedarf mehr Narkosemittel geben. Aus Versehen ließ Lenne dem Patienten zuviel davon in die Adern tröpfeln. Die Kurve an der oberen Bildschirmkante wurde eine gerade Linie, und es ertönte ein Piepen. Mama kam an die Tür.

218

»Lenne, hier ist die Post, wenn du gucken willst. Donald Duck ist auch dabei.«

Sie legte den Stapel auf den Computertisch.

»Ich wechsle nur vorher ein Hüftgelenk aus«, sagte Lenne.

Mama schmunzelte und ging. Gerade gestern hatte sie sich wieder bei Papa beschwert, daß sie hier mitten in der Einöde nichts zu tun habe. Sie glaubte, Lenne hätte es nicht gehört, als sie sagte, sie würde sofort wegziehen, wenn Lenne nicht wäre. Diese Worte machten, daß er sich noch viel schlechter fühlte als bei den Ballerspielen. Im Spiel schoß man ja nur auf Bilder auf einer Mattscheibe, aber Mama sprach von ihm. Er war eine Last. Es war seine Aufgabe, Mama das Leben hier erträglicher zu machen. Er hatte versucht, herauszufinden, wonach im Süden sie solche Sehnsucht hatte und wie man das hierherbekommen könnte, aber er hatte keine Antworten gefunden.

Das Hüftgelenk war eingesetzt. Lenne nähte noch die Wunde zu und schaltete den Computer ab. Im Poststapel fand er tatsächlich Donald Duck, aber auch zwei mit goldenen Buchstaben verzierte Umschläge. Auf dem einen stand »Gloria« und auf dem anderen »Olivia«. Außer den glitzernden Buchstaben waren darauf Fotos von Frauenkleidung zu sehen. Lenne erinnerte sich, daß Mama ihm solche Reklame zum Anschauen gegeben hatte, als er klein war. Auch jetzt würde sie sicher nicht böse werden, wenn er sie öffnete. Lenne riß den Olivia-Umschlag auf. Darin steckte ein Rubbellos. Wenn man drei vierblättrige Kleeblätter freirubbelte, gewann man zu seinem Zeitschriftenabo einen Diamantring, stand in der Anweisung. Lenne versuchte mit dem Fingernagel zu rubbeln, aber der war zu weich. Er nahm eine Schere aus der Dose auf dem Tisch. Damit ging es besser. In den beiden ersten Kästchen tauchten vierblättrige Kleeblätter auf. Lenne hörte auf zu rubbeln und betrachtete das Bild des Diamantrings. Der Diamant war so sorgfältig geschliffen, daß er wie eine glänzende Kugel aussah. Das war es sicher, was es im Süden gab und wonach Mama sich sehnte: Schmuck und Modezeitschriften. Sie redete ja immer davon, daß sie hier nur ein einziges Bekleidungsgeschäft hatten. In der Werbung hieß es: *Olivia, Ihre luxuriöse und moderne Frauenzeitschrift. Lesen Sie alles, was Sie über Kleidung wissen müssen, von Blusen bis Hosen, von Tüchern bis Schuhen, ausnahmslos und kompromißlos.*

Lenne holte tief Luft und rubbelte das nächste Kästchen frei. Unter dem grauen Schleier wurde ein Hufeisen sichtbar. Eine Niete. Noch zwei Kästchen waren übrig. Beim nächsten kam ein Einhorn heraus. Ein Zeitschriftenabonnement allein wäre natürlich auch schon was, aber würde es reichen? Mama hatte die *Kodin Kuvalehti* abonniert, aber da waren keine Modefotos drauf, sondern Bilder von Möbeln und Häusern. Mit geschlossenen Augen rubbelte Lenne das letzte Kästchen frei. Er stellte sich intensiv einen Glücksklee vor und riß die Augen auf. Ein Kleeblatt!

»Was machst du denn, Lenne? Es ist so still«, sagte Mama.

Sie hielt die Klinke fest und blickte durch den Türspalt.

Lenne konnte erst kein Wort herausbringen. Dann kam es plötzlich viel zu laut.

»Einen Brief ... an die Oma. Du darfst nicht gucken.«

»Aha, ein Brief an die Oma. Was für Geheimnisse schreibst du denn der Oma, daß du so erschrocken bist?«

Ihm wurde ganz heiß, und seine Beine zitterten.

»Na ja, mich geht es ja nichts an, was du mit Oma zu besprechen hast. Gut, schreib du nur. Ich mach die Tür zu, dann hast du deine Ruhe.«

Lenne steckte das Glücksklee-Los in den Briefumschlag. Die Adresse war schon vorgedruckt, und wo die Briefmarke hingehörte, stand, das Porto sei bereits bezahlt. Er schrieb Mamas Namen und Adresse auf das Bestellformular und malte ein ähnliches Gekrakel auf die Zeile »Unterschrift« wie sonst auf die Nachsitz-Bescheinigungen von der Schule.

Dann leckte er die Klebefläche des Briefumschlags an. Anfangs schmeckte es süß, dann aber bitter. Sein Gesicht verzog sich zu einer Grimasse. Lenne nahm den Briefumschlag unter den Arm. Er fühlte sich warm an. Ihn abzuschicken mußte die Lösung für das ganze Chaos sein. Mama würde aufhören, sich nach dem Süden zu sehnen, und die Streitereien der Eltern hätten ein Ende. Lenne wollte abends gemeinsam auf dem Sofa sitzen, *Idols* gukken und über die Rock-Oma lachen. Auch Mama würde mit ihm und Papa zusammen fernsehen. Sie würde nicht nur geringschätzig lächeln und mit einem Buch ins Schlafzimmer verschwinden.

Lenne wußte, daß der Bibliotheksbus bald vor Salmes Laden hielt und daß Mama dort hingehen würde. Das war der Moment, in dem Der Rentierjunge zuschlagen würde. Lenne öffnete noch den anderen mit goldenen Lettern bedruckten Umschlag. Darin steckten keine Rubbellose, sondern kleine Papierröllchen, die man an einem Ende aufreißen konnte. Lenne hatte ein sagenhaftes Glück, er gewann auch dieses Preisausschreiben. Hier war der Preis eine Handtasche.

»Gleich kommt der Bücherbus. Willst du mit?«

»Nein, ich habe das eine Buch noch gar nicht durch. Kannst du die beiden anderen abgeben, die auf meinem Tisch liegen?« bat Lenne.

»Gut, dann bleib hier.«

Als die Tür ins Schloß fiel, ging Lenne zu seinem Kleiderschrank, nahm das unterste Brett heraus und zog den Anzug Des Rentierjungen darunter hervor. Er zog sich den schwarzen Overall und die Sturmhaube über und setzte den Helm mit den kleinen Geweihstangen auf. Das Kostüm war zu warm für das Frühlingswetter, aber Der Rentierjunge spürte weder Hitze noch Kälte. Er ertrug Feuer und Eis, er kannte weder Angst noch Schmerz. Ohne zu zögern, tat er das, was richtig war, und verschwand dann genauso schnell wieder, wie er gekommen war.

Der Rentierjunge nahm Vekkus Leine vom Haken und schaute vorsichtig durch den Türspalt, daß ihn ja niemand sah. Jetzt war ein guter Zeitpunkt, denn auch Oma und Opa waren im Bibliotheksbus. Draußen regnete es ein wenig, aber gleichzeitig schien die Sonne. Ein Ende des Regenbogens lag bei Omas und Opas Haus. Vekku bellte und klemmte den Schwanz zwischen die Hinterbeine. Er knurrte, als Der Rentierjunge näherkam.

»Vekku. Guter Hund«, beruhigte Der Rentierjunge, aber der Hund knurrte nur noch mehr.

Der Rentierjunge schob die Sturmhaube hoch.

»Laß das doch. Kommst du mit? Wir bringen die Briefe zum Kasten«, sagte Lenne. Er zog sich die Haube wieder über das Gesicht, hakte die Leine in Vekkus Halsband ein und hob sein Fahrrad vom Boden auf. Vekku mochte nicht warten, er zog die Leine straff und bellte.

»Komm, Vekku, jetzt fahren wir los und helfen Lenne!«
befahl Der Rentierjunge.

Lenne fiel es immer schwer, mit Vekku an der Leine zu
fahren, denn der Hund rannte so schnell, daß er ihn zog.
Der Rentierjunge dagegen mußte aufpassen, weil der Hund
ständig zurückzubleiben drohte. Der orangefarbene Briefkasten war schon zu sehen, neben der Bushaltestelle am
Ende der geraden Straße. Er lag nur ein paar Dutzend Meter von Omas und Opas Haus entfernt. Da blieb Vekku
am Straßengraben plötzlich stehen. Der Rentierjunge trat
voll in die Bremsen und konnte anhalten, bevor die Leine
Vekku wegriß.

»Pfui!« rügte Der Rentierjunge den Hund und zog dessen Schnauze aus einem Kothaufen.

Womöglich würde Vekku so laut bellen, daß Opa und
Oma ihn hörten, falls sie doch nicht zum Bibliotheksbus gegangen waren. Der Rentierjunge wollte nicht gesehen werden. Deshalb ließ er das Fahrrad liegen, band Vekku daran
fest und trabte auf den Briefkasten zu. Der Regen hatte die
Schotterstraße in eine Pfützenlandschaft verwandelt. Der
Rentierjunge patschte mit seinen Stiefeln in die Schlaglöcher. Wenn er aus allen Pfützen von hier bis zum Briefkasten das Wasser heraustrat, dann wären Mamas und Papas Streitereien schon vor den Sommerferien zu Ende, das
wußte er. Ins letzte Schlagloch sprang er beidbeinig, sozu-
sagen als Höhepunkt.

Der Rentierjunge schob die Umschläge in den Briefkasten. Sie plumpsten hinein. Von hier würden sie zu den
Zeitschriften im Süden reisen.

32 »Gut, daß ihr gekommen seid. Wir sind so krank, daß wir nicht aus dem Bett kommen«, sagte Jounis Mutter.

Sie stand blaß in der Schlafzimmertür. Die dünnen Haare klebten ihr am Kopf. Jouni half Marianne aus der Jacke, hängte sie an die Garderobe und umfaßte die Schultern seiner Frau. Die warf einen Blick über die Schulter und lächelte, Jouni drückte seine Nase gegen ihre und gab ihr einen Kuß. Ihre Nase war kalt, aber die Lippen warm. Das Wetter war schon wärmer gewesen, doch dann gab es einen Wintereinbruch. In der Nacht hatte es geschneit, und das, obwohl das neue Bild auf dem Wandkalender eine sommerliche Seelandschaft zeigte. Marianne drehte sich schnell weg, sie genierte sich wohl, weil sie bei seinen Eltern waren.

»Bleibt ihr nur in den Federn liegen, ich mach im Heizkeller und im Ofen Feuer, und Marianne kocht Essen«, sagte Jouni.

Er sah Marianne fragend an. Die nickte und fuhr vor Kälte schaudernd zusammen. Jouni und Marianne schauten zur Schlafzimmertür hinein. Die beiden Alten lagen nebeneinander unter einer großen, von Mutter selbstgemachten Patchworkdecke. Die Flicken hatten alle möglichen Muster: Sterne, Kreise, Herzen. Jouni erinnerte sich, daß er diese Decke gehabt hatte, wenn er als Kind krank war. Der Geschmack von warmem Blaubeersaft stieg ihm in den Mund. Der Alte genierte sich, er wollte sich nicht so hilflos sehen lassen.

»Ich wollte ja Brennholz holen, aber deine Mutter hat mich nicht gelassen, mit beinahe neununddreißig Fieber«, erklärte er.

Jouni sah seine und Mariannes Zukunft vor sich. So würden auch sie, aneinandergeschmiegt, krank sein, und

Lenne und das kommende Kind mit ihren Ehepartnern würden sich um sie kümmern. Die Liebe der beiden Alten war echt, sie hatte ja gezwungenermaßen schon einiges durchgemacht.

»Wir möchten euch etwas sagen«, begann Jouni.

Er legte den Arm um Marianne, bis seine Hand auf ihrem Bauch lag. Marianne legte ihre Hand auf seine. Der Bauch war nur eine kleine Erhebung unter der Hemdbluse, die Schwangerschaft war noch in der Anfangsphase. Immerhin waren schon drei Monate rum, und Jouni und Marianne hatten beschlossen, zuversichtlich zu sein.

Sie waren bei der Nackenfaltenmessung im Rovaniemier Zentralkrankenhaus gewesen und von da aus direkt zu seinen Eltern gefahren. Ein Arzt mit buschigem Schnurrbart hatte ihnen das Ultraschallbild erläutert. Darauf war ein kleiner Mensch zu sehen, dessen Nackenfalte die richtige Größe hatte und dessen Herz schlug. Der Arzt sagte, das Risiko einer Fehlgeburt sei nur noch minimal. Marianne stammelte: »Danke!« und schluchzte auf. Der Arzt winkte ab und sagte, für dieses Glück solle sie nicht ihm danken, sondern ihrem Mann. Er zeigte ihnen noch auf dem Bild, daß die Gliedmaßen sichtbar waren und daß das Kind Flüssigkeit im Magen hatte, so wie es sein sollte.

»Jetzt hat es sich richtig in Pose gedreht. Da können Sie schauen, ob es dem Vater oder der Mutter ähnlicher sieht.«

Der Arzt wischte das Gel, das er auf Mariannes Bauch verteilt hatte, mit einem Papiertuch ab, gab ihr mit der flachen Hand einen Klaps und sagte: »Also, Motorhaube zu, Inspektion beendet.« Er warf das Papiertuch in hohem Bogen in den Papierkorb und begann in ein Gerät zu diktieren, schon bevor Marianne sich fertig angezogen hatte. Jouni wollte ihm die Hand geben, aber der Arzt wandte ihm den Rücken zu und fuhr, über sein Mikrofon gebeugt, fort:

»Scheitel-Steiß-Länge 46 Millimeter, kein Nackenödem, ganz klar Mamas Stirn und Papas Nase, und jetzt ist schon wieder die Batterie alle, verdammte Kiste ...«

»Was denn, wirklich?« rief Mutter.

Sie sprang aus dem Bett, als hätte sie kein Fieber, ging zu Marianne und umarmte sie. Sie wandte den Kopf ab, um sie nicht mit der Grippe anzustecken.

»Glückwunsch, Glückwunsch«, murmelte sie.

Auch der Alte rappelte sich hoch. Er kam zu Jouni, schüttelte ihm die Hand und klopfte ihm mit der Linken auf die Schulter.

»Verdammt, Junge, da hast du was geleistet!«

Der Alte umarmte Marianne und erklärte, was für eine gerngesehene Schwiegertochter sie war. Vor lauter Begeisterung fügte er hinzu, sie sei die schönste Frau im ganzen Dorf.

»Und was bin ich dann?« fragte Mutter.

Sie knuffte den Alten mit der Faust gegen die Schulter und lachte. Der Alte nahm sie in den Arm und korrigierte sich, Marianne sei die Zweitschönste im Dorf.

»Es ist ja noch ziemlich am Anfang, aber jetzt wird es schon drin bleiben«, sagte Marianne.

Jouni erinnerte seine Eltern daran, daß sie nun trotz allem wieder ins Bett gehen mußten. Er fügte hinzu, der Vater solle bei Fieber vorsichtig sein, wo ja sein Herz schon mal gestreikt hatte. Marianne und er würden ihn schon versorgen.

»Ach, die Pumpe, weißt du, die läuft wieder wie ge-
schmiert, nach dieser Nachricht!« prahlte der Alte.

Jouni ging in den Keller und machte Feuer im Heizkes-
sel. Er trommelte mit den Fäusten gegen seine Brust und
schrie laut. Er fühlte sich so gut, daß er meinte, aus seiner Haut zu platzen. Er schob noch ein paar große Scheite
in den Brenner und ging zum Holzschuppen. Im dämmeri-
gen Schuppen nahm er die Spaltaxt von der Wand, stellte
ein Stück Birkenholz auf den Hackklotz und schlug zu. Die
Axt schwang durch die Luft wie von selbst, er brauchte sie
nur zu führen.

Marianne hatte traurig und ängstlich gewirkt, als sie ihm
von der Schwangerschaft erzählte. Wahrscheinlich war sie
verwirrt. Er nahm sie sofort in den Arm und sagte freudig,
das sei ein echtes Wunder, zumal sie ja die Turbantüten
benutzt hatten. Diesmal würde es bestimmt keine Fehlgeburt werden, wenn die Samenzelle so hart hatte kämpfen
müssen. Marianne legte den Kopf an seine Brust und sagte:
»Ja, es ist wirklich ein Wunder.«

Jouni hielt das Holzhacken nicht lange durch. Er wollte
sich lieber in der Freude der glücklichen Großeltern son-
nen. Er füllte den Brennholzkasten im Heizkeller auf, nahm
noch einen Armvoll Holz mit in die Küche und ließ es in
den Spankorb neben dem Backofen poltern.

»Wird es eine Schwester oder ein Bruder für Lenne?« rief
der Alte.

Marianne unterbrach sich beim Gemüseschnippeln in
der Küche und kam ins Wohnzimmer, wo auch Jouni war.
Sie hielt ihre nassen Hände hoch.

»Das wissen wir noch nicht, aber für uns spielt es keine
Rolle«, sagte sie.

Der Alte im Schlafzimmer bekam einen Hustenanfall, krächzte lange und schickte eine Reihe Flüche hinterher. Man hörte, wie Mutter ihm auf den Rücken klopfte.

»Ja, sicher, es spielt keine Rolle, ob es behindert ist, Hauptsache, es ist ein Junge«, sagte der Alte.

Das bekräftigte er mit einem röchelnden Gelächter und hustete weiter. Mutter murmelte, er solle sich besser überlegen, was er sagte. Marianne sah Jouni an und schüttelte den Kopf.

»Nein, im Ernst. Eine Tochter wäre natürlich auch nett. Eine kleine Gehilfin für Marianne und auch für die Oma«, setzte der Alte hinzu.

Jouni machte einen Tanzschritt und wollte Marianne mitziehen. Sie wehrte sich, weil ihre Hände vom Gemüseputzen schmutzig waren. Jouni scherte sich nicht darum. Er legte ihr die linke Hand fest um die Taille und führte sie mit der rechten. In dem Lied, das in seinem Kopf erklang, waren sie »im schönsten Traum«. Mariannes grüne Augen sah er deutlich, aber alles andere waren verschwommene Linien. In diesem Nebel fühlte er sich wohl. Er zog Marianne an sich und küßte sie. Sie nahm sein Gesicht in ihre feuchten, nach Gurke duftenden Hände und schob ihn weg, war verlegen.

»Na, so geht es mit dem Essen aber nicht voran«, lachte Mutter.

Sie stand in der Tür des Schlafzimmers und lächelte schelmisch. Dann erklärte sie, sie werde trotz aller Einwände nun duschen und zusehen, daß sie auf die Beine kam, denn bei dieser frohen Nachricht müsse es doch feierlicher zugehen. Nach dem Essen würde sie einen anständigen Kaffee kochen. Hinter der Dose mit dem Pulverkaffee stand noch etwas Presidentti-Kaffee, der vom Geburtstag übrig war.

In der Bratpfanne begann es zu brutzeln, und ein Duft von Zwiebeln und Hackfleisch drang aus der Küche. Marianne machte Fleischklößchen mit Tomatensoße. Ihre Schwiegermutter kam im Bademantel aus der Dusche und setzte sich zu ihr in die Küche. Sie erzählte ihr, wie Jouni als Baby gewesen war.

Der Backofen wollte nicht angehen, obwohl Jouni Birkenrinde unter die Birkenscheite gelegt hatte. Die Flammen erstickten schnell, und Rauch quoll in die Küche.

»In dem Korb liegen alte Zeitungen. Damit geht es leichter an«, riet ihm der Alte aus dem Schlafzimmer.

Jouni versuchte es noch einmal mit Birkenrinde, aber ohne Erfolg. Er öffnete die Tür einen Spalt, damit der Ofen besser zog, und zündete das Feuer mit einer *Lapin Kansa* an. Jetzt züngelten die Flammen hoch.

»Da haben sich wieder alte Zeitungen angesammelt. Wir waren so krank, daß wir sie nicht gelesen haben. Die alten brauchen wir eh nicht mehr. Willst du sie nicht alle verbrennen?« fragte der Alte.

Jouni riß eine Doppelseite aus einer Zeitung, knüllte sie zusammen und schob sie in die Flammen. Das machte er mit einer Zeitung nach der anderen. Zwischendurch mußte er die Ofenklappe schließen, damit keine Rußflocken in den Raum schwebten. Da piepte sein Handy. Er hatte seinen Bekannten heute die Nachricht von dem Baby geschickt. Bestimmt gratulierte wieder jemand. Doch der Absender war Vattulainen. Dem hatte er gar nichts mitgeteilt. In der SMS stand, Jouni habe eine gutaussehende Frau, und im

Anhang war ein Bild von einer Internetseite, auf dem eine Frau, die Marianne verwirrend ähnlich sah, aber blondes Haar hatte, in Unterwäsche zu sehen war.

»Verfluchte Scheiße!« schrie Jouni.

Seine rechte Hand brannte. Er warf das lichterloh brennende Papierknäuel in den Ofen und rannte ins Badezimmer. Dort drehte er den Hahn auf und hielt die Hand unter das kalte Wasser. Es brannte so, daß er das Gesicht verziehen mußte, aber langsam betäubte das kalte Wasser den Schmerz. Die Gedanken betäubte es jedoch nicht. Vattulainen war neidisch, denn er bekam Frauen, die wie Marianne aussahen, bloß im Internet zu sehen. Er wollte ihn ärgern. Aber wenn es mehr war als das? Vattulainen hatte Anspielungen gemacht und gefragt, warum Marianne so gern allein im Mökki und auf Reisen war. Wußte er etwas, was er nicht geradeheraus zu sagen wagte?

»Was ist mit dir los? Ist dir etwas passiert?« fragte Marianne.

Jouni zog die Hand unter dem Hahn heraus. Alle Finger außer dem Daumen waren rot.

»Weiß ich noch nicht so recht, aber das wird sich bald herausstellen.«

33 Marianne saß auf einem Treppengeländer an der Kasernenschwimmhalle. Da kam eine Gruppe Soldaten auf dem Weg in die Kantine vorbei. Sie warfen ihr Blicke zu und flüsterten, brachen in Lachen aus. Marianne starrte fest auf eine Mißbildung im Wipfel einer Kiefer in der Nähe. Aber es half nichts. Einer der Soldaten kam näher.

»Na, gehst du schwimmen?« fragte er.

Der Soldat hatte eine viel zu große Schirmmütze mit Tarnmuster auf dem Kopf. Er hatte sie weit nach hinten schieben müssen, damit sie ihm nicht in die Augen rutschte. Er sah so jung aus, daß er eher geeignet schien, in Reihenhausgärten Cowboy und Indianer zu spielen, als für einen Krieg zu trainieren.

»Nein, ich sitze hier nur so mit meinem Handtuch«, sagte Marianne.

Der Soldat verlagerte sein Gewicht von einem Bein aufs andere und zog seine gurkensalatfarbene Hose hoch. Er warf den anderen einen Blick zu, kam näher und flüsterte:

»Also, die ärgern mich. Die meinen, ich würde mich nicht trauen, eine Frau anzusprechen.«

Der Junge wußte nicht, wohin mit seinen Händen. Erst legte er sie an die Hüften, dann steckte er sie in die Hosentaschen.

»Jetzt hast du deine Männlichkeit doch wohl unter Beweis gestellt«, entgegnete Marianne.

Der Junge schürzte die Lippen, nahm eine Zigarettenschachtel aus der Jackentasche und steckte sich eine daraus hinters Ohr.

»Ich müßte noch deine Nummer kriegen«, sagte er.

Marianne schrieb irgendeine Zahlenreihe auf einen Zettel und sagte, er könne sie ja anrufen, falls er der Vater für das uneheliche Kind werden wollte, das sie erwartete. Sie bereute ihren Scherz sofort. Alles fühlte sich an wie das Hüpfen einer Heuschrecke; nichts war geplant.

Marianne zog sich aus und legte ihre Sachen in einen Blechschrank mit dem Aufkleber »I love Samis«. Sie schloß den Spind ab und zog sich das rote Gummiband mit dem Schlüssel über den Fußknöchel. Das Fußkettchen mit den Herzen war dabei im Weg. Marianne nahm es ab und hielt es sich vors Gesicht, schloß dann kurz die Augen und warf es weit weg auf die Schrankreihen.

Sie wickelte sich das Handtuch um, griff nach Shampoo und Spülung, die sie schon auf einer Bank bereitgestellt hatte, und ging in den Duschraum.

»So ein fesches Mädel, dir werd' ich mein eigenes Zeichen einritzen«, sagte Elli hinter ihr.

Mit diesem Satz, den sie nachahmte, hatte ein uralter Mann vor Jahren im Midnight Moon, als Elli und Marianne zusammen tanzen waren, versucht, Marianne anzumachen. Der Mann hatte seinen Worten Nachdruck verliehen, indem er Marianne um die Taille faßte.

Ellis Haare waren wieder dunkel. Vor ihrer Abreise in den Süden hatte sie sie blondiert. Elli umarmte Marianne. Die erwiderte die Umarmung, und das Handtuch fiel zu Boden.

»Das gibt jetzt einen etwas falschen Eindruck«, sagte Marianne.

Elli kicherte: »Hier ist ja keiner, der Eindrücke bekommen könnte.« Sie entschuldigte sich für die Verspätung: Topi hatte im letzten Moment mitkommen wollen, und dann hatten sie auch Lenne abgeholt.

»Aber geh du schon in die Sauna, daß du dich nicht verkühlst«, sagte Elli.

Marianne goß etwas Wasser auf die Sitzbank, damit die sich abkühlte, und setzte sich. Sie drückte das Kinn auf die Brust: Der Bauch war noch nicht der Rede wert. Gerne wäre sie ordentlich stolz darauf gewesen, aber sie konnte es nicht. Sie wußte, daß der winzige Embryo, der darin schwamm, die Macht hatte, ihr gesamtes Leben zu zerstören. Sie zog die Beine an, um ihren Bauch zu schützen, und legte die Arme darum. Die Saunabeleuchtung, die hinter einem Holzgitter versteckt war, ging plötzlich aus und wieder an, und es fing an zu pfeifen.

Elli betrat die Sauna und kletterte Marianne gegenüber auf die Bank. Sie ließ sich rücklings auf die Holzlatten fallen, streckte die Beine in die Luft und kratzte sich an den Oberschenkeln.

»Wie ist es so im Süden?« fragte Marianne.

Elli hörte auf, sich zu kratzen.

»Wie soll's schon sein«, sagte sie. »Aber Lenne ist ordentlich gewachsen. Es ist sicher schon zwei Jahre her, daß wir uns gesehen haben.«

Marianne machte einen Aufguß und schlang wieder die Arme um ihre Knie, nun legte sie auch noch den Kopf darauf.

»Ja, ist er. Topi ja auch«, murmelte sie in ihrem Versteck.

Elli setzte sich auf.

»Du, ich habe damals wirklich die richtige Entscheidung getroffen.«

Marianne krümmte die Zehen und wartete, daß Elli weitersprach.

»Als ich mit Kainulainen zusammen war, wußte ich nichts von der Liebe«, sagte sie.

Ihre Miene besagte, daß sie nun einiges wußte.

»Ist das nicht doch immer dasselbe, mit der Zeit?« stieß Marianne hervor und goß so viel Wasser auf den Ofen, daß auch Elli sich zusammenkauerte.

Marianne tauchte unter, drehte sich unter Wasser auf den Rücken und blieb auf dem Beckengrund liegen. Die Wasseroberfläche flimmerte, und die Geräusche hallten gedämpft wider. Lenne tauchte zu ihr herunter. Er kam ganz nah, seine Nase berührte beinahe ihr Gesicht. Er pustete Blasen, kickte um sich und zuckte mit den Armen, verschwand an der spiegelnden Wasseroberfläche. Marianne spürte Druck auf den Lungen, und in ihren Schläfen pochte es. Lenne glitt wieder neben sie. Er packte sie an der Hand und zerrte daran.

»Warum warst du so lange unten?« fragte er nach dem Auftauchen.

»Nur zum Spaß, ich wollte es mal testen.«

Das Band von Lennes Schwimmbrille saß schlecht, es drückte ihm die Ohrmuscheln nach vorne. Marianne zog daran, so daß es höher am Kopf saß.

»Au, das ziept!« klagte Lenne und warf den Kopf zurück. »Laß mal, ich komm allein zurecht.«

Topi holte Lenne, um vom Startblock zu springen. Marianne und Elli hielten sich am Beckenrand fest und sahen ihnen bei ihren Kunststücken zu.

»Ich mach einen Seehund«, rief Lenne.

Er sprang mit dem Kopf voraus, seine Arme lagen flach an den Seiten an. Topi krümmte sich, schlug sich mit den

Händen auf die Beine und lachte schallend. Ellis Wegzug schien sein Leben nicht zerstört zu haben, dachte Marianne.

»Bei euch läuft's offenbar gut, ihr bekommt ein Baby und so«, sagte Elli.

Marianne versuchte zu antworten, aber ihr Mund weigerte sich zu sprechen. Sie bewegte den Kopf; es war nicht zu erkennen, ob es ein Nicken oder Kopfschütteln war. Jouni hatte einige Tage lang nicht mit ihr gesprochen. Diesen abrupten Übergang vom Babyrausch zur Sprachlosigkeit fand sie merkwürdig. Sie wußte, daß er nichts ahnen konnte. Trotzdem benahm er sich ganz so, als verdächtigte er sie: ging auf und ab und schnaubte. Letzte Nacht war sie davon aufgewacht, daß er neben ihr saß und sie anstarrte. Sein Gesicht war völlig ausdruckslos. Marianne fragte, was los war, aber er sagte nichts, legte sich bloß wieder auf die Seite, mit dem Rücken zu ihr. Am liebsten hätte sie die Uhr so weit zurückgedreht, daß alles gut wäre. Sie hätte mit dem Zeigefingernagel ein Herz auf Jounis Rücken gezeichnet, von den Schultern bis zur Lende. Sein Rücken sah stark und zerbrechlich zugleich aus. Marianne legte ihm eine Hand auf die Haut, zog sie aber bald wieder weg.

Eine Frau mittleren Alters betrat die Sauna. Sie sah aus, als verbrächte sie ihre Sommer mit Moltebeerensammeln im Moor und legte jeden Winter zweitausend Kilometer auf Skiern zurück. Anstelle von Oberschenkeln hatte sie dicke Sehnen. Sie bat Marianne, Wasser aufzugießen. Marianne schleuderte eine Kelle Wasser mitten auf die Steine und sah die beerenpflückende Langläuferin fragend an. Die nickte, Marianne warf erneut und traf dieselbe Stelle wie zuvor. Dort waren die Steine jetzt abgekühlt und zischten nur leise.

»Es ist nicht egal, wie man Wasser auf den Ofen wirft. Wenn man zuviel auf einmal nimmt, dann ist es zwar eine Zeitlang höllisch heiß und schön, aber danach wird's definitiv kalt. Besser, man gießt gleichmäßig auf, immer wieder eine Kelle«, erläuterte die beerenpflückende Langläuferin.

Marianne betrachtete ihren Bauch, streckte ihn ein wenig vor und streichelte ihn. Es fühlte sich fast so an, als ob der kleine Bewohner sich an ihre Hand schmiegte. Es war ein gutes Gefühl zu denken: Da schwimmt das Baby. Ein gutes Gefühl, obwohl es alles durcheinanderbrachte.

Als Jyri im Mökki gesagt hatte, er wolle die Beziehung beenden, hatte sie sich entschieden, ihm nichts von dem Kind zu erzählen. Anfangs waren Ärger und Rache ihr Motiv, aber später war es ein Schutz für die Zukunft. Jyri hatte zwar ein Recht darauf, Bescheid zu wissen, aber diese Enthüllung würde Mariannes Familie zerstören. Jyri, der ohne Vater aufgewachsen war, würde sich weigern, das eigene Kind aufzugeben. Im Gegenteil, er würde alles tun, um Vater sein zu dürfen.

Mit Jouni war Mariannes Leben wie die Sauna nach zuviel Aufguß: nicht mehr heiß, sondern lauwarm. Dafür, daß die Wärme gerade eben ausreichte, hatte Lenne gesorgt, aber der wuchs schnell heran. Das Baby würde keine Quelle für neue Wärme sein, wenn Marianne ihr Geheimnis nicht hüten konnte. Sie wußte nicht, ob ihr das gelingen würde, aber sie wollte es versuchen.

Der Wassereimer war fast voll. Marianne hob ihn hoch, stellte sich hin, beugte sich über den Ofen und kippte die ganze Ladung darauf. Das Blech am Ofen knallte, und Wasser lief durch die Steine bis auf den Boden. Die Sauna füllte sich mit Dampf, und die Hitze brannte an den Ohren.

»Was ist denn mit der los?« schrie die beerenpflückende Langläuferin.

Elli und die Langläuferin verließen die Sauna. Beide hielten sich die Ohren. Elli kicherte beim Hinausgehen.

»Ich wußte gar nicht mehr, wie verrückt du bist!« sagte sie.

Marianne blieb auf der oberen Bank sitzen. Der Dampf brannte auf der Haut, die Ohrläppchen taten ihr weh. Sie saß mit geradem Rücken da, wie alte Leute in der Kirche.

34 Jouni saß im Wohnzimmer auf dem Sofa und studierte das Foto im Handy. Die Frau sah genauso aus wie Marianne, und auch das Zimmer im Hintergrund kam ihm bekannt vor. An der Wand hingen zwei Bilder, genau wie im Arbeitszimmer. Jouni hielt sich das Handy so nah vor die Augen, daß er es gerade noch scharf sehen konnte. Aber das Foto blieb verschwommen, die Bilder waren nicht zu erkennen. Sie hatten billige Wechselrahmen, solche gab es sicher in Millionen Wohnungen. Zu Marianne hatte er nichts von dem Handyfoto gesagt. Er hatte versucht, sein Mißtrauen zu unterdrücken. Das gelang ihm nicht. Er ertappte sich ständig dabei, daß er die Frau auf dem Foto mit Marianne verglich.

Langsam, aber sicher wurde das Birkenholz von den Flammen verzehrt. Das Feuer flackerte hin und her, zuckte manchmal hoch. Jouni hatte ein Würstchen auf einen schmiedeeisernen Spieß gesteckt. Der Spieß lag in passender Entfernung von den Flammen an der Kamineinfassung. Jouni brauchte ihn nur ab und zu mit dem Zeh anzutippen, schon drehte sich die Wurst in eine neue Position.

Wenn er an einem Feuer saß, fühlte er sich immer wohl. Da gab es nur die Flammen und ihre Bewegung. Die unangenehmen Dinge verschwanden. Jetzt reichte die Kraft des Feuers nicht aus, um seine mißtrauischen Gedanken auszulöschen. Wenn es doch Marianne war? Sie zog sich oft ins Arbeitszimmer zurück und schloß manchmal sogar die Tür ab. Er hätte Vattulainen nach der Adresse der Internetseite fragen können, aber dann hätte der erfahren, daß Jouni tatsächlich mißtrauisch war. Vattulainen würde sich zufrieden die Hände reiben, wenn er erreichen konnte, daß

Jouni sich Sorgen über die Aktivitäten seiner Frau machte. Diese Freude wollte Jouni ihm nicht gönnen.

Er ging ins Arbeitszimmer und fing an, die Schränke zu durchwühlen. Marianne hatte die Wintersachen in die Schrankfächer gestopft, weil sie jetzt nicht mehr gebraucht wurden. Da hingen Jacken und Mäntel an Bügeln, und Mützen, Handschuhe und Schals quollen aus den Schubladen. In den oberen Fächern standen Fotoalben, das wußte Jouni. Er stieg auf einen Hocker und zog ein Album heraus. Dabei plumpste ein zotteliges Knäuel zu Boden. Jouni hob es auf und untersuchte es. Er hoffte, es wäre etwas anderes, aber es war die blonde Perücke. Jouni wühlte weiter und fand auch den BH und den winzigen Slip.

Am liebsten hätte er vor diesen Fundstücken die Augen verschlossen, den Kopf in den Sand gesteckt wie die Strauße – obwohl auch die das wohl nicht wirklich taten. Er schleuderte die Perücke und die Unterwäsche ganz hinten in den Schrank und ging ins Wohnzimmer zurück.

»Marianne!« rief er.

Im Kamin kippte ein Scheit um, und ein kleiner brennender Span fiel auf den gekachelten Boden. Jouni feuchtete zwei Finger im Mund an und schnipste das Holzstück ins Feuer. Die Hitze stach ihm in die Fingerspitzen.

»MARIANNE!«

Marianne kam herein und wirkte irritiert. Sie stemmte die Hände in die Hüften, als wollte sie fragen: »Was ist denn nun schon wieder?«

»Verflucht!« schrie Jouni. »Jetzt ist es Holzkohle geworden!«

Er drehte den Spieß mit dem verkohlten Würstchen vor sich hin und her. Das verbrannte Fleisch stank und qualmte.

»Hast du mich gerufen, damit ich das bewundere?« fragte Marianne.

Jouni lehnte den Wurstspieß an die Kamineinfassung. Er betrachtete die Flammen. Die Holzscheite waren niedergebrannt, und die Glut schimmerte rot. An seiner Schläfe begann eine Ader zu pulsieren. Jouni berührte sie mit der Hand und stellte fest, daß sie angeschwollen war.

Er reichte Marianne das Handy mit dem Foto. Marianne ließ es auf den Boden fallen, als ob sie sich verbrannt hätte. Es krachte, und das Telefon brach in zwei Teile. Jouni sagte nichts. Mariannes Entsetzen sagte alles. Der Boden tat sich unter ihm auf, er fiel und fiel, aber nichts fing ihn auf.

»Irgendwo muß ich mir ja ein Gegenüber verschaffen, wenn du nie hier bist«, verteidigte sich Marianne.

Jouni sammelte die Teile des Handys vom Boden auf und versuchte sie zusammenzusetzen. Seine Hände zitterten. Es klappte nicht. Er schleuderte den Akku und die Plastikteile in die Sofaecke.

»Hast du gedacht, es reicht, wenn du mir alle möglichen Frauenzeitschriften mit einem Klunkerring als Beigabe bestellst?« fragte sie.

Offenbar kannte er Marianne überhaupt nicht. Natürlich wußte er, daß sie hemmungslos war. Gerade das hatte ihn ja einmal fasziniert. Aber damals war sie mit ihm hemmungslos gewesen. Jetzt zeigte sie sich vor anderen.

»Es ist also meine Schuld, daß du weltweit nackt im Internet auftrittst, ja?«

Marianne zitterte. Sie drehte sich um und wollte aus dem Zimmer gehen, wirbelte aber noch einmal herum.

»Ich frage jetzt ganz direkt«, begann Jouni.

Noch konnte er die Sache auf sich beruhen lassen. Wenn

er einfach sagte, daß es ihm nichts ausmachte. Wenn Marianne vor der Kamera Sexspiele treiben wollte, könnte das sogar recht erregend sein. Nein, er mußte einfach Klarheit bekommen. Die Ungewißheit würde ihn sonst langsam zerfressen.

»Bist du nur vor der Webcam oder auch vor Männern so aufgetreten?«

Jouni hoffte, daß seine dunklen Ahnungen nur Eifersuchtsphantasien waren. Marianne würde über die grundlosen Anschuldigungen zornig werden, ihn anschnauzen und weinend im Schlafzimmer verschwinden. Aber nein, sie holte sich ein grünes Kissen vom Sofa, legte es auf den Boden und setzte sich darauf, zog die Beine an. Sie sah so klein und so gut aus, viel zu gut, aber auch überrascht.

»Scheiße, wer ist es?«

Marianne blickte ins Feuer, suchte etwas darin. Sie blickte starr auf einen Punkt. Der Rauchmelder heulte los. Die Wurst war in die Glut gefallen und qualmte. Jouni war das egal.

»Raus damit!«

Marianne stieg auf das Sofa und schraubte den Rauchmelder ab. Sie setzte sich wieder auf das Kissen, starrte in die Flammen und begann zu reden. Ihr Mund bewegte sich in Zeitlupe, und die Worte dröhnten in seinen Ohren, obwohl sie leise sprach. Jouni schwebte an die Decke und schaute von oben zu. Er konnte auf nichts mehr Einfluß nehmen.

35 »Ja, die Flocken reichen mir«, sagte Lenne.

Mama wollte ihm auch noch Rieska zum Abendbrot aufdrängen, aber Lenne legte die Hand über den Brotteller. An Mamas Augen sah er, daß sie geweint hatte. Das kam ihm komisch vor, wenn er daran dachte, wie sie neulich bei Kerttuli essen gegangen waren und er erfahren hatte, daß in Mamas Bauch ein kleiner Bruder für ihn heranwuchs.

Lenne las den Comic auf der Rückseite der Reisflockenschachtel. Da erklärte ein Wichtel mit breitem Mund und rotweiß gestreifter Zipfelmütze, wenn man genau hinhörte, würden die Flocken sprechen. Er forderte Lenne auf, zu testen, was sie gerade ihm Schönes zu erzählen hatten.

Papa rief im Wohnzimmer nach Mama. Seine Stimme war schrecklich laut. Mama sah Lenne an und zeigte noch einmal auf die Tüte mit den Rieskafladen. Dann ging sie ins Wohnzimmer. Lenne goß Milch in seinen Teller, und die Flocken begannen zu knistern.

»Lauf weg, lauf weg«, flüsterten sie.

Lenne beugte sich näher, legte den Kopf schief, so daß sein linkes Ohr die Flocken beinahe berührte.

»Lauf weg, lauf!«

Im Wohnzimmer hörte er Papa fluchen. Lenne hatte geglaubt, die Streitereien hätten endlich aufgehört. Er war furchtbar stolz auf sich gewesen, als er gesehen hatte, daß *Gloria* und *Olivia* für Mama gekommen waren.

»Ach, die hören gleich wieder auf«, sagte Lenne leise zu den Flocken.

Die Flocken wiederholten ihre Litanei lauter als zuvor. Lenne hörte aus Papas Geschrei Jyris Namen heraus, obwohl er versuchte, nicht zuzuhören. Papa schrie seltsame Sachen über Mama und Jyri. Es waren dieselben häßlichen Wörter, die die älteren Jungen in der Schule benutzten. Die fragten die Kleineren immer, ob sie wußten, was die Wörter bedeuteten, und lachten dreckig, wenn sie die Antworten hörten. Jetzt lachte niemand. Mama weinte, so wie kleine Kinder weinen: Sie machte zwischendurch lange Pausen, holte Luft und fing wieder an. Der Löffel fiel Lenne aus der Hand in den Teller, Flocken und Milch schwappten auf die Tischdecke. Den größten Teil ihres Geschreis verstand er nicht, aber er begriff, daß Mama mit Jyri das gemacht hatte, was eigentlich nur zwischen Papa und Mama sein durfte. Lenne hatte alles versucht, und dann tat Mama so etwas. Am liebsten würde er Mama in eine Rakete stecken und die Luke zumachen.

Er hob den Löffel und schaufelte Flocken in den Mund.

»Iß uns nicht, iß uns nicht«, knisterten die Flocken.

Papa brüllte in einem fort, und Mama weinte so laut, daß ihre Stimme brach. Lenne mußte weglaufen.

Er zog seinen Waldrucksack unter dem Bett hervor. Darin hatte er immer Streichhölzer, Salz, eine Kuksa, eine Trinkflasche und ein Messer bereit. Er stopfte die restliche notwendige Ausrüstung hinein und holte sich etwas Trockenfleisch aus der Küche. Dann hob er das unterste Brett im Kleiderschrank an und zog den Anzug Des Rentierjungen hervor. Der Rentierjunge hatte ihn noch nie enttäuscht. Er hatte ihm geholfen, wenn Lenne ihn darum gebeten hatte. Damals in der Nacht hatte er dem Streit zwischen Mama und Papa ein Ende gesetzt. Menschen konnten nicht helfen, aber Der Rentierjunge stand über den Menschen. Rentiere taten einander nichts Böses an. Lenne versuchte, keine Notiz von dem Tumult im Wohnzimmer zu nehmen. Er riß eine Seite aus seinem Matheheft und schrieb groß darauf, daß er das Geschrei nicht aushielt und weggefahren war. Dann legte er den Zettel auf sein Kopfkissen, ging in den Flur, zog sich die Gummistiefel an und verließ das Haus.

Lenne spannte einen Benzinkanister und eine Ikea-Tüte mit einer Gepäckspinne auf dem Quad fest. Vekku rannte in seinem Zwinger hin und her am Zaun entlang und heulte. Das tat er immer, wenn er Papa und Mama im Haus streiten hörte. Wenn der Hund aufhörte, so herumzurennen, wußte Lenne, daß sie sich beruhigt hatten und er wieder hineingehen konnte. Er wartete, aber der Hund rannte und rannte immer weiter. Wie sollten sie sich auch wieder beruhigen nach dem, was Mama getan hatte? Lenne betrat den Zwinger und bückte sich zu Vekku herunter. Der legte seine Vorderpfoten auf Lennes Schultern und leckte ihm über Kinn und Nase. Er wollte mit.

»Ja, ja ... mein Lieber, versuch du's hier mit denen auszuhalten. Ich kann das nicht mehr ertragen, ich muß auf eine Reise gehen.«

Lenne schob Vekku zurück, damit er nicht durch den Torspalt schlüpfen konnte, und legte den Riegel vor. Vekku sah gekränkt aus.

Lenne drückte auf »Start«, und das Quad knatterte los. Zwischen ihrem Grundstück und dem Wald verlief ein Graben, über den eine Plankenbrücke führte. Lenne lenkte das Quad vorsichtig auf die Planken, rollte mit wenig Gas hinüber und schlug den Weg in den Wald ein. Nach einigen Dutzend Metern hielt er an und blickte zurück. Er hörte Vekku immer noch bellen.

Lenne zögerte einen Augenblick, setzte sich im Sattel zurecht und drückte den Gasknopf. Einige Kilometer fuhr er durch dichten Hochwald, dann ging es aufwärts, die Bäume

wurden weniger, und die Graspolster wurden von Geröllfel-
dern abgelöst. Lenne fühlte sich merkwürdig. Kommende
Nacht brauchte er keine Angst zu haben, ob es einen Streit
geben würde. Er brauchte sich nicht um das Chaos der Eltern zu kümmern. Es würde ausreichen, wenn er sich etwas
vom Trockenfleisch abschnitt, Holz in den Ofen schob und
beim Geknister des Feuers einschlief. Wenn er Angst bekäme, würde Der Rentierjunge zur Stelle sein.

Lenne stoppte bei Papas und seinem Sitzstein. Das war
ein Felsblock in Form eines Sessels. Er hatte eine Sitzfläche,
eine Rückenlehne und rechts sogar eine Armlehne. Wenn
Lenne mit Papa im Wald war, durfte er sich hineinsetzen,
und Papa kauerte sich daneben. Er rauchte und erzählte
etwas. Bei seinen Geschichten wußte man nie, ob sie wahr
waren oder nicht. Wenn man ihn danach fragte, ließ er nur
die Zigarette von einem Mundwinkel in den anderen rutschen und kniff die Augen zusammen. Wenn Lenne an Papa
dachte, spürte er Tabakgeruch in der Nase. Dieses Durcheinander war nicht Papas Schuld, aber warum brachte er
die Dinge nicht in Ordnung? Verschwand statt dessen nur
immer in der Wildnis. Jetzt war Lenne an der Reihe weg-
zulaufen. Sollten sie ihre Probleme selber lösen, er würde
erst nach Hause kommen, wenn alles in Ordnung war. Aber
wie konnte es in Ordnung kommen? Wenn Papa Mama verzeihen würde, wäre Lenne böse auf ihn. Aber zugleich hatte
Lenne Mama lieb. Der Zigarettengeruch wurde stärker und
mischte sich mit dem Duft von Mamas Gesichtscreme.

»Du bist Seide in meinen Armen, wie warmes Wasser ...«
Das war der Klingelton von Lennes Handy.

Auf dem Bildschirm blinkte »Oma«. Lenne sah auf die
Handy-Uhr. Es war nach zehn.

»Hallo«, sagte er.

Er versuchte zu nuscheln, damit es so klang, als ob er im Bett lag.

»Hier ist Oma.«

»Warum rufst du so spät an?«

»Also, ich habe versucht, bei deinen Eltern anzurufen, aber sie sind nicht drangegangen, und da ...«

»Die sind bestimmt auch schon schlafen gegangen.«

»Ja ... ja, bestimmt. Ich bin bloß so ein altes Huhn, ich mach mir gleich Sorgen. Na, dann mal gute Nacht.«

Wenn sie nicht ans Telefon gingen, mußte das bedeuten, daß sie sich immer noch stritten. Na, wenn sie merkten, daß Lenne nicht in seinem Bett war, würden sie neuen Stoff zum Nachdenken kriegen. Er stieg aufs Quad, ließ den Motor an und fuhr los. Lenne war ein guter Quadfahrer; er fuhr schon seit der ersten Klasse. Anfangs nur auf dem Hof, aber bald auch mit Papa im Wald. Nach dem Gesetz durfte er erst in fünf Jahren Quad fahren, aber Papa sagte, für die Arbeit mit den Rentieren waren nicht die Papiere, sondern die Kenntnisse entscheidend.

Lenne fuhr ohne Pause, bis seine Hände taub wurden. Zur Jagdhütte war es noch mal mindestens genausoweit. Er hielt einen Augenblick an, schaltete die Zündung aus und kramte die Trinkflasche aus dem Rucksack. Das Wasser war nicht mehr kalt, aber es löschte den Durst. Lenne stieg vom Sattel und ging an einen Wacholderbusch pinkeln. Ein Lapplandhäher landete neben ihm und sah zu. Er wackelte mit dem rostroten Schwanz und legte den schwarzen Kopf neugierig schief.

»Geh weg, sonst piß ich auf dich drauf!«

Er sprach laut und lässig, aber er konnte nicht einmal den

Vogel überzeugen. Der hüpfte noch ein wenig näher heran. Lenne war nicht mehr sicher, ob er die Jagdhütte finden würde. Die Gegend sah in alle Richtungen völlig gleich aus: verkrüppelte Birken, Moor und Steine. Er wußte auch nicht mehr genau, aus welcher Richtung er gekommen war. Gefahr bestand aber trotzdem nicht, denn Der Rentierjunge würde zu Hilfe kommen, wenn Lenne die Hütte wirklich nicht finden sollte.

Lennes Handy vibrierte in seiner Hosentasche. Er zog es heraus und warf einen Blick aufs Display. Topi hatte eine SMS mit einem Witz geschickt. Lenne war nicht in der Stimmung dafür. Er wählte Papas Nummer, zögerte einen Moment, aber dann warf er das Handy nach dem Lapplandhäher. Der hüpfte zur Seite und legte wieder den Kopf schief, wobei er noch dümmer aussah als vorher. Lenne fuhr weiter. Wenn er den Bach fand, brauchte er ihm nur bergauf zu folgen, dann würde er zwangsläufig zur Harrihütte kommen.

Nach einer halben Stunde Fahrt begann der Hochwald bekannt auszusehen. Bald erreichte er den Bach und kurz darauf die Blockhütte. Lenne stieg ab, nahm sein Gepäck und schleppte es in die niedrige Hütte, die nach Rauch und Holz roch. Neben dem Ofen lag Brennholz bereit. Es war leicht, ein Feuer anzumachen. Die Luft war warm, so daß er es nicht gebraucht hätte, aber es gehörte einfach dazu, wenn man in eine Hütte kam. Und es war angenehmer, etwas zu tun zu haben, als nur herumzusitzen.

Lenne saß auf der Holzpritsche, schnitt Streifen vom Trockenfleisch ab und trank Wasser dazu. Er hatte ausgerechnet, daß Trockenfleisch und Roggenbrot mehrere Tage reichen würden, und Wasser konnte er aus dem Bach schöpfen. In dieser Zeit würden sie ja wohl merken, was sie angerichtet hatten. Der Ofen wurde langsam warm.

Lenne erinnerte sich, daß er vorigen Sommer eine Botschaft auf einen Zettel geschrieben und in einer Spalte zwischen den Holzbalken versteckt hatte. Sie war noch da. Das karierte Papier war von Ruß geschwärzt, aber wenn man genau hinsah, stand da: »Wir haben viele Bachforellen gekriegt. Mama freut sich bestimmt!« Darunter war eine Zeichnung von Papa und Lenne, wie sie mit ihren Angeln in der Hand am Bachufer standen. Lenne machte die Ofentür auf und warf den Zettel ins Feuer. Den hatte ein anderer Junge geschrieben.

Der Abend wurde allmählich kühler, im Wald stieg Dunst auf, und er hörte den Ruf eines Raben. Mama und Papa hatten sicher viele Male versucht, sein Handy anzurufen. Da lag es im Hochwald und klingelte vor sich hin. Danach hatten sie Topi und Oma angerufen. Hoffentlich war Papa zu Jyri gefahren und hatte ihm eins in die Fresse gehauen. Nein, das hatte er natürlich nicht getan, er hatte nur wieder geschnaubt, die Tür geknallt und war irgendwohin verschwunden.

Ob Papa bemerkt hat, daß ein Quad weg ist? Dann wird er losfahren und suchen. Er wird natürlich nicht ahnen, daß ich allein so weit gefahren bin, dachte Lenne. Mama weint vielleicht, und Papa tröstet sie. Nein, heute wird er sie sicher nicht trösten. Ob sie die Polizei anrufen? Jetzt wohl noch nicht. Mama will bestimmt anrufen, aber Papa hindert sie daran. Er weiß, daß Lenne im Wald zurechtkommt. Aber je weiter die Nacht fortschreitet, wird auch Papa nervös; er begreift, daß etwas nicht in Ordnung ist. Bald rufen sie die Polizei. Lenne hatte etwas zu Schlimmes getan. Die

Eltern fühlten sich sicher schrecklich. Sie konnten nicht schlafen, weil sie an Lenne dachten. Aber Lenne konnte jetzt nicht mehr zurückfahren. Und er würde nie mehr in Mamas Arme kommen können. Der Nebel war so dicht, daß er das Licht des Quads verschlucken würde. Lenne würde sich verirren und ernsthaft in Not geraten. Nein, er würde morgen früh nach Hause fahren. Denen würde es gar nicht schaden, eine Nacht lang Angst zu haben. Lenne hatte viele Nächte wegen ihnen wachgelegen und Angst gehabt.

»Grgrgrgr«, krächzte der Rabe wieder.

Papa hatte einmal eine Geschichte von einem Trapper erzählt, der im Winter hier auf Schneehuhnjagd war und in dieser Hütte kampiert hatte. Da kam ein altes Männchen mit einem Filzhut durch die Tür hereingestolpert. Es hatte gefragt, ob es hier übernachten durfte. Der Mann hatte gesagt: Nur zu. Der Alte hatte ein paar Scheite mehr in den Ofen geschoben und sich hingelegt. Nach einer Weile war der Trapper aufgewacht, weil er keine Luft mehr bekam. Die Hütte war voller Rauch. Er war hinausgekrochen und hatte im Schnee nach Luft gerungen. Als er wieder atmen konnte, hielt er sich den Ärmel seines Flanellhemdes vor den Mund und trat in die raucherfüllte Hütte. Mit den Händen tastete er nach der Schlafstelle des Alten, doch die war leer. Als das Feuer im Ofen erloschen war, bemerkte der Mann, daß die Ofenklappe geschlossen war. Draußen führte nur eine einzige Skispur zur Hütte. Später erfuhr er, daß vor vielen Jahren einmal ein alter Mann in der Hütte erstickt war.

Lenne beschloß, die ganze Nacht lang nicht zu schlafen. Eine Nacht wachzubleiben, das würde er schaffen, und dann konnte er am Morgen nach Hause fahren.

36 Jouni nahm einen Schlüssel aus der Keramikschale, die auf dem Kamin stand, und schloß den Waffenschrank auf, der an die Wand geschraubt war. Eigentlich tat das nur Jounis Körper. Sein Geist verfolgte die Ereignisse irgendwo von oben und mit so viel Verzögerung, daß er nichts beeinflussen konnte. Der Hals tat ihm weh, weil er so geschrien hatte. Marianne war weggerannt. Nichts spielte mehr eine Rolle. Jouni nahm das Elchgewehr aus dem Schrank und steckte sich eine Schachtel Zigaretten und ein Feuerzeug in die Tasche. Er hatte das Gefühl, er sähe Bilder aus einer Überwachungskamera im Polizeifernsehen: Die Geschehnisse waren echt, aber sie hatten keinerlei Berührung mit ihm.

Seine Beine trugen ihn zum Wildschweingehege. Dort blieb er kurz stehen, wie um nachzudenken. Dann rannte er in die Garage und kam mit einer Blechschere zurück.

»Yrjänä, gleich kannst du loslegen«, sagte er.

Yrjänäs Rüssel tastete die Öffnungen im Zaun ab. Ein Stoßzahn verfing sich im Maschendraht. Jouni trat zu, und der Zahn löste sich vom Zaun. Yrjänä wich ein wenig zurück, wühlte im Boden und schnaubte. Er schien zu wissen, daß etwas Besonderes im Gang war.

»Ich deck dir den Tisch für deine Henkersmahlzeit. Du hast die Auswahl. Genieß es, Scheißvieh!«

Jouni drückte die Griffe der Schere mit beiden Händen zusammen, und die Drähte schnappten. Yrjänä preßte sich wieder an den Zaun. Jetzt hatte er gelernt aufzupassen, daß er nicht mit den Zähnen hängenblieb, hielt den Kopf gesenkt und schob mit seinem starken Nacken. Der Zaun fiel auf mehreren Metern Länge um. Yrjänä hätte offenbar jederzeit freikommen können. Jouni brachte sich außerhalb des Geheges in Sicherheit, kramte eine North aus der Tasche seiner Trainingshose, steckte sie zwischen die Lippen und zündete sie an.

Yrjänä blieb stehen und blickte um sich. Die Bachen waren erstarrt. Yrjänä sah Jouni ungläubig an, dann wählte er die kleinste Bache aus, krümmte den Nacken, scharrte mit den Vorderklauen im Matsch und rannte auf sie zu. Sie preschte davon, aber sie konnte dem gewaltigen Keiler nichts entgegensetzen. Sie blieb stehen und senkte den Kopf. Yrjänä lief um die Bache herum, schnüffelte und brüllte. Die Sau zitterte. Sie machte sich noch kleiner. Nach einigen Umkreisungen sprang Yrjänä ihr auf den Rücken, drückte ihr seine Vorderklauen in die Flanken und ging ans Werk. Sein haariger Hintern ruckte vor und zurück, und er brüllte immer wieder auf. Die Bache machte wackelige Schritte unter ihrer Last. Yrjänä stampfte auf den schlammigen Boden, wie um den Takt für seine Stöße zu geben. Matsch spritzte auf die Tiere und überallhin. Plötzlich packte Yrjänä die Bache mit den Zähnen im Nacken und schüttelte sie. Sie kreischte und zappelte, bis sie schließlich tot auf die Seite fiel. Ihr Genick war unnatürlich verrenkt, und die Zunge hing ihr aus dem Maul. Im aufgewühlten Boden bildete sich eine schwarze Pfütze.

Die anderen Bachen und Frischlinge waren in die entfernteste Ecke des Geheges geflüchtet. Yrjänä stand da wie eine Statue und schnupperte. Blut floß aus seinen Kinnborsten auf den Boden. Er sah Jouni gleichsam Zustimmung heischend an. Jouni nickte. Yrjänä ging schnaufend auf die anderen Bachen zu, die schlotternd abseits standen. Er beeilte sich nicht, sie konnten ja nicht entkommen.

Jouni zündete sich an der Glut der alten Zigarette eine

neue an. Das war schwer, denn seine Hände zitterten. Er konnte die letzte Ecke des Geheges nicht sehen, aber das Kreischen der Bachen ließ keinen Zweifel daran, was dort geschah. Ein Frischling sauste wild um Yrjänäs erstes Opfer herum. Es umkreiste die Bache, stupste ihren Kopf mit seinem Rüssel an und wimmerte. Schließlich trippelte er seltsamerweise zurück zum Schlachtfeld.

Das Geschrei der Bachen dauerte einige Zeit an, doch dann wurde es still. Yrjänä stellte sich auf den kleinen Hügel mitten im Gehege. Er posierte wie auf einem Siegerpodest, sah Jouni an und ließ ein tiefes, langes Brummen hören. An seinen Stoßzähnen hingen haarige Hautfetzen. Jouni hob das Elchgewehr, lud es und zielte sorgfältig hinter das Vorderbein, etwas unterhalb der Rumpfmitte. Der Schuß traf genau ins Herz. Yrjänä tat einen unsicheren Schritt, röchelte hohl und sank schlaff zu Boden.

Jouni setzte sich auf die Kante des Anhängers und nahm die Schirmmütze vom Kopf. Er drückte die Zigarette in seiner linken Handfläche aus und zerquetschte sie in der Faust. Ein gestreifter Frischling tauchte hinter der Anhöhe auf. Er rannte zu der Bache, die Yrjänä als erste umgebracht hatte, legte sich neben sie und versuchte, Milch aus den erkaltenden Zitzen zu saugen. Jouni zielte auf das Tier. Seine Hand zitterte. Er ließ das Gewehr sinken und zielte von neuem. Im Zielfernrohr sah er, daß die Augen des Frischlings geschlossen waren. Seine Backen schwollen im Takt des Saugens an, es kam noch Milch aus den Zitzen.

Plötzlich sprang ein Automotor an. Marianne gab schon Gas, bevor der Motor richtig gestartet hatte. Er knatterte und ging aus. Jouni lief los, aber er schaffte es nicht. Die Reifen drehten auf dem Kies kurz durch, fanden dann Halt, und der Wagen kurvte auf die Straße. Jouni zielte auf den rechten Hinterreifen. Der Schotter stäubte auf, aber das Auto fuhr weiter. Jouni lud und schoß höher. Verfehlt. Die Staubwolke verwehte, und der Wagen war nur noch ein sich entfernender Punkt.

Jouni sank neben der Straße auf die Knie. Er tauchte wieder in seinen Körper hinein. Die Zeit blieb stehen, und ein zermalmender Druck traf seine Brust. Marianne und das Baby waren fort. Warum hatte dieser Scheißkerl nicht im Süden eine Frau mit nasser Möse gefunden? Dann hätte er Jouni nicht seine wegnehmen müssen. Jouni ließ sich auf den Bauch fallen und schlug die Stirn in den Schotter. Davon wurde es nicht besser.

Verflucht, wo war Lenne? Der durfte seinen Vater nicht so sehen. Jouni warf das Gewehr weg und lief zum Haus. Er rief schon an der Tür Lennes Namen, aber es kam keine Antwort. Lennes Zimmertür stand offen. Jouni spähte unter das Bett und in den offenen Kleiderschrank. War Lenne mit Marianne mitgefahren?

Nun gab es kein Zurück mehr. Kainulainens Frau war in den Süden zurückgegangen, aber den Sohn hatte sie hiergelassen. Bei Jouni waren beide weggegangen. Er würde all das Schulterklopfen nicht ertragen. Die Männer würden untereinander tuscheln: Ja, ja, jetzt hat es auch Jouni erwischt. Vattulainen würde sich nicht trauen, etwas direkt zu ihm zu sagen, aber in seinem Gesicht wäre zu lesen: Hab ich's nicht gesagt? Er würde vor den anderen prahlen, wie er enthüllt hatte, daß Jounis Exfrau Internetpornographie betrieb, und kichernd andeuten, daß Jouni offenbar nicht Manns genug war.

Verdammt, wie hatte er so dumm sein können zu glauben, daß das Baby von ihm war? Er und Marianne hatten nur ein einziges Mal mit durchlöchertem Gummi gebumst. Er dachte daran zurück, welchen Mannesstolz er verspürt hatte, daß seine Spermien so stark waren. Er hatte sich richtig aufgeblasen vor Marianne. Jouni rieb sich mit beiden Händen das Gesicht, aber die Erinnerung war und blieb da.

Er startete sein Quad. Er wußte nicht, wohin er fuhr. Das war ganz egal, er würde eh nicht weit genug weg kommen. Das Fahren fühlte sich anders an als sonst. Die Landschaft bewegte sich ruckartig, die bekannten Umgebungen sahen fremd aus. Jouni hielt beim Sitzstein an und schaltete sein Fahrzeug aus. Er setzte sich in den steinernen Sessel, zog eine Zigarette aus der Tasche und zündete sie an. Er merkte plötzlich, daß er nur eine Trainingshose und ein T-Shirt anhatte. Auf dem gelben Shirt war eine Palme aufgedruckt, und darunter stand »California«.

Jouni sog den Rauch tief in die Lungen, es kratzte im Hals. Wahrscheinlich hatte Marianne Lenne in Sicherheit gebracht, als Jouni angefangen hatte, um sich zu schießen. Das bedeutete ja nicht, daß Lenne endgültig mit ihr wegziehen würde. Jouni war sicher, daß Lenne hierbleiben wollte. Er war doch ein Waldmensch, was sollte er in der Großstadt? Lenne war so stolz, wenn er mit dem Suopunki ein Kalb einfing oder wenn er sein Quad fuhr. Marianne hatte sich mehrfach lautstark beschwert, daß Lenne immer mit ihm im Wald sein mußte. Nein, Lenne konnte nicht plötzlich in den Süden ziehen wollen. Marianne konnte ihn verlassen, aber Lenne nicht.

Jouni stieg aufs Quad und fuhr weiter. Er fror. Er mußte irgendwo ins Warme gelangen. Nach Hause konnte er nicht zurück, denn Marianne hatte sicher die Polizei alarmiert. Das Quad rüttelte durch eine Vertiefung, und Jouni wurde klar, daß er Lenne nicht bekommen würde. Man würde den Jungen nicht einem Mann zusprechen, der Schweine umbringt und auf das Auto schießt, in dem seine Frau sitzt. Er selbst hatte Lenne vertrieben. Ein Kiefernast ritzte seinen nackten Arm auf, daß es blutete.

Mit dem Quad konnte er der Situation nicht entkommen. Das Gewehr wäre ein besseres Transportmittel. Er stoppte das Quad, stützte die Waffe am Sattel ab und steckte sich den Lauf in den Mund. Wenn er es jetzt knallen ließe, wäre alles vorbei. Er hatte nicht nur sein eigenes, sondern auch Lennes Leben zerstört. Er spürte den Metallgeschmack im Mund. Jouni legte den Daumen auf den Abzug und schloß die Augen. Seine Hand zitterte, der Gewehrlauf klapperte gegen seine Zähne. Erst sah er nur schwarz, aber dann kam Lenne aus irgendeiner Ecke seiner Seele hervor. Er plapperte eine seiner seltsamen Geschichten: Die Katze habe gesagt, es gebe keine Dunkelheit, nur schlechte Augen. Auf seiner Schulter saß eine schwarze Katze mit gelben, funkelnden Augen. Jouni zog das kalte Metall aus seinem Mund und sicherte die Waffe. Wenn er gehen mußte, wollte er das an einem Ort tun, wo er sich so wohl fühlte wie möglich. Jouni nahm das Gewehr auf den Rücken und fuhr los, auf die Harrihütte zu.

37 Lenne erzählte sich selbst Witze. Die Häschenwitze und die mit dem Finnen, dem Schweden und dem Russen hatte er schon alle durch. Nach jedem Witz lachte er lange, um das Gefühl der Leere fernzuhalten. Er erinnerte sich aber nur schlecht an die Witze, und es dauerte von Mal zu Mal länger, sich einen neuen ins Gedächtnis zu rufen. Mehrmals fielen ihm die Augen zu. Er durfte nicht einschlafen, denn dann kam der Mann mit dem Filzhut und schlug die Ofenklappe zu.

Eine Mücke surrte neben seinem Ohr. Lenne schlug zu, aber die Mücke konnte ausweichen. Er wußte, daß nur die weiblichen Mücken Blut saugten. Wovon lebten dann die männlichen? Die Mücke landete auf seinem Handrücken. Er hob die andere Hand, schlug aber nicht zu. Er blies das Insekt vorsichtig weg. Das Surren war wieder lauter zu hören, dann ließ es nach und verstummte. Die Mücke würde ihm helfen wachzubleiben.

Ob Mama und Papa inzwischen die Polizei angerufen hatten? Wahrscheinlich. Sie würden zusammen mit der Polizei den Wald in der Nähe des Hauses durchsuchen. Hoffentlich fanden sie ihn bald, so daß Papa und Mama nicht so lange aufbleiben mußten. Lenne konnte nicht glauben, was er Mama im Streit mit Papa schreien gehört hatte. Das mußte ein Mißverständnis sein. Lenne schüttelte den Kopf und schlug sich mit der Faust vor die Stirn. Besser, nicht über die Angelegenheiten der Erwachsenen nachzudenken. Vielleicht hatte er es nur nicht verstanden. Es war trotzdem zu grausam von ihm gewesen abzuhauen. Mama und Papa würden fürchterlich böse sein, wenn sie ihn fanden. Lenne überlegte, zur Beschwichtigung könnte er ihnen anbieten, daß sie ein halbes Jahr sein Taschengeld einbehalten konnten. Vielleicht mußte auch die Xbox in einen Oberschrank verbannt werden.

Nun hörte er die Mücke wieder summen. Sie sauste und kurvte herum. In der Hütte war es dämmerig, das Insekt war schwer zu sehen. Wenn es nah an die Öllampe heranflog, warf es einen riesigen Schatten an die Wand. Lenne machte die Augen zu und versuchte zu hören, wo die Mücke gerade flog. Er fing an, ihr alles mögliche zu erzählen. Die Mücke antwortete ihm. Sie sagte, Lenne könne auf ihren Rücken steigen und nach Hause fliegen. Lenne lachte, aber das surrende Insekt meinte es ernst. Er öffnete die Augen und bemerkte, daß die Mücke neben ihm auf dem Boden gelandet war. Sie war groß, Lenne mußte sich anstrengen, um aufzusteigen, wie auf ein Pferd. Das Insekt trabte zur Tür hinaus und stieg sofort so hoch auf, daß Lenne bis zu seinem Haus sehen konnte. Die kühle Nachtluft schlug ihm ins Gesicht, und in seinen Ohren sauste es. Das fliegende Reittier zeigte ihm, daß die Polizei und das ganze Dorf unterwegs waren, ihn zu suchen. Sie gingen in Kolonnen, leuchteten mit Taschenlampen in den nebligen Wald hinein und riefen Lennes Namen. Lenne antwortete, so laut er konnte, aber sie hörten ihn nicht. Lenne sah Papa unter sich und bat die Mücke, nach unten zu fliegen. Papas Gesicht war ernst, gerade bog er ein Weidengestrüpp zur Seite, um daran vorbeizukommen. Seine Stimme war vom Schreien heiser geworden, aus seinem Mund drang nur ein Pfeifen. Lenne und die Mücke kreisten um seinen Kopf. Papa hörte Lenne nicht rufen, denn das Insekt hatte jetzt wieder seine normale Größe, und auch Lenne war entsprechend geschrumpft. Er bat die Mücke, nah an Papas Ohr heranzufliegen, damit er ihn hörte. Sie steckte ihren

Saugrüssel in eine weiche Stelle hinter Papas Ohr und begann zu saugen. Der Körper unter Lenne wurde warm und wuchs, färbte sich rot. Papas Hand fuhr hoch und schlug zu. Es wurde dunkel und still.

Lenne schreckte hoch. Er war, auf den Hüttentisch gelehnt, eingenickt. Das Surren näherte sich der Öllampe. Der Schatten der Mücke wuchs an der Holzwand und sah aus wie das Rieseninsekt aus dem Traum. Nach einigen Runden setzte die Mücke sich auf die Lampe. Es zischte, und das Insekt fiel zu Boden.

Das Geräusch war nicht mehr da. Lenne wagte sich nicht zu bewegen, das Rascheln seiner Kleidung hätte ihn verraten. Einen Gedanken hatte er lange eingedämmt, aber nun floß er hervor: Lenne mußte pinkeln. Er mußte die Tür aufmachen und in den schweigenden Nebel hinausgehen. Er hatte viele Nächte mit Papa im Wald verbracht, aber das war etwas ganz anderes. Jetzt waren keine ruhigen Atemzüge zu hören, die ab und zu abbrachen und mit einem Schnarcher wieder einsetzten.

Vielleicht würden sie ihn schnell finden, und er würde es sich so lange noch verkneifen können. Er zog die Beine an und beugte den Oberkörper vor. Diese Stellung half eine Zeitlang, aber bald kam der Drang wieder, stärker als zuvor. Es ging nicht. Er konnte nicht als Hosenpisser dastehen, wenn das halbe Dorf an der Hüttentür erschien. Dann wäre er den Rest seines Lebens der Piß-Lenne. Zusammengekrümmt stakste er bis an die Tür und holte die Ikea-Tüte. Die hatten sie bei der Eröffnung von Ikea in Tornio-Haparanda bekommen. Papa hatte gelacht, das habe sich ja gelohnt: zweihundertfünfzig Kilometer für ein Regalbrett, ein paar Kerzen und einige Fleischklößchen. Lenne holte den

Anzug Des Rentierjungen aus der Tüte. Er zog den schwarzen Overall über und ließ den Reißverschluß offen. Die Sturmhaube fühlte sich erstickend heiß an, aber weglassen konnte er sie nicht. Lenne zog den Gürtel zu und befestigte das Suopunki in der Schlaufe. Zum Schluß kam der Helm. Lenne betrachtete den Schatten an der Wand, Der Rentierjunge nickte ihm würdevoll zu. Lenne hatte keine Angst mehr. Der Rentierjunge machte polternd die Tür auf und ging hinaus. Der Nebel war eine dicke Suppe, aber Der Rentierjunge hatte bessere Augen als ein Mensch. Er stellte sich auf einen großen Stein und pinkelte im hohen Bogen. Die Tropfen pladderten ins Preiselbeerkraut. Der Rentierjunge hob den Kopf und röhrte laut.

Dann ging er zurück in die Hütte. Draußen war jetzt der Ruf eines Uhus zu hören: UU-uuh. Papa hatte erzählt, der Uhu sei ein Bote des Todes. Als Kind hatte Papa einen Uhu gesehen, kurz bevor seine Großmutter gestorben war. Lenne trug den Anzug Des Rentierjungen, aber er hatte trotzdem Angst. Er steckte sich die Finger in die Ohren und fing an zu singen. Er war nicht sicher, ob es schon den Tod bedeutete, wenn man den Uhu nur rufen hörte. Die Lampe flackerte, das Öl ging zu Ende. Der Uhu war nicht mehr zu hören, aber Lenne spürte seinen Ruf im ganzen Körper, so wie die laute Musik im Auto. Der Eulenruf strömte ihm durch die Knochen und ließ den Brustkorb vibrieren. Lenne rollte sich auf dem Boden zusammen. Der Holzofen verbreitete Hitze, und er hatte den dicken Overall und dazu noch die Sturmhaube an. Schweiß juckte ihn im Nacken, aber Lenne wagte es nicht, den Rentierjungen-Anzug auszuziehen oder sich auch nur zu kratzen.

Nach einer Zeit, die ihm lang erschien, hob er die Hände

ein wenig von den Ohren. Vor der Tür hörte er jemanden gehen. In seinem Kopf tönte Papas Stimme, die von dem Mann mit dem Filzhut erzählte. Die Schritte waren deutlich zu hören. Nun packte jemand die Klinke. Die Tür ging auf. Lenne machte die Augen fest zu. Er jaulte unfreiwillig auf. Der Kinnriemen am Helm spannte, er bekam kaum Luft. Jemand kam in die Hütte. Es roch nach Zigaretten. Wenn der die Ofenklappe schloß, würde Lenne sie sofort wieder aufmachen, sobald der weg war. Es blieb lange still. Lenne öffnete die Augen einen Spaltbreit. Mitten im Raum stand ein Mann mit einem Gewehr auf dem Rücken. Lenne er-schrak, und der Helm schlug polternd gegen die Sitzbank. Der Mann nahm die Waffe vom Rücken und beugte sich über ihn.

»Lenne?«

Lenne konnte nichts dagegen tun, daß ihm die Tränen kamen. Er stürzte an Papas Brust. Papa legte das Gewehr weg und nahm ihn fest in die Arme. Er sagte nichts. Lenne konnte es knistern hören, wenn Papa an seiner Zigarette zog.

»Bitte sei nicht böse. Du darfst mir die Xbox wegneh-men«, sagte Lenne.

Papa antwortete nicht. Er knipste den Riemen unter Len-nes Kinn los und nahm ihm den Helm und die Sturmhaube ab. Er drehte den Helm vor sich hin und her, legte ihn dann auf den Tisch und stellte keine Fragen. Obwohl sie im Wald waren, trug er eine Trainingshose und ein T-Shirt. Sicher hatte er keine Zeit gehabt, sich umzuziehen, weil er sich so beeilt hatte, Lenne zu suchen.

»Entschuldigung, Entschuldigung«, sagte Lenne.

Papa senkte den Kopf, nahm Lenne auf den Arm und

trug ihn auf die Pritsche. Dann zog er einen Schlafsack aus der Hülle und breitete ihn als Decke aus.

»Ihr streitet euch doch nicht mehr?« fragte Lenne.

Papa strich ihm über die Haare. Sonst zauste er sie, aber nun streichelte er sie.

»Die Streitereien haben ein Ende.«

Seine Stimme war leiser als sonst. Das Lächeln war irgendwie halb.

»Wirklich?«

Papa sagte nichts. Das brauchte er auch nicht. Er hatte die Frage schon beantwortet, und er pflegte nicht zu lügen. Lenne sah Papa an und fragte:

»Zieht Mama weg?«

Papa sah ihm lange in die Augen. Die glühende Zigarettenspitze beleuchtete sein Gesicht. Er nickte. Asche fiel auf den Boden. Papas Augen glänzten im roten Dämmerlicht.

»Wir kommen zu zweit besser zurecht«, sagte er.

Lenne kletterte ihm auf den Schoß. Es fühlte sich nicht peinlich an.

»Kann ich Mama ab und zu besuchen, mit dem Flugzeug?« fragte Lenne.

Papa nickte wieder. Er begann leise zu summen, kraulte Lenne an der Nasenspitze und fuhr ihm mit dem Handrücken über die Augen. Mit jedem Streicheln blieben Lennes Lider länger unten. Papas Hand roch genau wie bei einem Jagdausflug: nach Zigarette und Schießpulver.

Erläuterungen

Seite 7 **Kossu-Pommac** Mischung aus »Koskenkorva«-Wodka und »Pommac«, einem kohlensäurehaltigen, alkoholfreien Fruchtsaftgetränk.

Seite 25 **RoPS** »Rovaniemen Pallo-Seura«, Fußballverein von Rovaniemi.

Seite 36 **Kuksa** traditionelle samische Birkenholztasse.

Seite 37 **»Ich bin die Kräfte leid, die mein Leben lenken«** Zitat aus einem Songtext von Timo Wirtanen »Vapaa« (»Frei«), gesungen von Kaija Koo.

Seite 49 **Salatut Elämät** »Die verheimlichten Leben«, finnische Daily Soap.

Seite 81 **Tuppi** (wörtlich: Futteral, Messerscheide) Lappländisches Kartenspiel für vier Spieler, bei dem man paarweise zusammenspielt. Spielt man *Rami,* gewinnt das Paar, das am meisten Stiche macht, bei *Nulo* (Nullspiel) versucht man, so wenige Stiche wie möglich zu machen.

Seite 85 **Mökki** Wochenendhaus, Sommerhaus.

Seite 94 **»Berühre mich ...«** Zitate aus einem Songtext von Timo K. Mukka, »Kosketa minua«.

Seite 110 **Suopunki** Wurfschlinge, eine Art Lasso.

Seite 114 **Hanka, Pykälä, Vita** verschieden geformte Einschnitte in den Ohren der Rentiere. Jeder Rentierhalter hat eine eigene, einmalige Kerbenkombination.

Seite 111 **Kontor** gesondertes kleines Gehege, das zum Sortieren der Rentiere benutzt wird.

Seite 115 **Pailakka** Kastriertes Rentier.

Seite 147 **»Der Stern von Afrika«** beliebtes finnisches Brettspiel.

Seite 164 **»müssen Eier in die Pfanne?«** zweideutige finnische Anglerredensart: Wenn man keinen Fisch gefangen hat, gibt's nur Hühnereier zu essen, oder: Der erfolglose Angler muß »die Hose runterlassen« und die »Eier« zeigen.

Seite 166 **Snälla, snälla** schwedisch: Bitte, bitte.

Seite 168 **Tack så mycket** schwedisch: Vielen Dank.

Seite 170 **Pesäpallo** finnische Ballsportart, die Ähnlichkeiten mit Baseball hat.

© Mooses Mentula and WSOY
Original title »Isän kanssa kahden«
First published in Finnish by Werner Söderström Ltd. (WSOY)
in 2013, Helsinki, Finland. Published by arrangement
with Werner Söderström Ltd. (WSOY). Die Arbeit an diesem
Roman wurde unterstützt von WSOY's Literaturfonds.

Die Übersetzung wurde gefördert von

FINNISH LITERATURE EXCHANGE

© 2014 Weidle Verlag
Beethovenplatz 4
53115 Bonn
www.weidle-verlag.de
Lektorat: Barbara Weidle
Korrektur: Kim Keller, Christin Schwarzer
Dank an: Maria Antas, Ritva Röminger-Czako
Gestaltung, Satz: Friedrich Forssman
Photographien: Marcel Köppe
Portrait Mooses Mentula: privat
Schrift: »Henriette« von Michael Hochleitner
Papier: Geese Alster gelblichweiß 90g, 1,5fach
Einband: Efalin glatt sandbeige
Umschlag: Efalin glatt weiß
Druck: Reinheimer, Darmstadt
978-3-938803-67-7

Die Deutsche Bibliothek – CIP-Einheitsaufnahme
Ein Titeldatensatz für diese Publikation
ist bei Der Deutschen Nationalbibliothek erhältlich.

Dieses Buch wurde klimaneutral gedruckt.
natureOffice.com | DE-293-618523